Fritz Kühnlenz

Schiller in Thüringen

Fritz Kühnlenz

Schiller IN THÜRINGEN

Stätten
seines Lebens
und
Wirkens

Greifenverlag
zu
Rudolstadt

Mit 37 Fotos

Nachwort und Anmerkungen von Siegfried Seidel

2. Auflage der neuen, verbesserten Ausgabe 1990
Lizenz-Nr. 384-220
LSV 7002
Gesamtgestaltung: Klaus Nitsch
Printed in the German Democratic Republic
Lichtsatz: INTERDRUCK Graphischer Großbetrieb Leipzig III/18/97
Druck und Bindearbeit: Druckerei »Hermann Duncker« Leipzig
Gesetzt aus der Korpus Garamond-Antiqua
Bestell-Nr. 525 316 7

ISBN 3-7352-0193-8

Schillers Weg durch Thüringen

Ein neues Buch über Friedrich Schiller? Gibt es nicht genug Biographien und Monographien über den Dichter der deutschen Klassik? Hat nicht Alexander Abusch in der Einleitung zu Schillers »Gesammelten Werken«, die 1955 im Aufbau-Verlag erschienen sind, und in seinem Buch »Schiller – Größe und Tragik eines deutschen Genius«, haben nicht Johannes R. Becher in dem Essay »Denn er ist unser – Friedrich Schiller, der Dichter der Nation«, Thomas Mann in dem »Versuch über Schiller« und Paul Friedländer im Vorwort zum Schiller-Lesebuch[1] das für unsere Zeit Gültige zum Leben, zum Werk und zur Bedeutung des großen Humanisten gesagt?

Mit diesen und anderen lesenswerten Schriften will sich unser Buch nicht vergleichen. Mit ihm soll etwas anderes, in seiner Art Neues gegeben, soll Schillers Weg durch Thüringen nachgezeichnet und der Versuch gemacht werden, seine Persönlichkeit von den Schillerstätten her dem Leser nahezubringen.

Am 7. Dezember 1782 fand Friedrich Schiller auf der Flucht vor den Häschern des Herzogs von Württemberg Schutz und Aufnahme auf dem Gut der Frau von Wolzogen in Bauerbach und betrat damit zum ersten Mal Thüringen, das fünf Jahre später, 1787, seine neue Heimat wurde. Mit Weimar, wo er sieben, und mit Jena, wo er zehn Jahre wirkte, ist sein Name eng verbunden. In Bauerbach, Rudolstadt und Erfurt erinnert noch manches an ihn. Andere Städte – Meiningen, Gotha – liegen am Rande einer Betrachtung, die seine Verbundenheit mit der Landschaft zeigen soll. Diese Landschaft stellte weder zu Schillers Zeiten noch stellt sie heute ein eigentliches Land dar, ist aber historisch und kulturell in Jahrhunderten zu einem Begriff geworden, für den noch immer der Name »Thüringen« gilt.

Das vorliegende Buch ist keine Biographie des Dichters, auch keine räumlich und zeitlich begrenzte. Schillers Leben ist andernorts zusammenhängend beschrieben worden, seine Werke liegen in neuen Ausgaben vor. Über ihre Entstehung wird einiges zu sagen sein, was mit der Örtlichkeit zusammenhängt, einiges auch über die Gedanken, die den Dichter bei der Niederschrift beschäftigten, und über die Wirkung, die diese Werke auf ihre Zeit und ihre Umwelt ausgeübt haben.

Die Darstellung geht von dem aus, was sichtbar geblieben ist von Schillers Wirken. Im Mittelpunkt werden die Thüringer Schillerstätten stehen, in denen das Leben und Schaffen des Dichters nicht nur gedanklich, sondern auch sinnlich nacherlebt werden kann. Wenn wir die Stätten, in denen Schiller zwischen 1782 und 1805 gewirkt hat, in Wort und Bild wiedergeben, so geschieht dies immer in der Absicht, damit zur Persönlichkeit, zum Werk und zum Geist des Dichters hinzuführen. Wir wollen dazu anregen, seine Dichtungen zu lesen und seine Dramen auf der Bühne zu erleben, die Schillerstätten zu besuchen und an Ort und Stelle zu spüren, unter welchen Verhältnissen sich sein Schaffen vollzog.

Die Darstellung wird sich nicht darauf beschränken, Schillers Wohnungen in Bauerbach, Rudolstadt, Jena und Weimar zu beschreiben. Neben den verschiedenen Bürger-, Bauern- und Gartenhäusern, die ihm Heim und geistige Werkstatt waren, soll auch seine Umwelt Gestalt gewinnen: die engere, die sich in der Einrichtung seiner Wohnungen spiegelt und von seinem Geschmack, seiner Arbeits- und Lebensweise und der bürgerlichen Kultur des 18. Jahrhunderts zeugt, und die weitere, deren Rahmen die Natur bildet, die Schiller als eine der Quellen seiner Poesie geschätzt hat. Dazu kommt die menschliche Umgebung, die in Rudolstadt, Jena, Weimar und Erfurt vielseitig und anregend war; wir werden die Persönlichkeiten vorzustellen haben, die ihn an Thüringen gefesselt und die sein schöpferisches Wirken befruchtet haben.

So wichtig die soziale und natürliche Umwelt zum Verständnis des Werdeganges und des Lebenswerkes sein mag, so notwendig ist es auch, den Menschen Schiller in seinem beispiellosen Ringen um dieses Werk zu begreifen. Im Menschlichen, im Kampf gegen Krankheit und materielle Not, im ständigen Verzicht und in der selbstlosen Opferbereitschaft erschließt sich erst die ganze Größe seines Genius. Wenn wir diese Seite seines Daseins betrachten und die Stellung Schillers im sachsen-weimarischen Kleinstaat beleuchten, die in so krassem Widerspruch zu seiner literarischen Bedeutung steht, so soll dies dazu beitragen, die gesellschaftlichen Zustände des 18. Jahrhunderts aufzuhellen und die Situation zu kennzeichnen, in der einer der größten Deutschen sein Leben fristen und sich seine dichterischen Werke abringen mußte.

Die Gründe dafür sind nicht leicht darzustellen, da die bürgerliche Geschichts- und Literaturgeschichtsschreibung die gesellschaftlichen Ursachen nicht erkannt oder verfälscht wiedergegeben hat. Neuere Forschungen zur sozialen Lage der Geistesschaffenden im 18. Jahrhundert stecken noch in den Anfängen.

Goethes umfangreiche autobiographische Äußerungen machen es uns verhältnismäßig leicht, in seine Lebensumstände einzudringen. Der Einblick in Schillers persönliche Verhältnisse ist ungleich schwerer; es fehlt eine Selbstbiographie nach Art von »Dichtung und Wahrheit« und der »Annalen«[2], es fehlen Tagebücher, »Gespräche«[3] und »Erinnerungen«, wie sie Eckermann, Riemer, Soret, Falk und Kanzler Müller auf Grund ihrer Begegnungen mit Goethe wiedergegeben haben.

Viel weniger als bei diesem hat sich bei Schiller eigenes Erleben in den Werken niedergeschlagen. Wohl besitzen wir seine Briefe, die einigen Einblick in geistige und seelische Vorgänge gestatten, aber was sind sie im Vergleich zu dem riesigen Briefwechsel, den Goethe hinterlassen hat, und zu der Fülle von Briefen, die an oder über Goethe geschrieben worden sind.

Die Methode, Schillers persönliche Verhältnisse nach den Quellen aufzuschließen, muß also eine andere sein als bei Goethe. Hinzu kommt die höchst unterschiedliche soziale Stellung der beiden Dichter: Goethe stammte aus einem wohlhabenden Patrizierhause, war hochbezahlter Staatsmann und gefeierter Dichter, Vertrauter des Herzogs und Angehöriger der exklusiven Hofgesellschaft, der aller materiellen Sorgen enthoben war und ganz seinen Neigungen leben konnte – Schiller dagegen kam aus kleinbürgerlicher Enge, wurde als junger Revolutionär verfolgt und lebte als unbesoldeter Hochschullehrer und schwer schaffender Publizist, den Not, Schulden und Krankheit durchs Leben begleiteten.

Schillers hartes Ringen um materielle Existenz erklärt sich aus den politischen und ökonomischen Zuständen, in die er hineingeboren wurde. Der Spätabsolutismus hielt die junge Bourgeoisie nieder. Mehr als anderen Schriftstellern der Zeit zwang die feudale Reaktion Schiller äußere Not auf und wurde bestimmend für sein Dasein. Sein schöpferisches Wirken spiegelt den Kampf gegen diese Mächte wider; im Ringen um die Befreiung von ihnen ist, wie Franz Mehring schreibt, »Schiller als Dichter emporgewachsen«.

Als Friedrich Schiller geboren wurde, litt Deutschland noch immer unter den Folgen des Dreißigjährigen Krieges. Das Land war in eine Unzahl von Kleinstaaten zerrissen, die die Bildung einer Nation erschwerten. Wirtschaftliche und soziale Rückständigkeit beherrschten das öffentliche und private Leben. Über die Zustände in der zweiten Hälfte des 18. Jahrhunderts schreibt Friedrich Engels:

»Das ganze Land war eine lebende Masse von Fäulnis und abstoßendem Verfall. Niemand fühlte sich wohl. Das Gewerbe, der Handel, die Industrie und die Landwirtschaft des Landes waren fast auf ein Nichts herabgesunken; die Bauernschaft, die Gewerbetreibenden und Fabrikanten litten unter dem doppelten Druck einer blutsaugenden Regierung und schlechter Geschäfte; der Adel und die Fürsten fanden, daß ihre Einkünfte, trotz der Auspressung ihrer Untertanen nicht so gesteigert werden konnten, daß sie mit ihren wachsenden Ausgaben Schritt hielten; alles war verkehrt, und ein allgemeines Unbehagen herrschte im ganzen Lande. Keine Bildung, keine Mittel, um auf das Bewußtsein der Massen zu wirken, keine freie Presse, kein Gemeingeist, nicht einmal ein ausgedehnter Handel mit anderen Ländern – nichts als Gemeinheit und Selbstsucht –, ein gemeiner, kriechender, elender Krämergeist durchdrang das ganze Volk.«

»Die einzige Hoffnung auf Besserung«, fährt Friedrich Engels fort, »wurde in der Literatur des Landes gesehen. Dieses schändliche politische und soziale Jahrhundert war zugleich die große Epoche der deutschen Literatur. Um das Jahr 1750 wurden alle großen Geister Deutschlands geboren, die Dichter Goethe und Schiller, die Philosophen Kant und Fichte und kaum zwanzig Jahre später der letzte große deutsche Metaphysiker, Hegel. Jedes bemerkenswerte Werk dieser Zeit atmet einen Geist des Trotzes und der Rebellion gegen die deutsche Gesellschaft, wie sie damals bestand. Goethe schrieb den ›Götz von Berlichingen‹, eine dem Andenken eines Rebellen gewidmete dramatische Huldigung. Schiller schrieb ›Die Räuber‹, in denen ein edler junger Mann gefeiert wird, der der ganzen Gesellschaft offen den Krieg erklärt.« (Karl Marx/Friedrich Engels: Über Kunst und Literatur. Berlin: Dietz 1967. Band 1. S. 450–451.)

Allen voran war es die philosophische und literarische Bewegung der Aufklärung, die, auf den freiheitlichen Traditionen des Humanismus aufbauend, gegen die überholten Formen des Standeslebens zu Felde zog und zur Vorkämpferin für eine neue Gesellschaftsordnung wurde. Die Ideen Rousseaus, des Wortführers der demokratisch-republikanischen Tendenzen in der französischen Aufklärung, und der Bahnbrecher der deutschen Aufklärung Leibniz, mit ihm Lessing und Herder, bestimmten den geistigen Weg einer Generation von Schriftstellern, zu denen auch Goethe und Schiller gehörten. Aber: »So wenig wie zu irgendeiner früheren Zeit«, meint Engels, »konnten die großen Denker des 18. Jahrhunderts über die Schranken hinaus, die ihnen ihre eigene Epoche gesetzt hatte.«

Weder die Vertreter der Aufklärung noch die Klassiker konnten die Grenzen durchbrechen, die dem geistigen Leben im damaligen Deutschland gezogen waren. Diese waren in Preußen, wo Friedrich II. offen von seiner Verachtung für die deutsche Literatur sprach, noch enger als am weimarischen Hof, wo man sich für Dichter und Dichtung interessierte und die schönen Künste zu fördern suchte. Doch ging auch hier das Verständnis für neue Gedanken nicht weiter, als es die Interessen des feudalen Absolutismus erlaubten. Nur innerhalb der gegebenen Möglichkeiten konnten Schiller und Goethe für die fortschrittlichen Ideen der bürgerlichen Aufklärung eintreten.

Sein Leben lang hat Schiller gegen die von Engels charakterisierten Zustände rebelliert. Der jugendliche Stürmer lehnte sich auf gegen den Despotismus, der sich Gewalt über Leib und Seele der Menschen anmaßte. Als Gefahr für seine Freiheit drohte, floh er aus seiner württembergischen Heimat und nahm ein Wanderleben voll Unrast und Unsicherheit auf sich. Die Suche nach einem Platz sorglosen Schaffens trieb ihn von Ort zu Ort. Sein Umherziehen war Flucht, sein Verweilen Ausruhen und neuer Aufbruch ins Ungewisse. Das Bauerbacher Asyl gewährte ihm nur eine Atempause. Über Mannheim, Leipzig und Dresden führte der Weg nach Weimar, aber es gelang ihm auch in der Stadt der Klassik nicht, Wurzeln zu schlagen. Rudolstadt war nicht mehr als ein Intermezzo im dramatischen Ablauf des Lebens. Jena, die längste Station des unsteten Wanderns, brachte neue Enttäuschung, Krankheit und Sorgen. Nach Weimar zurückgekehrt, fand der Vierzigjährige endlich Muße zum Schaffen, aber noch immer nicht die innere Ruhe, um heimisch zu werden. Bis zum frühen Tod währte das Suchen und Sehnen nach einem anderen Wirkungskreis, »wenn es nur irgendwo leidlich wäre«.

Wie ein roter Faden zieht sich die soziale Not durch Schillers Dasein. Wenn ihm nicht gerade Freunde oder Gönner diese Sorge abnahmen, war er ständig genötigt, sein tägliches Brot zu verdienen. Jahrelang mußte das Dichten hinter publizistischer Tagesarbeit zurücktreten. In einem Brief an Körner klagt er über die »vielen vielen Arbeiten«, die »des Geldes wegen höchst notwendig sind«.

Mußte er schon bei seinem ersten Aufenthalt in Weimar von der Schriftstellerei leben, weil sich ihm eine sorgenfreie Existenz im Land eines Fürsten, der ihn zum »Weimarischen Rat« ernannt hatte, nicht darbot, mußte er in Jena neben einer unbezahlten und höchst unsicheren Stellung sauerste Brotarbeit auf sich nehmen, so war auch die zweite Weimarer Epoche bis zum letzten Tag von der Sorge für die Familie erfüllt. Schillers soziale Tragik besteht darin, daß er keine Konzessionen an den Hof machen wollte und deshalb von ihm nicht gefördert wurde, andererseits aber auch das Bürgertum nicht bereit (und nicht fähig) war, ihn als seinen Dichter auf den Schild zu heben.

Zum Ringen um materielle Existenz und innere Freiheit kam Schillers Kampf gegen die verzehrende Krankheit, die sich durch unregelmäßige Lebensweise und schonungslose Nachtarbeit noch verschlimmerte. Aber alle Sorge und alle Not bestärkten ihn in dem Entschluß, sich das Letzte abzuringen, um seinem Volk die Augen zu öffnen über die unmenschlichen Zustände des Jahrhunderts.

Schiller hat lange gebraucht, um sich mit seiner Lage abzufinden. Der Rebell in ihm kam nie ganz zum Schweigen. Trost fand er nur im

Gedanken an die Zukunft. In einem Brief an Henriette von Wolzogen stehen die Worte: »Wenn ich denke, daß vielleicht in 100 und mehr Jahren … man mein Andenken segnet und mir noch im Grab Tränen und Bewunderung zollt, dann freue ich mich meines Dichterberufs und versöhne mich mit Gott und meinem oft harten Verhängnis.«

Schillers Weg durch Thüringen darf aber nicht im historischen und biographischen Raum stehenbleiben. Das Buch bezieht auch die Schillerpflege ein, die nach dem Tode des Dichters eingesetzt hat und seit der Gründung unseres Arbeiter-und-Bauern-Staates in einem neuen Aufschwung begriffen ist. Es wird deshalb auch von der Darbietung des Schillerschen Erbes in den Museen und Gedenkstätten und von der zeitgemäßen Deutung seines dramatischen Werkes auf unseren Bühnen sprechen – soweit der Thüringer Raum in Betracht kommt.

Nicht zuletzt will »Schiller in Thüringen« den Heimatfreund ansprechen, der sich in diesem schönen Teil unserer Republik umsieht, will ihm den Weg zu den Schillerstätten weisen, in denen er ein Stück deutscher Literatur- und Geistesgeschichte erlebt, und will ihm die in Thüringen entstandenen Werke des Dichters nahebringen.

Bauerbach
Asyl des Flüchtigen

Spricht man von Schillers Leben und Schaffen in Thüringen, so denkt man in erster Linie an Jena, wo er an der Universität lehrte und den »Wallenstein« schrieb, und an Weimar, wo er seine letzten großen Dramen – »Maria Stuart«, »Die Jungfrau von Orleans«, »Die Braut von Messina« und »Wilhelm Tell« – schuf und sein Leben vollendete. Doch lange bevor er an den Ufern der Ilm und der Saale eine neue Heimat fand, weilte er längere Zeit auf Thüringer Boden: In Bauerbach, wo ihm auf seiner Flucht vor dem württembergischen Despoten Karl Eugen hilfreiche Hände Asyl gewährten, überarbeitete er den »Fiesko«, schrieb er binnen weniger Monate »Kabale und Liebe« und begann den »Don Carlos«.

Acht Kilometer südwestlich von Meiningen liegt zwischen bewaldeten Hügeln, die sanft zu den Bergen der Rhön ansteigen, in einem ruhigen Tal das Dorf, in dem Schiller ein reichliches halbes Jahr gewohnt und gearbeitet hat. Wälder, Äcker und Wiesen geben der Landschaft zwischen Werra und fränkischer Saale das Gepräge. Hier, wo sich Thüringen und Franken nahe sind, haben sich in Baustil, Sprache und Lebensweise der Bevölkerung typische Eigenarten eines Übergangslandes bewahrt.

Bauerbach ist ein sehr alter Ort. Schon um 800 taucht der Name »Buribach« in den Schriften des Klosters Fulda auf. Im Laufe der Jahrhunderte wechselten die Besitzer. Von den Henneberger Grafen, an die der Name des Dorfes Henneberg, die Ruine der Burg Henneberg und das kunstreiche, aus der Werkstatt von Peter Vischer stammende Grabmal in der Kirche von Römhild erinnern, ging Bauerbach in die Hände der Herren von Bibra über. 1684 verkaufte Caspar von Bibra das Gut an Herzog Bernhard von Meiningen, der es 1697 seinem Minister Hans Christoph von Wolzogen überließ. Hauptgut und Familienbesitz derer von Wolzogen war das von Parks und Gärten umgebene Schloß Mühlfeld, demgegenüber Bauerbach nur geringe Bedeutung besaß. Um 1760 teilten sich Hans Christophs Söhne Friedrich und Ludwig den Familienbesitz, wobei Ludwig von Wolzogen, seines Zeichens Geheimer Legationsrat, Bauerbach erhielt. Als er 1774 starb, gab seine Witwe, Henriette von Wolzogen geb. Marschalk von Ostheim, das alte, stark vernachlässigte Gutsgebäude, das für Wohnzwecke nicht mehr geeignet war, auf und kaufte ein Bauernhaus im Ort, das sie durch Aufsetzen eines Stockwerkes zum Herrenhaus herrichten ließ. Von hier, wo sie zeitweise wohnte, leitete sie die Verwaltung des Gutes. Bis in die Mitte des 19.Jahrhunderts blieb dieses Gebäude, das zum Bauerbacher »Schillerhaus« geworden ist, im Besitz der Familie; 1853 ging es mit dem gesamten Gut an die Familie von Türcke in Meiningen über.

Bauerbach war, als Schiller dort lebte, ein armes Dorf. Henriette von Wolzogen gehörte zum ärmeren Adel. Ihr Gut war verschuldet; sie verfügte nur über geringe Einnahmen, die ihr ein bescheidenes bürgerliches Leben erlaubten. Zur Gutsherrschaft gehörten dreißig Kleinbauernfamilien, die einer mühevollen, sie kaum ernährenden Arbeit nachgingen. Andere verdienten ihr Brot im Steinbruch, fuhren Holz oder arbeiteten auswärts am Bau; im Winter waren sie erwerbslos. Den Rest der dreihundert Köpfe zählenden Einwohnerschaft bildeten Juden, die in Bauerbach – wie in anderen fränkischen Orten – gegen ein Schutzgeld Niederlassungsrecht besaßen und zum großen Teil vom Hausierhandel lebten.

Am 7. Dezember 1782 kam Schiller auf seiner abenteuerlichen Flucht in Bauerbach an. Acht Jahre körperlicher und geistiger Unfreiheit auf der Militärakademie des Herzogs von Württemberg, der »Pflanzschule der Knechtseligkeit«, »wo willenlose Werkzeuge der fürstlichen Launen gedrillt wurden« (Franz Mehring), lagen hinter ihm, acht Jahre, in denen er seinen Nacken und seinen Willen beugen mußte. In dieser Zeit, die er selbst den »unseligen Anfang meines Lebens« genannt hat, waren »Die Räuber« entstanden, die zum ersten Mal auf der deutschen Bühne den Ruf »In tyrannos« erhoben. In der politischen und sozialen Anklage dieses Stückes hatte der Geist des Widerspruchs, den der Druck der Karlsschule erzeugt hatte, seinen revolutionären Niederschlag gefunden. Karl Moor fordert das republikanisch-patriotische Bewußtsein als Voraussetzung für die Beseitigung des feudalen Absolutismus.

Als Schiller Ende Mai 1782 ohne Urlaub nach Mannheim fuhr, um einer Aufführung der »Räuber« beizuwohnen, belegte ihn der Herzog mit vierzehn Tagen Arrest und befahl ihm, »bei Strafe der Kassation keine Komödien mehr zu schreiben«. Dieses Verbot gab den endgültigen Anstoß, das unwürdige Dasein in Stuttgart – er war inzwischen jämmerlich besoldeter Regimentsarzt im Dienst des württembergischen Despoten geworden – zu beenden und den lange gehegten Fluchtplan zu verwirklichen. Mußte er doch, wenn er sich nicht bald aus den Fesseln der Tyrannei befreite, befürchten, das Schicksal zweier aufrechter Zeitgenossen zu teilen, des Gelehrten Johann Jakob Moser, den der Herzog auf dem Hohentwiel eingekerkert hatte, und des Freiheitsdichters Christian Daniel Schubart, der auf der Festung Hohenasperg schmachtete. In der Nacht vom 22. zum 23. September 1782, während auf Schloß Solitude ein glanzvolles Fest gefeiert wurde, floh Schiller mit seinem Freund Andreas Streicher nach Mannheim. Es war der entscheidende Schritt in die Freiheit. Mit ihm gab er Amt, Familie und Heimat hin in der Hoffnung, seine menschliche und dichterische Existenz sichern, seinem Leben eine neue Richtung geben zu können. Er glaubte an seine poetische Berufung, an die Zukunft der Menschheit und war bereit, der korrupten Gesellschaft seiner Zeit den Kampf anzusagen.

Da er in Mannheim nicht sicher vor Verfolgung war, wanderte er, begleitet von dem getreuen Freund Streicher, nach Frankfurt weiter und quartierte sich schließlich unter fremdem Namen in dem linksrheinischen Dorf Oggersheim ein. Er hatte nicht viel mehr als den eben vollendeten »Fiesko« im Gepäck, auf den er alle seine Erwartungen setzte. Aber Dalberg, der Intendant des Mannheimer Theaters, lehnte die Aufführung des Stückes und den darauf erbetenen Vorschuß ab; als Hofmann wagte er nicht, sich durch eine Verbindung mit dem flüchtigen Dichter bloßzustellen.

Schiller stand vor dem Nichts. Bittere Enttäuschung, Sorge um die nackte Existenz und Krankheit, mit der seine schwache Konstitution auf die Strapazen der Flucht antwortete, drückten ihn nieder. Dazu kam die Angst, von den Häschern des Herzogs entdeckt und festgenommen zu werden. In dieser Lage erinnerte er sich daran, daß Henriette von Wolzogen, die Mutter seines Schulkameraden Wilhelm von Wolzogen, die er 1780 in Stuttgart kennengelernt hatte, ihm für den Notfall ein Asyl auf ihrem Gut Bauerbach in Thüringen angeboten hatte.

Noch zögerte Schiller, dem Ruf der hilfsbereiten Frau zu folgen, stand doch für sie, die vier Söhne auf der Militärakademie hatte, einiges auf dem Spiel, wenn der Herzog von der Sache erfuhr. Aber es blieb ihm kein anderer Ausweg; heimlich und mit aller Vorsicht trat er am 1. Dezember 1782 in Worms die Reise nach Bauerbach an. Nach siebentägiger Fahrt über Frankfurt und Gelnhausen kam er am Morgen des 7. Dezember in Meiningen an. Er traf im Gasthof »Zum Hirsch« mit dem Bibliothekar Reinwald zusammen, an den Frau von Wolzogen ihn verwiesen hatte. Am Nachmittag fuhr er im Schlitten – es lag tiefer Schnee über Berg und Tal – nach dem zwei Stunden entfernten Bauerbach weiter, wo er in der Abenddämmerung eintraf.

Verabredungsgemäß meldete er sich beim Wolzogenschen Gutsverwalter Vogt, der zugleich Schultheiß und Lehrer des Dorfes war, und wurde von ihm in zwei Stuben im ersten Stockwerk des Gutshauses eingewiesen. Wohltuend empfand er den freundlichen Empfang und die Wärme des Zimmers; seit Tagen lag bittere Kälte über der Wintereinsamkeit des verschneiten Ortes. Einfach, aber gemütlich war die Einrichtung seiner Wohnung; neben dem eisernen Ofen trugen ein großer Tisch mit gewundenen Füßen, ein hochlehniger Stuhl und ein bequemes Bett dazu bei, daß er sich wohlfühlen konnte. Das Gesinde war angewiesen, ihn wie einen Sohn des Hauses zu behandeln. Seine Mahlzeiten nahm er auf Kosten der Gutsherrin im nahen Gasthaus ein.

Am Tage nach seiner Ankunft schrieb Schiller zwei Briefe, die seine Gedanken und seine Stimmung in den ersten Stunden des Bauerbacher Asyls nacherleben lassen. An den Mannheimer Verleger Schwan ging die Nachricht: »Itzt kann ich Ihnen mit aufgeheitertem Gemüt schreiben, denn ich bin an Ort und Stelle, wie ein Schiffbrüchiger, der sich mühsam aus den Wellen gekämpft hat.« Andreas Streicher, der am Rhein zurückgeblieben war, las die trostreichen Zeilen:

»Endlich bin ich hier, glücklich und vergnügt, daß ich einmal am Ufer bin. Ich traf alles noch über meine Wünsche. Keine Bedürfnisse ängstigen mich mehr, kein Querstrich von außen soll meine dichterischen Träume, meine idealische Täuschungen stören. Das Haus meiner Wolzogen ist ein recht hübsches und artiges Gebäude, wo ich die Stadt gar nicht vermisse. Ich habe alle Bequemlichkeit, Kost, Bedienung, Wäsche, Feurung, und alle diese Sachen werden von den Leuten des Dorfs auf das vollkommenste und willigste besorgt. Ich kam abends hieher ..., zeigte meine Briefe auf und wurde feierlich in die Wohnung der Herrschaft abgeholt, wo man alles aufgeputzt, eingeheizt und schon Betten hergeschafft hatte.«

Niemand im Dorf ahnte, wer der dreiundzwanzigjährige junge Mann war, der sich Doktor Ritter nannte. Neugierig, wie man nun einmal war, interessierte man sich für seine Person und sein Tun. War er Gelehrter oder Künstler? Was suchte er in dem abgelegenen Ort, in den nur selten ein Fremder kam? Daß er seine Klause im Wolzogenschen Haus kaum verließ, deutete darauf hin, daß er stark beschäftigt war. Es wird erzählt, die Dorfjugend sei heimlich die Treppe hinaufgeschlichen und habe durchs Schlüsselloch beobachtet, was der Gast der Gutsherrin trieb. Man sah ihn vor einem Haufen von Büchern sitzen und schreiben, aber man kam nicht hinter sein Geheimnis.

Dem Flüchtling tat die Ruhe, die ihn nach dem unsteten Umherwandern der letzten Monate umgab, wohl. Er fühlte sich geborgen, befreit von dem Druck, der auf ihm gelastet und ihn von Ort zu Ort getrieben hatte. »Nunmehr bin ich in der Verfassung, ganz meiner Seele zu leben«, heißt es in dem erwähnten Brief an Schwan. Freilich meldete sich mitunter ein Gefühl der Erbitterung über sein bisheriges Schicksal; dann verfiel er in Melancholie und spürte Menschenverachtung in sich aufsteigen. »Ich hatte die halbe Welt mit der glühendsten Empfindung umfaßt«, schreibt er an Frau von Wolzogen, »und am Ende fand ich, daß ich einen kalten Eisklumpen in den Armen hatte.«

Das Alleinsein, dem er sich in den ersten Tagen aufatmend hingab, wurde ihm, der an den Umgang mit gleichaltrigen Freunden gewöhnt war, jedoch bald unerträglich. Er sehnte sich nach Menschen, klagte über die »einsame, grillenhafte Zelle«, an die er gebunden war, und möchte manchmal seine »tägliche Kost um eine menschliche Gesellschaft dahingeben«. In diesem Zusammenhang fällt das Wort vom »barbarischen Bauerbach«, in dem er sich »von der Welt verlassen« fühlt, ein Wort, das er später – allzu gern – als voreilig widerrufen hat. An Frau von Wolzogen schreibt er: »Sie glauben nicht, wie nötig es ist, daß ich edle Menschen finde. Diese müssen mich wieder mit dem ganzen Geschlechte versöhnen, mit dem ich mich beinahe überworfen hatte.«

In dieser seelischen Verfassung war es ein Glück für ihn, daß er in dem Meininger Bibliothekar Reinwald einen väterlichen Freund fand, mit dem er seine Gedanken und Empfindungen austauschen konnte. Wilhelm Friedrich Hermann Reinwald, zweiundzwanzig Jahre älter als Schiller, hatte Rechtswissenschaft studiert und sich eine umfassende Bildung angeeignet, bevor er Sekretär an der herzoglichen Bibliothek in Meiningen wurde. Ludwig Bechstein nennt ihn »die Seele und den guten Genius der Bibliothek«. Daneben arbeitete Reinwald wissenschaftlich, besorgte Ausgaben des »Ulfilas« und des »Heliand«, trieb sprachkundliche und mundartliche Studien, schrieb historische Abhandlungen und Gedichte, die Schiller zum Teil in die »Thalia« aufnahm. Trotz seiner reichen Gaben und seiner gediegenen Kenntnisse, seines unermüdlichen Fleißes und seiner Gewissenhaftigkeit kam er nicht zu materiellem Wohlstand, wurde bei Berufungen und Beförderungen übergangen und entwickelte sich mit der Zeit zu einem launischen und menschenscheuen Hypochonder.

Man mag sich wundern, daß zwei so ungleiche Naturen wie Schiller und Reinwald zueinanderfanden. Aber es gab manches, was sie vereinte. Beide hatten die gleichen Erfahrungen gemacht, sahen sich in ihren Erwartungen enttäuscht und gaben – mit Recht – den gesellschaftlichen Zuständen die Schuld daran.

Reinwald war dem jungen Dichter, der so früh die harte Schule des Lebens durchgemacht hatte, sofort zugetan. Nach der ersten Begegnung sagte er: »Es wohnt ein außerordentlicher Geist in ihm, und ich glaube, Deutschland wird einst seinen Namen mit Stolz nennen. Ich habe die Funken gesehen, die diese vom Schicksal umdüsterten Augen sprühen, und den reichen Geist erkannt, den sie ahnen lassen.«

Man verstand sich und lernte sich schätzen. Reinwald versorgte den Dichter mit Büchern und ermunterte ihn zum schriftstellerischen

Schaffen. Schiller machte den Meininger zum Vertrauten seiner Pläne und zum Berater seiner literarischen Arbeiten. Und man kam sich auch menschlich nahe: Dem an sich Zweifelnden half Reinwald über trübe Stunden hinweg und gab ihm den Glauben an seine dichterische Zukunft zurück. »Ich fühle mich doppelt wieder, und wärmeres Leben ergießt sich durch alle meine Nerven«, schreibt Schiller nach einer fruchtbaren Aussprache. Ein andermal gesteht er: »Sie sind der edle Mann, der mir so lange gefehlt hat, der es wert ist, daß er mich mitsamt allen meinen Schwächen und zertrümmerten Tugenden besitzt, denn er wird jene dulden und diese mit einer Träne ehren.«

Wenn das Wetter günstig war, wanderte Schiller nach Meiningen, oder man traf sich auf halbem Wege in Untermaßfeld. In den Zwischenzeiten gingen Briefe hin und her, die die Botenfrau mitnahm, die für Meininger Familien in Bauerbach Butter holte.

Auch im Dorf selbst wurde Schiller allmählich heimisch. Er kam ins Gespräch mit den Einwohnern, die er auf seinen Spaziergängen oder im Wirtshaus traf, spielte mit dem Gutsverwalter Schach oder kegelte mit den Honoratioren. Wenn er auch wenig Spaß daran hatte, ließ er sich hin und wieder überreden, mit auf die Jagd zu gehen. Im Gedankenaustausch mit den Bauern lernte er die Sorgen des Volkes kennen und gewann Einblick in die soziale Wirklichkeit auf dem Lande. Manche Erfahrung, die er damals machte, ist in seine Werke eingegangen. In einem Brief an Reinwald gesteht er: »Ich habe schon manche Feinheit an den Leuten entdeckt, die mir umso schätzbarer war, je weniger ich sie der rohen Natur zugetraut hätte«, und er spricht in diesem Zusammenhang davon, daß man die einfachen Menschen, denen er hier begegnete, »von den übrigen, sich besser dünkenden unterscheiden« müsse.

Die Bauerbacher Monate waren für Schiller keineswegs, wie man in alten bürgerlichen Literaturgeschichten liest, ein sorgloses Idyll. Sie waren eine Zeit der Besinnung und des Reifens, eine Zeit harter Kämpfe mit sich selbst, eine Zeit fleißigen Schaffens und zukunftsträchtiger Pläne. Über Einsamkeit und manchmal aufkommenden Kleinmut half literarisches Tätigsein hinweg. Schiller beschloß, die Zeit zu nutzen und »entsetzlich viel zu arbeiten«. Schon zwei Tage nach seiner Ankunft übersandte er Reinwald eine Liste seiner »literarischen Bedürfnisse«, aus der hervorgeht, welche Vorhaben ihn beschäftigten. Schriften von Lessing, Wieland und Shakespeare stehen obenan; es folgen historische Werke über England und Schottland, die er für »Maria Stuart« brauchte, und Bücher zur Geschichte Spaniens als Quellen für den »Don Carlos«.

»Ich bin wirklich sehr arbeitsam und freue mich, wenn mein Tagewerk vollendet ist« – dieses Motto geht fortan durch alle seine Briefe. Er ist glücklich, sich seinen »dichterischen Träumen« hingeben zu können, und will »diesen Winter nur Dichter sein«. Als erstes wird »Luise Millerin« vorgenommen, die ihn »schon um fünf Uhr aus dem Bette jagt«. In schöpferischer Unrast vollendet er in wenigen Monaten das Werk, das als die eigentliche Frucht des Bauerbacher Asyls anzusehen ist. Wir werden darauf zurückkommen, wenn wir Schillers Schaffen in Bauerbach im Zusammenhang besprechen.

Eine willkommene Abwechslung in das gleichmäßig dahinfließende Leben brachte um die Jahreswende ein Besuch Frau von Wolzogens. Am Neujahrstag 1783 traf sie mit ihrer sechzehnjährigen Tochter Charlotte, die in Hildburghausen erzogen wurde, auf dem Gut ein, freudig begrüßt von ihrem Schützling, der keine Gelegenheit versäumte, seinen Dank und seine Verehrung zum Ausdruck zu bringen. Freilich reiste sie schon am 3. Januar nach Walldorf weiter, dem nördlich von Meiningen gelegenen Stammgut der Familie Marschalk von Ostheim, wo sie sich – wie immer, wenn sie von Stuttgart nach Thüringen kam – einige Wochen bei ihrem Bruder aufhielt. Dort besuchte Schiller sie am 5. Januar und verlebte vier glückliche Tage im Kreis ihrer Familie. Dabei entzündete sich sein Herz für die Schönheit und Anmut Charlottes, die seine Empfindungen kaum anders als freundschaftlich erwiderte.

Als Schiller am 9. Januar nach Bauerbach zurückkehrte, spürte er, wie nahe ihm seine Beschützerin und deren Tochter in den wenigen Tagen gekommen waren. »Es ist schrecklich, ohne eine mitfühlende Seele zu leben«, schrieb er am nächsten Tage nach Walldorf. Henriette von Wolzogen, die eine kluge, für alles Schöne empfängliche und feinfühlige Frau war, empfand eine mütterliche Zuneigung für den vierzehn Jahre jüngeren Dichter, der sich nur allzu gern ihren »zärtlichsten Sohn« nannte. Er brachte ihr starke freundschaftliche Gefühle entgegen, die sich – wie vieles beim jugendlichen Schiller – zu schwärmerischer Anbetung steigerten. Er war sich bewußt, welchen Einfluß die reife Frau auf sein Gemüt und auf seinen Geist ausübte: »Wie viel, wie unendlich viel haben Sie nicht schon an meinem Herzen verbessert ... Fühlen Sie ihn ganz, den Gedanken, denjenigen zu einem guten Menschen gebildet zu haben und noch zu bilden, der, wenn er schlecht wäre, Gelegenheit hätte, Tausende zu verderben.«

Man muß es Frau von Wolzogen hoch anrechnen, daß sie sich des heimatlosen Flüchtlings wie eine zweite Mutter annahm. Mußte sie doch damit rechnen, daß ihre Söhne auf der Karlsschule die Ungnade des Herzogs zu spüren bekamen, wenn dieser erfuhr, wo sein entflohener Untertan weilte. Deshalb ermahnte sie ihren Schützling ständig, vorsichtig zu sein im Umgang und im Gespräch mit Fremden, damit sein Geheimnis gewahrt bleibe. Als trotzdem durch Indiskretion in Stuttgart bekannt wurde, wo sich Schiller verborgen hielt, schrieb er auf ihren Wunsch einen fingierten Brief, der aus Hannover datiert war und über seinen wirklichen Aufenthaltsort hinwegtäuschte; er tat darin so, als ob er auf der Reise nach England sei. Auch an Streicher richtete er ein paar Zeilen, die seine Spur verwischen sollten: »Schreiben Sie mir nicht, bis Sie neue Adressen haben ... Ich sei nicht mehr in Bauerbach, das ist alles, was Sie sagen können.«

Da diese Täuschungsmanöver ihren Zweck nicht verfehlten, brauchte Schiller, dem »geistige Mitteilung und Empfängnis« mehr denn je nötig waren, um »nicht zusammenzuschrumpfen«, nicht völlig vor dem Leben zu fliehen und sich vor den Menschen zu verschließen; er konnte in den Familien verkehren, die Frau von Wolzogen ihm als unbedenklich empfahl. Es waren im wesentlichen Angehörige des geistlichen Standes, mit denen sie ihn bekannt machte, unter ihnen Johann Georg Pfranger, Hofprediger in Meiningen, der sich auch für Literatur interessierte, Caspar Friedrich Sauerteig, Pfarrer in Walldorf, ein wissenschaftlich arbeitender Theologe und philosophisch gebildeter Kopf, Johann Christoph Rasche, Pfarrer in Untermaßfeld, ein verdienter Numismatiker, Georg Ludwig Scharfenberg, Pfarrer in Ritschenhausen, der durch naturwissenschaftliche Schriften, vor allem zur Entomologie, bekannt geworden ist, und Christian Emanuel Freißlich, Pfarrer in Bibra, sowie dessen Sohn Carl Christoph, der seinem Vater im Amt folgte. Es waren lebenserfahrene Männer, mit denen er offen über die gesellschaftlichen Zustände der Zeit sprechen konnte. Mit Pfarrer Freißlich, der auch in Bauerbach predigte, saß er oft bis in die Nacht im Gespräch zusammen. Mit Hofprediger Pfranger, der sich mit dem Drama »Der Mönch von Libanon«[4] auch als Schriftsteller versucht hatte, unterhielt er sich über religiöse und literarische Probleme. Pfranger, der ihm nach Reinwald am nächsten stand, trug mit verschiedenen Anregungen dazu bei, daß der »Don Carlos« Gestalt gewann.

In ganz anderer Weise wurde für den aufgeschlossenen Dichter fruchtbar, was er bei seinen Besuchen auf den Gütern des Adels erlebte, auf denen Frau von Wolzogen ihn bekannt machte. Hier lernte er im Gegensatz zu dem ärmlichen Dasein des einfachen Volkes, das er in Bauerbach vor Augen hatte, das üppige Leben, die Geldverschwendung und die geistige Hohlheit der »besseren Gesellschaft« kennen und sah mit Erschrecken, wie die Töchter der »höheren Stände« in Zwangsehen mit älteren, reichen Männern kommandiert wurden. Manche Beobachtung, die er dabei machte, ist als Anklage in die »Luise Millerin« eingegangen. Beinahe hätte er in Nordheim, auf dem Gute des Freiherrn von Stein, damals schon dessen Nichte, die früh verwaiste Charlotte Marschalk von Ostheim, kennengelernt, die als Charlotte von Kalb einen ungeliebten Mann heiraten mußte und 1784 in Mannheim Schillers Freundin wurde.

Während der Dichter in den strengen Wintermonaten, die ihn in seine vier Wände bannten, oft genug an Verdrießlichkeit und Gereiztheit litt und »mühsam eine dichterische Stimmung hervorarbeiten« mußte, erwachten mit dem Anbruch des Frühlings seine Kräfte zu neuem Leben. »Itzt«, schreibt er Ende März an Reinwald, »fangen die herrlichen Zeiten bald an, worin die Schwalben auf unsern Himmel und Empfindungen in unsre Brust zurückkommen. Wie sehnlich erwarte ich sie!« Die steigende Sonne befreite ihn aus seiner engen Stube; er konnte Spaziergänge in die Umgebung machen und die grünende Natur beobachten, in der Mittagszeit mitunter auch schon in der Gartenlaube hinter dem Haus sitzen und seinen Gedanken nachhängen. Von Tag zu Tag spürte er mehr, wie sein Körper gekräftigt und sein Geist angeregt wurde, wie sich neuer Mut und neue Schaffenslust einstellten, und er schrieb voller Zuversicht an den Meininger

Freund: »Tausend Ideen schlafen in mir und warten auf die Magnetnadel, die sie zieht.«

Schiller sann damals viel über sich und sein Schaffen nach. Dabei kamen ihm, wie aufbrechende Knospen, jene Gedanken, die er in dem berühmt gewordenen Brief vom 14. April 1783 an Reinwald niederlegte, in dem er sein Dichten als Selbstbekenntnis zu erklären und zu rechtfertigen suchte. In diesem Brief, geschrieben »Früh in der Gartenhütte«, stehen die Sätze: »Jede Dichtung ist nichts anderes als eine enthusiastische Freundschaft oder platonische Liebe zu einem Geschöpf unsers Kopfes. Ich will mich erklären. Wir schaffen uns einen Charakter, wenn wir unsre Empfindungen und unsre historische Kenntnis von fremden in andere Mischungen bringen – bei den Guten das Plus oder Licht – bei Schlimmern das Minus oder den Schatten vorwalten lassen. Gleichwie aus einem einfachen weißen Strahl, je nachdem er auf Flächen fällt, tausend und wieder tausend Farben entstehen, so bin ich zu glauben geneigt, daß in unsrer Seele alle Charaktere nach ihren Urstoffen schlafen und durch Wirklichkeit und Natur oder künstliche Täuschung ein daurendes oder nur illusorisch – und augenblickliches Dasein gewinnen. Alle Geburten unsrer Phantasie wären also zuletzt nur wir selbst.«

Über die Aufgabe des Dichters heißt es in diesem Brief: »Dann rühren und erschüttern und entflammen wir Dichter am meisten, wenn wir selbst Furcht und Mitleid für unsern Helden gefühlt haben.« Ein wahrhafter Dichter muß, so meint Schiller, »die Kraft zur höchsten Freundschaft besitzen«, »muß weniger der Maler seines Helden, er muß mehr dessen Mädchen, dessen Busenfreund sein. Der Anteil des Liebenden fängt tausend feine Nuancen mehr als der scharfsichtigste Beobachter auf.«

In keinem seiner Werke hat Schiller diese Gedanken unmittelbarer verwirklicht als in dem Drama, das ihn in Bauerbach vorwiegend beschäftigte, seiner »Luise Millerin«. Die Idee zu dem »bürgerlichen Trauerspiel« war ihm gekommen, als er in Stuttgart im Arrest saß und die Tyrannei des Absolutismus am eigenen Leib verspürte. Mitte Februar 1783 war das Stück so weit fertig, daß er Reinwald um »gutes Schreibpapier« zur Reinschrift bitten konnte. Auf Wunsch Dalbergs änderte er später noch einiges, damit das Werk aufgeführt werden konnte. Einem Vorschlag Ifflands entsprechend, gab er ihm den Namen »Kabale und Liebe«.

Es sind Schillers eigene Erlebnisse und Erfahrungen, die in diesem Drama poetische Gestalt angenommen haben. Angefangen von den skandalösen Zuständen am Hof des württembergischen Herzogs Karl Eugen, der ihm seine Jugend geraubt hatte und seine dichterische Berufung nehmen wollte, bis hin zu den Eindrücken, die er von den Verhältnissen auf den südthüringischen Familiengütern gewonnen hatte, griff er mit vollen Händen in die Wirklichkeit seiner Zeit und formte sie mit dichterischer Wahrheit zum realistischen Drama. Was er an Zorn und Bitterkeit in sich hineingefressen hatte, was er an Leid und Sehnsucht im Herzen trug – Enttäuschung, Angst, Auflehnung, Anklage, aber auch Hoffnung, Zuversicht, Glaube an die Menschen und an die Zukunft –, all das ergoß sich in die erschütternden Szenen dieser Dichtung, die im Bauerbacher Asyl entstand. Was Lessing in seinem Drama »Emilia Galotti« nur in der Maske einer fernen Zeit und eines fernen Ortes zu sagen gewagt hatte, sprach er furchtlos und unverhüllt aus. Seiner eigenen Zeit hielt er den Spiegel vor, wenn er das korrupte Hofleben mit seinem bornierten Kastengeist und die unwürdigen Verhältnisse, unter denen die Menschen in den von Willkür regierten Kleinstaaten leben mußten, wenn er die herrschende Gesellschaftsordnung mit ihren Gegensätzen, Vorurteilen und Ungerechtigkeiten anprangerte. In den persönlichen Konflikten, in die die Personen des Stückes verstrickt werden, kommt der politische Widerspruch zwischen Adel und Bürgertum zum Ausdruck, wird, wie sich Alexander Abusch ausdrückt, »der Kampf einer aufsteigenden und um ihre Gleichberechtigung ringenden Klasse gegen eine überalterte Ordnung dargestellt. Hier kämpfen, ein halbes Jahrzehnt vor der bürgerlichen Revolution in Frankreich, auf dem Schauplatz des national zerrissenen Deutschland, Menschen, die in ihren Charakteren die besten nationalen Eigenschaften des deutschen Volkes verkörpern. Geschichtlich gesehen spiegelt der persönliche Konflikt Luises, Millers und Ferdinands die gesellschaftliche Auseinandersetzung des aufsteigenden jungen Bürgertums mit dem seine Vorrechte noch zäh verteidigenden Feudalabsolutismus wider – und zwar in der Epoche, in der die bürgerliche Revolution in Europa heranzureifen begann.«

Das »erste deutsche politische Tendenzdrama« hat Friedrich Engels das Stück genannt, in dem Schiller mit flammender Begeisterung Partei nimmt in dem brennenden Konflikt seiner Zeit und seine Mitbürger zum Kampf gegen das feudale System aufruft, das die Menschenrechte mit Füßen tritt. »Kabale und Liebe« ist ein Stück Revolution, ist die Auflehnung gegen die erbärmlichste Schmach des Jahrhunderts, gegen das Blutgeschäft der deutschen Fürsten, die ihre Landeskinder als Söldner ins Ausland verkauften, um ihr verschwenderisches Leben und ihre Mätressenwirtschaft zu finanzieren. Ein Meisterstück kühner sozialer und nationaler Anklage stellt die berühmte Kammerdienerszene dar; sie ist Ereignissen nachgestaltet, die sich an deutschen Höfen wirklich abgespielt haben. In den Jahren 1775 bis 1783 wurden von verantwortungslosen Fürsten 29 166 Soldaten verschachert, um den Unabhängigkeitskampf der amerikanischen Kolonisten gegen das englische Mutterland zu unterdrücken; von ihnen mußten 11 853 im Ausland ihr Leben lassen. Bei ihrem Abtransport kam es wiederholt zu Meutereien, die mit brutaler Gewalt niedergeschlagen wurden. Schillers Vater hatte den Aufstand der zum Militär gepreßten Württemberger miterlebt und seinem Sohn davon erzählt.

Im Volk herrschten Abscheu und Empörung über die unmenschlichen Methoden, die dabei angewendet wurden. Zur Sprecherin der gequälten Untertanen, die ihren Mund nicht auftun konnten, machte Schiller seine Lady Milford.

In den Gestalten des Dramas, dessen gesellschaftlicher Hintergrund mit kräftigen, kontrastreichen Farben gemalt ist, erkennt der aufmerksame Betrachter eine Reihe von Zeitgenossen, die Schiller als Vorbild für seine realistische Menschendarstellung benutzt hat. Die prachtvolle Figur des Musikus Miller – eine der lebensvollsten, die der Dichter geschaffen hat – vereinigt in sich Wesens- und Charakterzüge des einfachen Mannes aus dem Volke und des selbstbewußten Bürgers. Luise, seine Tochter, ist Fleisch und Blut der Charlotte von Wolzogen[5], die Schiller mit der gleichen Qual und Sehnsucht geliebt hat wie Ferdinand das schlichte Bürgermädchen, nur daß im Drama die Rollen der beiden Liebenden aus verschiedenen Gesellschaftskreisen vertauscht sind.

Einem idealisierten Abbild der Mätresse Karl Eugens, Gräfin

Franziska von Hohenheim, begegnen wir in der Gestalt Lady Milfords[6]. Ihren Charakter hat Schiller gegenüber dem ersten Entwurf des Stückes erheblich verändert. Das geschah unter dem Einfluß Henriette von Wolzogens, die mit der Hohenheim befreundet war und die Rache der einflußreichen Frau für ihre vier Söhne fürchten mußte, die auf eine Anstellung im württembergischen Staatsdienst angewiesen waren. Deshalb hob er das Nachbild der herzoglichen Mätresse, die alles andere als das Gewissen des Landes war – und die Schuld daran trug, daß der Freiheitsdichter Schubart eingekerkert wurde –, auf eine moralische Ebene.

Lebensechte Menschenschilderung, gesellschaftliche Wahrheit und fortschrittliches Ideengut verbinden und steigern sich in diesem Meisterwerk des klassischen Realismus zu einem Höhepunkt der revolutionären Dramatik, wie er in der deutschen Literatur bisher nicht erreicht worden war.

Noch vor der Fertigstellung von »Kabale und Liebe« wandte sich Schiller neuen Dramenstoffen zu. Er schwankte lange zwischen »Prinz Konradin«, »Friedrich Imhof«, »Maria Stuart« und »Don Carlos«. Das Imhof-Thema reizte ihn, weil er darin Jesuitentum, Bigotterie und Spielleidenschaft, über die er interessante Bücher gelesen hatte, als Laster der bürgerlichen Gesellschaft geißeln konnte – im »Geisterseher« ist er darauf zurückgekommen. Er verzichtete jedoch auf diesen Stoff zugunsten des »Don Carlos«, mit dem er sich im März 1783 zu beschäftigen begann. Am 27. schreibt er an Reinwald: »Über ein neues Stück bin ich mit mir einig. Um meines langen Hin- und Herschwankens zwischen Imhof und Maria Stuart los zu sein, hab ich beide bis auf weitere Ordre zurückgelegt und arbeite nunmehr entschlossen und fest auf einen Don Carlos zu.« Die Hauptgestalten standen ihm klar vor Augen; er freute sich auf die »Gelegenheit zu starken Zeichnungen und erschütternden oder rührenden Situationen«. »Außerdem will ich es mir in diesem Schauspiel zur Pflicht machen, in Darstellung der Inquisition die prostituierte Menschheit zu rächen und ihre Schandflekken fürchterlich an den Pranger zu stellen. Ich will – und sollte mein ›Karlos‹ dadurch auch für das Theater verloren gehen – einer Menschenart, welche der Dolch der Tragödie bis jetzt nur gestreift hat, auf die Seele stoßen.«

Um dieses dramatische »Programm« zu verwirklichen, ließ er sich aus der Meininger Bibliothek historische Werke über Spanien und den Abfall der Niederlande kommen und vertiefte sich in Brantomes Geschichte Philipps II. Er lebte sich rasch in die neue Schöpfung ein und begann seinen Carlos wie einen wirklichen Freund zu lieben. »Ich muß Ihnen gestehen«, schreibt er am 14. April an Reinwald, »daß ich ihn gewissermaßen statt meines Mädchens habe. Ich trage ihn auf meinem Busen – ich schwärme mit ihm durch die Gegend um – um Bauerbach herum.« Die ersten Szenen des Werkes gehören der Zeit des zu Ende gehenden Asyls an. Aber auch »Maria Stuart«, für die er Humes Geschichte Karls I. von England, Robertsons Geschichte von Schottland und Camdans Lebensbeschreibung der Königin Elisabeth las[7], begann sich in Entwürfen und ersten Niederschriften zu formen.

In die Bauerbacher Schaffensperiode Schillers gehören neben diesen Dramen zwei Gelegenheitsgedichte, die aus einem unmittelbaren Erleben im südthüringischen Raum hervorgegangen sind. Anfang 1783 schrieb er die »Wunderseltsame Historia des berühmten Feldzuges, als welchen Hugo Sanherib König von Assyrien ins Land Juda unternehmen wollte, aber unverrichteter Ding wieder einstellen mußte«. Anlaß zu diesem satirischen Gedicht war die vereitelte Hoffnung des Coburger Hofes, sich des Meininger Ländchens bemächtigen zu können, als Herzog Georg I., der keine Erben hatte, schwer erkrankte und dem Tode nahe war. Schon stand das Coburger Militär bereit, das Meininger Oberland zu besetzen, als der Herzog überraschend genas und die Hoffnung auf das Aussterben des Meininger Herrscherhauses vereitelte. Was alle Meininger über das voreilige Coburg empfanden, sprach Schiller in seinem Spottgedicht aus, das am 1. Februar 1783 unter der fingierten Quellenangabe »Aus einer alten Chronika gezogen und in schnakische Reimlein bracht von Simeon Krebsauge Bakkalaur« in den »Meiningischen wöchentlichen Nachrichten« erschien.

Einem Wunsch Frau von Wolzogens entsprach der Dichter, als er ein »Hochzeitsgedicht« auf deren Pflegetochter, Henriette Sturm, schrieb, die im Januar 1783 einen Walldorfer Beamten heiratete:

»Zum ersten Mal – nach langer Muße –
Dir, gutes Kind, zum Hochzeitgruße

Ergreif ich meinen Dichterkiel.
Die Schäferstunde schlägt mir wieder –
Vom Herzen strömen warme Lieder
Ins brachgelegne Saitenspiel.«

Fünfundzwanzig Strophen umfaßt das Gedicht, in dem er die Seligkeit der Liebe, das Glück der Ehe und die Freuden der Mutterschaft besingt. Mit dem leitmotivisch wiederkehrenden »der Mütter Beste« verherrlicht er seine mütterliche Freundin Henriette von Wolzogen. Was er für deren Tochter empfindet, schwingt mit in den Versen, in denen er die Tugend des »Mädchens mit dem besten Herzen« preist und seinen Grimm über die trennenden Standesvorurteile zum Ausdruck bringt:

»Ich fliege Pracht und Hof vorüber;
Bei einer Seele steh ich lieber,
Der die Empfindung – Ahnen gab.«

Die Liebe zu Charlotte von Wolzogen, die er seit Monaten im Herzen trug, flammte mächtig auf, als sie mit ihrer Mutter im Mai 1783 nach Bauerbach kam, um auf dem Familiengut Pfingsten zu feiern. Schiller hatte alles für den Empfang vorbereitet, hatte Haus und Garten instand setzen, eine Allee von Maien vom Ortseingang bis zum Herrenhaus anlegen und am Hof eine Ehrenpforte von Tannengrün errichten lassen. Unter Böllerschüssen zog man in die festlich geschmückte Kirche, wo Pfarrer Freißlich die Begrüßungsansprache hielt. Dienstag nach Pfingsten wurden die Einwohner geladen und bewirtet. Schiller schreibt: »Gestern hatten wir einen lustigen Tag. Die Bauern des Dorfs haben in unserm Hofe getanzt, und ich sahe fröhliche Menschen. Bauerbach ist gewiß keine Barbarei.«

Er war glücklich, wieder mit Charlotte zusammenzusein. Man machte Ausflüge in die maigrünen Bergwälder, spielte Schach, Dame und Tarock, hin und wieder las Schiller aus seinen Manuskripten vor, in der stillen Hoffnung, damit die Neigung des Mädchens zu gewinnen. Die Nähe der Geliebten, die ihm unbefangen herzlich entgegenkam, ließ ihn den ganzen Liebreiz des »verjüngten Ebenbildes ihrer

Mutter« empfinden. In einem Brief an ihren Bruder Wilhelm schreibt er: »Noch ganz wie aus den Händen des Schöpfers, unschuldig, die schönste, weichste, empfindsamste Seele und noch kein Hauch des allgemeinen Verderbnisses am lauteren Spiegel ihres Gemüts – so kenn ich Ihre Lotte.«

Schillers Gefühle blieben Charlottes Mutter natürlich nicht verborgen. Mit wachsender Sorge beobachtete sie sein Werben um das Herz des Mädchens, das ja bereits an einen Stuttgarter Freund der Familie gebunden war. Als seine Zuneigung immer leidenschaftlicher wurde, hielt sie sich für verpflichtet, ihren Schützling darüber aufzuklären, daß ihre Tochter an Herrn von Winkelmann – Schiller kannte ihn von der Militärakademie her – versprochen sei. Das traf den jungen Dichter wie ein Keulenschlag. Zwischen Eifersucht und Resignation hin- und herschwankend, versuchte er seiner Gemütsbewegungen Herr zu werden und seine Wünsche zu ersticken: »Es ist schrecklich, sich an irgend ein Herz zu hängen, wo man, weil doch auf der Welt nichts Bestand hat, notwendig einmal sich losreißen und verbluten muß.« Er rang sich dazu durch zu entsagen, doch die mühsam unterdrückte Leidenschaft brach sofort wieder auf, als er erfuhr, daß zwischen Winkelmann und Charlotte eine Verstimmung eingetreten war. Aus einer Nachricht ihres Bruders Wilhelm, der den adligen Bewerber gar nicht schätzte und deshalb gegen die Verbindung war, glaubte er herauszulesen, daß Charlotte den Stuttgarter Herrn nicht mochte. Das nährte die wieder aufflammende Hoffnung, es werde vielleicht doch einen Weg zum Herzen und zur Hand der Geliebten geben. Er war entschlossen, alle notwendigen Opfer zu bringen, und setzte Frau von Wolzogen in einem ausführlichen Brief vom 30. Mai auseinander, daß er bereit sei, seine Dichterlaufbahn aufzugeben, wenn Charlotte in Bauerbach bleiben und dort mit ihm vereint leben würde. »Wie klein ist doch die höchste Größe eines Dichters gegen den Gedanken, glücklich zu leben«, heißt es in diesem Brief. Er will ein bescheidenes Dasein an Lottes Seite führen und fleißig arbeiten, um ihrer beider Existenz zu sichern. »Nur das ist die Frage, wie ich bei Ihnen auf die Dauer meine Glückseligkeit gründen kann.« Die Berufung des Dichters erscheint ihm klein gegen die Vorstellung, mit dem geliebten Wesen verbunden zu sein. An Namen und Ruhm liege ihm nichts; möge der Lorbeer »die nächste boeuf à la mode« [geschmortes Rindfleisch] zieren.

Frau von Wolzogen ist viel zu lebenserfahren, um nicht zu wissen, daß das nicht gutgehen kann. Der dreiundzwanzigjährige Schiller ist hoffnungslos verschuldet, zu seinen alten Schulden sind neue gekommen, er hat keine Einnahmen und muß sich förmlich erbetteln, was er für seine täglichen Bedürfnisse braucht. Seine Zukunft ist ungewisser denn je; er wird für absehbare Zeit auf finanzielle Unterstützung angewiesen sein, die sein Vater nicht mehr zahlen will und Frau von Wolzogen bei ihrer angespannten Vermögenslage nicht gewähren kann. Dazu kommt der Standesunterschied, auf den Frau von Wolzogen im Interesse der Familie Rücksicht nehmen muß.

Henriette denkt sicher nicht nur an das Glück ihrer Tochter, sondern auch an die Zukunft des jugendlichen Dichters, wenn sie sich entschließt, ihn aus seinen gefährlichen Träumen zu reißen. Für Schiller wie für Lotte ist es das beste, wenn sie sich trennen. So schlägt sie dem Freund auf einem Spaziergang vor, eine Zeitlang zu verreisen, sich in der Welt umzusehen und neue Beziehungen anzuknüpfen. In sechs Wochen sei viel zu erreichen, dann könne er ja nach Bauerbach zurückkommen. Inzwischen, so hofft sie wohl, wird Charlotte eine Stellung am Hofe zu Gotha angetreten haben, wo sie für den »nicht hoffähigen« Dichter unerreichbar ist.

Unterdessen hatte sich in Mannheim die Lage zugunsten Schillers geändert. Da sich der Herzog von Württemberg, wie es schien, beruhigt hatte und seinen geflohenen Untertan nicht mehr verfolgte, glaubte Dalberg wieder Verbindung mit dem Dichter aufnehmen zu können. Sein Theater hatte einen unbefriedigenden Winter hinter sich, schlechte Stücke hatten schlechte Kassen gemacht; es fehlte an gediegenen ernsten Dramen, für die neue Saison brauchte man etwas Zugkräftiges, um die Einnahmen zu verbessern. Iffland legte dem Intendanten nahe, den »Fiesko«, der noch immer nicht aufgeführt worden war, durch eine Überarbeitung bühnenwirksam zu machen; Streicher wies auf die eben entstandene »Luise Millerin« hin, von der man sensationelle Dinge hörte. Außerdem schien es geboten, mehr Shakespeare zu spielen, für den jedoch kein geeigneter Bearbeiter vorhanden war.

Im März 1783 erhielt Schiller einen Brief von Dalberg, in dem sich der Intendant nach seinem Befinden und seinen dramatischen Arbeiten, insbesondere der »Luise Millerin«, erkundigte.

Der Dichter ließ sich Zeit mit der Antwort und schrieb schließlich einen diplomatischen Brief, der mit ironischen Untertönen beginnt: »Euer Exzellenz scheinen, ungeachtet meines kürzlich mißlungenen Versuchs, noch einiges Zutrauen zu meiner dramatischen Feder zu haben. Ich wünschte nichts, als solches zu verdienen; weil ich mich aber der Gefahr, Ihre Erwartung zu hintergehen, nicht neuerdings aussetzen möchte, so nehme ich mir die Freiheit, Ihnen einiges von dem Stücke vorauszusagen.« Er weist auf die poetischen Eigenwilligkeiten und dramaturgischen Unzulänglichkeiten der »Luise Millerin« hin.

Dalberg ist entschlossen, das Werk aufzuführen, und bittet um Übersendung des Manuskriptes. Gleichzeitig lädt er den Dichter ein, nach Mannheim zu kommen und mit ihm über eine feste Bindung an sein Theater zu verhandeln.

Schiller zögert nicht, die Einladung anzunehmen, bietet sie doch die Chance, »Fiesko« und »Luise Millerin« endlich auf die Bühne zu bringen und eine Existenz zu begründen, die es ihm ermöglicht, um Charlottes Hand anzuhalten. Am Morgen des 24. Juli 1783 verläßt er Bauerbach, nach einem schmerzlichen Abschied von seiner mütterlichen Freundin. Er hat eingesehen, daß ihr Rat gut und richtig war. Das Reisegeld borgt er sich von einem Bauerbacher Juden, bei dem sich Frau von Wolzogen für die Rückzahlung verbürgt. Da er fest entschlossen ist, nach ein paar Wochen wiederzukommen, nimmt er nur das Notwendigste mit und läßt alles zurück, was er für einen weiteren Aufenthalt braucht.

Der Abschied von Bauerbach, das ihm fast acht Monate Zuflucht gewährt hat, ist ein entscheidender Augenblick in seinem Leben. Was er hinter sich läßt, wird nicht zurückkehren; was ihm bevorsteht, liegt nebelhaft verhüllt auf dem Weg, den er nun mit Mut und Zutrauen antritt. Und es scheint so, als wolle alles gutgehen.

Am 27. Juli trifft er in Mannheim ein und wird freundlich aufgenommen. Dalberg schließt mit ihm einen Vertrag, wonach Schiller ab 1. September mit dreihundert Gulden Jahresgehalt als Theaterdichter angestellt wird und drei Stücke für die Mannheimer Bühne liefern muß. Am 11. Januar 1784 werden der »Fiesko«, den er noch einmal umgearbeitet hat, und am 15. April 1784 »Kabale und Liebe« mit einigen von Dalberg gewünschten Änderungen aufgeführt. Das Publikum ist von beiden, vor allem von »Kabale und Liebe«, begeistert.[8] Kurz vorher ist bei Schwan die Buchausgabe erschienen. Am 26. Juni hält Schiller auf einer Sitzung der »Deutschen Gesellschaft« seine berühmt gewordene Rede »Vom Wirken der Schaubühne auf das Volk«[9], die unter dem Titel »Die Schaubühne als moralische Anstalt betrachtet« gedruckt wird. Es sieht alles danach aus, als habe er festen Fuß gefaßt.

Nach Bauerbach kehrt er nicht zurück. Aber seine Gedanken weilen oft in dem Dorf, das seinem Leben und Schaffen neuen Auftrieb gegeben hat. In einem Brief, den er nach Jahresfrist an Henriette von Wolzogen schreibt, heißt es: »Wenn ich jetzt ernsthaft über meine Schicksale nachdenke, so finde ich mich seltsam und sonderbar geführt. Nie kann ich ohne Bewegung der Seele an den Spaziergang in Ihrem Wald zurückdenken, wo es beschlossen wurde, daß ich eine Zeit lang verreisen sollte. Wer hätte damals gedacht, daß ein ungefährer Gedanke soviel in meinem Schicksal verändern würde! Und doch hat dieser Gedanke vielleicht für mein ganzes Leben entschieden. War mein Aufenthalt in Bauerbach etwa nur eine schöne Laune meines Schicksals, die nie wiederkommen wird? War es ein Gebüsch, wo ich auf meiner Wanderung hängen blieb, um desto stärker wieder mitten in den Strom gerissen zu werden?«

Die Sehnsucht nach Charlotte läßt ihn nicht los. Er träumt von dem »herrlichen Augenblick, wenn wir uns wieder entgegenfliegen«, und meint: »Diese Hoffnung macht mich auch schon in der Ferne froh, und ich genieße die freudige Zukunft schon jetzt.« Noch im Juli 1784, ein Jahr nach der Trennung, heißt es in einem Brief an die Mutter: »Fände ich ein Mädchen, das meinem Herzen teuer genug wäre! Oder könnte ich Sie beim Wort nehmen und Ihr Sohn werden. Reich würde freilich Lotte nie – aber gewiß glücklich.«

Doch mit dem Einleben in eine neue Welt, in neue Arbeit, neue Verhältnisse und neue Bekanntschaften beginnt das Bild der Geliebten zu verblassen. Neue Frauen treten ihm nahe: Margarethe Schwan, Charlotte von Kalb, Henriette von Arnim. Charlotte von Wolzogen trennt sich auch sichtbar von ihm; sie verlobt sich in Hildburghausen mit einem Herrn von Lilienstern und macht damit allen Wunschträumen des Dichters ein Ende.

Schiller hat noch lange dankbar des Ortes gedacht, den er später die »zweite Wiege meines Lebens« nennt. Viele Jahre nach seinem Weggang spricht er in einem Brief von seinem »allmächtigen Hang zum stillen und herrlichen Leben in Bauerbach«.

Am 23. November 1787 besuchte Schiller von Weimar aus seine Schwester Christophine in Meiningen, die seinen alten Freund Reinwald geheiratet hatte.[10] Zwei Tage später kam er nach Bauerbach und fand dort alles beim alten: die freundliche Ortschaft, die vertraute Umgebung, die bekannten Gesichter. Doch berührte ihn – nach mehr als vier Jahren – nichts mehr. Er war ein anderer geworden, brachte andere Gedanken, andere Erkenntnisse, andere Gefühle mit; zwischen damals und jetzt lag eine Epoche neuen Lebens und neuen Denkens. »Ich war«, schreibt er am 8. Dezember an Gottfried Körner in Dresden, »also wieder in der Gegend, wo ich von 82 bis 83 als ein Einsiedler lebte. Damals war ich noch nicht in der Welt gewesen, ich stand sozusagen schwindelnd an ihrer Schwelle, und meine Phantasie hatte ganz erstaunlich viel zu tun. Jetzt, nach fünf Jahren, kam ich wieder, nicht ohne manche Erfahrungen über Menschen, Verhältnisse und mich. Jene Magie war wie weggeblasen. Ich fühlte nichts. Keiner von allen Plätzen, die ehemals meine Einsamkeit interessant machten, sagte mir jetzt etwas mehr. Alles hat seine Sprache an mich verloren. An dieser Verwandlung sah ich, daß eine große Veränderung mit mir selbst vorgegangen war. Und mußte sie nicht? Wie viele neue Gefühle, Schicksale und Situationen lagen nicht in diesem Zeitraume.«

In Bauerbach sah Schiller auch Frau von Wolzogen und ihre Tochter wieder.[11] Er wurde aufs freundlichste aufgenommen und las den Damen aus dem »Don Carlos« vor. Man beriet über die Tilgung seiner alten Schulden und besprach – ein Beweis des Vertrauens, das er genoß – die bevorstehende Heirat Charlottes mit Herrn von Lilienstern. Als sich der Dichter am 5. Dezember verabschiedete, ahnte er nicht, daß er seine Bauerbacher Freundinnen zum letzten Mal gesehen hatte. Henriette von Wolzogen starb 1788 an den Folgen einer Operation, Charlotte 1794 im ersten Kindbett. Beide, die ihm so viel bedeuteten, hat er nie vergessen. Henriette widmete er in einem Brief an Wilhelm von Wolzogen warme Worte des Gedenkens: »Sie war mir alles, was nur eine Mutter mir hätte sein können. Alle Liebe, die mein Herz ihr gewidmet hatte, will ich ihr in ihrem Sohne aufbewahren und es als eine Schuld ansehen, die ich ihr noch im Grabe abzutragen habe.«

Wer heute nach dem vierzig Jahre an der Staatsgrenze gelegenen Bauerbach kommt, ist erfreut über den freundlichen Anblick, den das in Wiesen, Felder und Wälder gebettete Dorf abseits der Fernverkehrsstraße Meiningen-Hildburghausen bietet. Über dunklen Fichtenwäldern ragt die Ruine der Burg Henneberg empor und erinnert daran, daß nur wenige Kilometer entfernt der Stammsitz der einst hier herrschenden Grafen von Henneberg lag.

Bauerbach macht mit seinen gepflegten Häusern und Vorgärten einen sauberen und wohnlichen Eindruck. An der Hauptstraße, die den Ort von Ost nach West durchzieht, liegen die etwas fremdartig wirkende neugotische Kirche, das Gasthaus »Zum braunen Roß«, das noch Erinnerungen an Schiller hütet, und das Haus des Lehrers und Gutsverwalters Vogt, der Schiller am 7. Dezember 1782 in Bauerbach empfing. An manchem Haus halten freskoartige Bilder Szenen aus Schillers Werken fest; besonders interessant ist die fortlaufende Bilderfolge am »Braunen Roß« – mit Texten zu dem satirischen Gedicht »Wunderseltsame Historia«, das bekanntlich in Bauerbach entstanden ist.

An der Hauptstraße liegt auch das Haus, in dem Schiller vom 7. Dezember 1782 bis zum 24. Juli 1783 als Gast der Frau von Wolzogen gewohnt hat. Es ist ein zweistöckiges, langgestrecktes Fachwerkgebäude, dessen Giebel zur Straße zeigt. An der vorderen Langseite zieht sich ein Hof mit Bäumen, an der hinteren und an der Schmalseite ein Garten mit Hecken, Blumenbeeten und Rasenflächen hin. Das Haus, das – wie seine Nachbarn – einstmals bäuerliches Eigentum war, wurde in den siebziger Jahren des 18. Jahrhunderts zum Herrenhaus des Wolzogenschen Familiengutes umgebaut und erhielt die Gestalt, die wir heute vor uns haben. Durch Reparaturen veränderte sich sein Aussehen noch zweimal: 1790 und 1856.

Eine Gedenktafel schmückt den Hauseingang. Das Erdgeschoß, das zu Schillers Zeit Wirtschaftsräume und Dienerzimmer barg, ist heute mit Biedermeiermöbeln ausgestattet. Im Treppenhaus geleiten

Kupferstiche, die Szenen und Gestalten aus Schillers Dramen wiedergeben, den Besucher nach oben. Die Zimmer im ersten Stock sind fast durchweg im Originalzustand erhalten. In den vorderen wohnte Frau von Wolzogen mit ihrer Tochter, wenn sie in Bauerbach weilten; zu der stilvollen Einrichtung gehören Bilder von Mitgliedern der Familie.

An die Wolzogenschen Räume schließen sich nach hinten die beiden Zimmer an, die Schiller bewohnt hat, niedere Stube mit schmalen Fenstern, einfach, aber behaglich eingerichtet. Im Wohn- und Arbeitszimmer steht noch der eiserne Ofen mit dem urnenähnlichen Aufsatz und der rokokohaften Messingdekoration, der ihm in den kalten Wintermonaten Wärme spendete. An dem barocken Schreibtisch mit den gewundenen Füßen, der den Platz zwischen den bleigefaßten Fenstern einnimmt, schrieb er an der »Luise Millerin« und am »Don Carlos«. In dem bequemen Lehnstuhl mag er manches Mal ausgeruht und gelesen haben. Eine rundbogige Glastür führt in das nur sechs Quadratmeter große Schlafzimmer, das nichts weiter als das Bett, die Waschkommode, einen Schrank, einen Spiegel und eine Uhr enthält.

Alle Räume sind mit Gegenständen ausgestattet, die an Schillers Leben und Schaffen in Bauerbach erinnern. Wir sehen Stiche vom alten Bauerbach, vom alten Meiningen, Porträts der Mannheimer und Meininger Bekannten, Bilder von Lessing, Wieland und Goethe, die Schiller schätzte und verehrte. Wir sehen Frühdrucke der in Bauerbach entstandenen Werke und Illustrationen zu ihnen, Manuskripte von Schillers Hand und Briefe seiner Freundinnen Henriette und Charlotte von Wolzogen. Auch die Bücher sind aufgestellt, die der Dichter aus der Meininger Bibliothek entliehen hat. Die gegenständliche, menschliche und geistige Umwelt der Bauerbacher Zeit wird lebendig, wenn wir durch diese Räume wandern; in ihnen hat sich auch noch etwas von der Atmosphäre erhalten, in der er hier gearbeitet hat.

In einem nach Westen gelegenen Zimmer, das nicht zu Schillers Wohnung gehörte, war 1969 eine Ausstellung eröffnet worden, die in geschmackvollen Vitrinen Andenken an den Dichter, vor allem Briefe und Gedichte von seiner Hand, aber auch Dokumente zur Schillerpflege in Bauerbach zeigte. Hier konnte der Betrachter auch im Gästebuch der Gedenkstätte blättern, wo neben Eintragungen von Bürgern der Deutschen Demokratischen Republik Namen von Besuchern aus europäischen und außereuropäischen Ländern verzeichnet waren, so aus der Sowjetunion, der Mongolischen Volksrepublik, der Volksrepublik Bulgarien, Finnland, Norwegen und der Bundesrepublik Deutschland.

Die Pflege des humanistischen Erbes, das uns Friedrich Schiller hinterlassen hat, ist seit mehr als fünfzig Jahren ein besonderes Anliegen der Bauerbacher. Nach dem ersten Weltkrieg gründeten sie einen »Schillerverein«, der jeden Donnerstag im »Braunen Roß« tagte. Am 9. November 1930 wurde mit Genehmigung der Thüringischen Landesregierung eine Nationalstiftung »Schiller in Bauerbach« ins Leben gerufen, deren Hauptziel der Ankauf des Schillerhauses und die Finanzierung von Schillerfestspielen war. Bereits ein Jahr später konnte das Asyl des Dichters der Öffentlichkeit zugänglich gemacht werden. Dank reichlicher Spenden war es der Nationalstiftung 1934 möglich, das Haus zu erwerben. 1955 wurde es von den Nationalen Forschungs- und Gedenkstätten der klassischen deutschen Literatur übernommen und gründlich restauriert.

Über die Pflege der heimischen Tradition hinaus war es für die Bauerbacher von jeher eine ehrenvolle Verpflichtung, Schillers dramatisches Werk lebendig zu erhalten. Es begann damit, daß im Jahre 1905 Schulkinder unter der Leitung ihres Lehrers Szenen aus Schillers Stükken aufführten. 1932 fanden zum ersten Mal »Freilichtspiele« statt, für die man den »Wilhelm Tell« einstudierte. Ihm schlossen sich 1933 »Die Räuber« an. Zur Feier von Schillers 150. Todestag im Jahre 1955 setzten die Einwohner in 2500 freiwilligen Arbeitsstunden ihre Naturbühne instand und führten den »Wilhelm Tell« auf. Im Schillerjahr 1959 konstituierte sich ein örtlicher Schillerausschuß und beschloß, auf der Grundlage der »Erklärung des Schiller-Komitees der Deutschen Demokratischen Republik« eine nationale Schillerfeier durchzuführen. Man studierte erneut den »Wilhelm Tell« ein, wobei sich erstmals das ganze Dorf an den Aufführungen beteiligte; die Premiere wurde zu einem wahren Volksfest. 1960 folgten »Die Räuber«, 1961 »Wallensteins Lager«. Als das Arbeiter-und-Bauern-Theater 1969 mit Festaufführungen des »Tell« sein zehnjähriges Bestehen beging, konnte es auf acht Inszenierungen mit 56 Vorstellungen in Bauerbach und 17 Gastspielen in der Republik zurückblicken, die vor etwa 150000 Zuschauern über die Bühne gegangen waren. Dreimal beteiligten sich »Die Bauerbacher«, wie sie nun allgemein genannt wurden, an den Arbeiterfestspielen. Für ihre Leistungen wurden sie mit dem Vaterländischen Verdienstorden in Silber, dem Preis für künstlerisches Volksschaffen und dem Titel »Hervorragendes Volkskunstkollektiv« ausgezeichnet.

Kein Schillerverehrer, der nach Bauerbach kommt, wird versäumen, sich die interessante Naturbühne dieses Laientheaters »Friedrich Schiller« anzusehen. Sie liegt unweit des Ortes in einer sanft ansteigenden Mulde am Berghang, dem sogenannten »Großen Graben«. Das hügelige, ringsum bewaldete Gelände bietet alle natürlichen Voraussetzungen für Auftritte und Abgänge, Massenszenen, rasche Handlungsabläufe und stimmungsvolle Naturszenerien. Wenige Bauwerke ermöglichen das Spielen in oder vor geschlossenen Räumen. Die Bergwände bewirken eine gute Akustik, und so kann die ausgedehnte Spielfläche voll genutzt werden.

Wer das Glück hatte, einer Aufführung des Arbeiter-und-Bauern-Theaters beizuwohnen, weiß zu schätzen, was dieses aus Laien bestehende Ensemble leistete, wenn es »Wilhelm Tell«, »Die Räuber« oder den »Armen Konrad« in Szene setzte. Von den 385 Einwohnern des Dorfes war ein Drittel unmittelbar oder mittelbar an den Aufführungen beteiligt. Es gab keine Familie, wo nicht wenigstens ein Mitglied in irgendeiner Form mit den Spielen verbunden war.[12]

Das Bauerbacher Kollektiv, das dramaturgisch von Künstlern des Meininger Theaters unterstützt wurde, genoß als eine der besten Laienspielgruppen der Republik einen guten Ruf. Anläßlich des zehnjährigen Jubiläums richtete der damalige Minister für Kultur der DDR, Klaus Gysi, ein Glückwunschschreiben an das Ensemble, in dem es heißt: »Die Entwicklung Ihres Arbeiter-und-Bauern-Theaters ist ein echter Ausdruck der sozialistischen Gemeinschaftsarbeit zwischen Berufskünstlern und Volkskunstschaffenden, die … wertvolle Beiträge für die Entwicklung unserer sozialistischen Nationalkultur leisten«.

So wirkte ein kleines Dorf im Südwestzipfel Thüringens, wo ein Dichter der Nation in entscheidenden Monaten seines Lebens Asyl und neue Kraft zum Schaffen fand, durch seine aufgeschlossenen Menschen für die Pflege und schöpferische Aneignung eines großen kulturellen Erbes.

Weimar
Hoffnung des Heimatlosen

Vier Jahre liegen zwischen dem Tag, an dem Schiller das Bauerbacher Asyl verließ, und seiner Rückkehr nach Thüringen. Es waren Jahre erneuten Wanderns und Suchens, Jahre trostloser Enttäuschung auf der einen, glücklicher Geborgenheit auf der anderen Seite, Jahre aber auch des geistigen, seelischen und schöpferischen Reifens.

Der Versuch, in Mannheim Fuß zu fassen, war gescheitert. Dalberg ließ seinen Theaterdichter schon nach einem Jahr fallen und erneuerte den Vertrag nicht. Wieder war Schiller auf publizistische Lohnarbeit angewiesen. »Überdem«, schreibt er am 7. Dezember 1784, »zwingt ja das deutsche Publikum seine Schriftsteller, nicht nach dem Zuge des Genius, sondern nach Spekulationen des Handels zu wählen.« Er gründete eine Zeitschrift, »Rheinische Thalia«, von der aber wegen »der geringen Teilnahme höherer Stände an der deutschen Literatur« nur ein einziges Heft erschien. Schiller dachte damals ernstlich daran, sich wieder der Medizin zuzuwenden oder Rechtswissenschaft zu studieren. »Sein Vorsatz war so fest«, schreibt Streicher, »die Ausführung schien ihm so leicht, eine ehrenvolle Anstellung bei einem der kleinen sächsischen Höfe so nahe«, daß er entschlossen war, Dichten und Schreiben endgültig aufzugeben.

Als die Not am höchsten stieg und die Schuldenlast unübersehbar wurde, griff ein Mann in sein Leben ein, der das Genie des Dichters erkannt hatte und bereit war zu helfen. Christian Gottfried Körner, der Vater des späteren Freiheitsdichters Theodor Körner, schrieb an Schiller: »Zu einer Zeit, da die Kunst sich immer mehr zur feilen Sklavin reicher und mächtiger Wollüstlinge herabwürdigt, tut es wohl, wenn ein großer Mann auftritt und zeigt, was der Mensch auch jetzt noch vermag.« Er schickte ihm das Geld zur Bezahlung seiner Schulden und lud ihn ein, nach Leipzig zu kommen. Körner fühlte, daß der enttäuschte Dichter einen verständnisvollen Freund brauchte, und rief ihm zu: »Auch ich kenne den Durst nach Sympathie aus Erfahrung. Sie ahnen, daß der Ihrige bei uns gestillt werden wird.«

Dankbar nahm Schiller die Einladung an.[13] Am 17. April 1785 traf er in Leipzig ein, verlebte einen sorgenfreien Sommer in Gohlis und folgte Körner am 11. September nach dessen neuem Wirkungskreis Dresden. Wie eine Insel im unruhigen Strom seines Lebens muten die Dresdener und Loschwitzer Jahre des Dichters an, in denen Körners Freundschaft den an sich Zweifelnden zu neuem Leben erweckte und zum dichterischen Beruf zurückführte.

Befreit von Sorge und materieller Not, umhegt von teilnehmender Liebe und beflügelt vom Gedankenaustausch mit Körner, dessen Freund Huber und ihren geistvollen Frauen, fand Schiller in der Natureinsamkeit des Loschwitzer Landhauses wieder Muße zum poetischen Schaffen und schrieb – Ausdruck des neuen Lebensgefühls, das ihn erfüllte – das Lied »An die Freude«[14]. Neben dem weltumfassenden Freiheitsgesang des erwachten Bürgertums, den Beethoven in der 9. Sinfonie vertont hat, vollendete er in Loschwitz den »Don Carlos«, den er in Bauerbach begonnen hatte. In diesem Drama prangert er die feudalabsolutistische Gewaltherrschaft an und zeichnet das Idealbild eines humanistischen Staates.

Zwei Jahre währte das Dresden-Loschwitzer Intermezzo, Zeit genug für den heimat- und berufslosen Dichter, über sich selbst nachzudenken und klare Vorstellungen über sein künftiges Leben und seine künftigen Aufgaben zu gewinnen. Im Brennpunkt seines Sehnens und Suchens stand eine Stellung, die ihm wirtschaftliche Sicherheit und schöpferische Ruhe gewähren sollte. »Ich sehne mich nach einer bürgerlichen und häuslichen Existenz«, heißt es in einem seiner Briefe.

Aber in Dresden bot sie sich ihm nicht. Zudem fehlte es ihm in der dortigen Gesellschaft, die er »ein seichtes, zusammengeschrumpftes, unleidiges Volk« nennt, »bei dem es einem nie wohl wird«, an »Friktion«: »Mittelmäßiger Umgang schadet mehr, als die schönste Gegend und die geschmackvollste Bildergalerie wieder gutmachen kann.« Immer stärker regte sich auch das Unbehagen, an die Hilfe seines

Freundes Körner gebunden zu sein, als dessen »finanzieller Adoptivsohn« er sich fühlte. Er wollte unabhängig sein, ein von gesellschaftlichen Rücksichten freies Dasein führen, das ihm die Möglichkeit gab, seine dichterischen Kräfte zu entfalten.

In dieser Situation richtete er den Blick nach Weimar, wo drei Sterne der deutschen Literatur – Goethe, Herder und Wieland – leuchteten und ein Herzog regierte, der für Dichtung und Dichter aufgeschlossen war. 1784 hatte ihm Carl August nach einer Vorlesung des ersten Aktes des »Don Carlos« in Darmstadt seinen Beifall bekundet und geschrieben: »Mit vielem Vergnügen, mein lieber Herr Doctor Schiller, erteile ich Ihnen den Charakter als Rat in meinen Diensten. Ich wünsche Ihnen dadurch ein Zeichen meiner Achtung geben zu können.« Der Titel eines sachsen-weimarischen Rates brachte freilich nichts ein und war für beide Teile unverbindlich; Berührungspunkte zum Weimarer Hof hatten sich auch in der Folgezeit nicht ergeben.

Den äußeren Anstoß zur Reise nach Weimar gaben zwei Ereignisse: Schillers unglückliche Liebe zu Henriette von Arnim in Dresden war das eine. »Alle Macht klarer Einsicht und herzlicher Sorge« boten die Dresdener Freunde auf, um den Dichter aus den Fesseln dieser Leidenschaft zu befreien. Als er aus seinem Rausch erwachte und erkannte, daß er einer »schönen, aber abgefeimten Betrügerin« in die Hände gefallen war, die mit seiner Liebe gespielt hatte, stand sein Entschluß fest, den Schauplatz der unseligen Affäre zu verlassen. Da kam die Einladung seiner Mannheimer Freundin Charlotte von Kalb, sie in Weimar zu besuchen, im rechten Augenblick. Charlotte war in die thüringische Residenz übergesiedelt, um bei dem berühmten Arzt Hufeland Heilung von einem Augenleiden zu suchen. Bei dem Ansehen, das sie in der Gesellschaft genoß, konnte Schiller erwarten, daß sie ihm den Weg zum Hof und zu den großen Geistern Weimars bahnen würde.

Am 20. Juli 1787 reiste er, nach einem bewegten Abschied von seinen Freunden, aus Dresden ab. Über Leipzig und Naumburg ging die Fahrt nach Weimar, wo er am Abend des 21. eintraf. Hier begann ein neuer Abschnitt im Leben des achtundzwanzigjährigen Dichters. Hatte er sich in Dresden aus den gefahrvollen Stürmen seines Daseins wie auf eine Insel gerettet, auf der ihn die Brandung nicht erreichen konnte, so tauchte er nun wieder in den Strom des Lebens ein, bereit, mit den hochgehenden Wogen zu kämpfen und sich über alle Stürme zu behaupten. Er war ein anderer geworden, innerlich gefestigt und gereift, gestählt für den Kampf, der ihm nicht erspart bleiben würde. Rückschauend hat er den 21. Juli 1787 als »Beginn einer Epoche« bezeichnet. Aus dem Banne Weimars, das er an diesem Tag betrat, hat er sich nicht wieder lösen können.

Der erste Eindruck freilich war wenig günstig. 6 265 Einwohner zählte 1787 die Stadt, die noch immer von Mauern, Gräben und Toren umgeben war; die Brandruinen des Schlosses boten einen traurigen Anblick. Durch die engen, ungepflasterten Gassen, auf denen man bei Regen im Morast versank, wurde abends und morgens das Vieh getrieben. Nachts mußten sich die Bürger mit Laternen ihren Weg suchen. »Dorf« nannte Schiller den Ort, von dem er sich eine andere Vorstellung gemacht hatte, und von Herder stammt das geflügelte Wort vom »wüsten Weimar, diesem Mittelding zwischen Hofstadt und Dorf«.

So wie das kleine sächsische Herzogtum im staatlich zersplitterten Deutschland als armes, verschuldetes Agrarland ohne Industrie, ohne nennenswerten Handel und Wohlstand dahinvegetierte, war auch seine Residenz nichts anderes als ein Ackerbürgerstädtchen, dessen Bewohner vorwiegend von der Landwirtschaft lebten. »Weimar besitzt weder Fabriken noch Handel noch Passage. Zwar hat das Industriekomptoir des Herrn Bertuch den Namen Industrie seit einiger Zeit in Gang gebracht, aber dies ist auch das Einzige, was hier von Industrie existiert.« So schreibt ein Reisender, der die Stadt in den achtziger Jahren besuchte. Anfänge einer ökonomisch fortschrittlichen Entwicklung waren kaum zu erkennen. Dafür bestimmte der Hof das Leben in der Stadt. Der größte Teil der Einwohner war direkt oder indirekt von ihm abhängig. 26 Prozent verdienten als Beamte, 35 Prozent als Bediente und Tagelöhner, 22 Prozent als Handwerker und Kaufleute, 17 Prozent als Handwerksgesellen ihren Unterhalt. Alles war auf die Befriedigung der Bedürfnisse einer bevorzugten Klasse abgestellt, die sich zur Hofgesellschaft rechnete und von der Arbeit der anderen lebte. Das gewerbliche Bürgertum trat fast völlig zurück; mehr schlecht als recht fristeten die Ackerbürger und die Inhaber der handwerklichen Kleinbetriebe ihr bescheidenes Dasein. Tagtäglich bekamen sie den sozialen

Gegensatz zu spüren, den die Aristokratie durch Standes- und Einkommensunterschiede, gesellschaftliche Absonderung und Günstlingswirtschaft aufrechterhielt.

Aber diese kleine Residenz hatte vor anderen eines voraus: Ihre Fürsten, wohl wissend, daß sie keine äußere Macht entfalten konnten und in der großen Politik nichts zu bestellen hatten, wollten ihrer dörflichen Hauptstadt wenigstens das kulturelle Ansehen einer Residenz geben. Deshalb bauten sie Schlösser und schloßähnliche Gebäude, legten Parks an, gründeten Schulen, beriefen Dichter und Gelehrte, spielten Theater und bemühten sich um die Pflege der Künste und Wissenschaften.

Hatte schon das vorklassische Weimar mit der Gründung des »Palmenordens« im Jahre 1617 und der Berufung Johann Sebastian Bachs zum Hoforganisten im Jahre 1708 einen kulturellen Anfang gemacht, so setzte Anna Amalia, als sie 1759 die Regierung des Herzogtums übernahm, diese Tradition zielstrebig fort. Sie schuf die berühmte Tafelrunde, zu der Männer und Frauen der Kunst, der Wissenschaft und der Literatur zu geistvollen Gesprächen zusammenkamen, Vertreter des Adels und des geistigen Bürgertums gemeinsam am runden Tisch saßen und die Fragen erörterten, welche die Welt bewegten. Bezeichnend, was ein Besucher Weimars, Graf Christian von Stolberg, über die Menschen an diesem Hof schreibt: »Man geht mit ihnen um, ganz als wären's Menschen wie unsereiner.«

Anna Amalia bereicherte das kulturelle Leben der Stadt durch Berufung bedeutender Schauspielertruppen, die in Weimar ihre Gastspiele gaben. 1772 holte sie den bürgerlichen Professor Wieland in die Residenz, um dem Erbprinzen die modernste Erziehung zu geben, die damals möglich war. Ihm folgten weitere Persönlichkeiten, die über hervorragende Kenntnisse auf den verschiedensten Gebieten der Kunst und des Wissens verfügten und dem geistigen Fortschritt aufgeschlossen waren. Für Dichter und Denker wurde Weimar ein magnetisch wirkender Anziehungspunkt. Goethe, der 1775 auf Einladung des Herzogs Carl August die Stadt besuchte, kam nicht wieder von ihr los; ihm wurde Weimar zur zweiten Heimat und fruchtbaren Wirkungsstätte. Auf seinen Wunsch berief der Herzog 1776 den »Freigeist« Herder, der als oberster Geistlicher des Landes zugleich eine segensreiche Tätigkeit im Schulwesen entfaltete und sich mit kämpferischem Mut für den nationalen und menschlichen Fortschritt einsetzte.

Um diese drei sammelten sich – getreu dem Goethewort »Ein edler Mensch zieht edle Menschen an« – ein Kreis bedeutender Männer und Frauen, die Weimar auf Zeit oder Lebenszeit zum Ort ihres literarischen, künstlerischen oder wissenschaftlichen Strebens machten. Unter ihnen spielten Knebel, Heinrich Meyer, Riemer und Eckermann, Jean Paul, Kraus und Klauer, Hufeland, Falk und Kanzler Müller eine hervorragende Rolle. Geistvolle Frauen wie Charlotte von Stein, Luise von Göchhausen, Charlotte von Kalb, Caroline Herder, Corona Schröter und Caroline Jagemann trugen zur Hebung des geselligen und kulturellen Lebens der Stadt bei.

Es waren zum größten Teil einfache Menschen, die aus dem Bürgertum kamen und eine gesellschaftliche Umwertung einleiteten, für die Weimar beispielhaft wurde. Die fortschrittlichste bürgerliche Literaturbewegung – die deutsche Klassik – verlieh dem gesellschaftlich rückständigen Städtchen an der Ilm Bedeutung und begründete eine Kultur, die sich mit dem Absterbenden auseinandersetzte und dem Neuen zum Durchbruch verhalf. Der ständige Umgang der adligen Führungsschicht mit bürgerlichen Künstlern und Gelehrten führte dazu, daß liberale Kräfte und liberale Ideen zunehmenden Einfluß bei Hofe gewannen. Stärker als anderswo in Deutschland ergriff die bürgerliche Emanzipation den Hof.

Ende des 18. Jahrhunderts schickte sich Weimar an, das geistige Zentrum Deutschlands und ein Brennpunkt des gesellschaftlichen Fortschritts in Europa zu werden.

Diese Situation fand Schiller vor, als er am 21. Juli 1787 nach Weimar kam.[15] Im Gasthof »Zum Erbprinzen« nahm er Quartier. An eine Übersiedlung war vorerst nicht gedacht, hatte er doch Körner versprechen müssen, nach einiger Zeit, wenn das Terrain sondiert war, nach Dresden zurückzukehren und die Lebensgemeinschaft mit den dortigen Freunden fortzusetzen.

Mit einer gewissen Scheu betrat er die Stadt, in der er außer Charlotte von Kalb niemanden kannte, vielleicht auch mit einem Gefühl der Unfertigkeit gegenüber den »Riesen«, denen er hier begegnen wollte. Doch er war fest entschlossen, alle Chancen zu nutzen, die ihm die geistige Atmosphäre der Stadt zu bieten schien.

Sein Aufenthalt begann mit einer Enttäuschung: Der Herzog und Goethe, auf die er große Erwartungen gesetzt hatte, waren abwesend. Carl August weilte in Potsdam und stand im Begriff, als preußischer Generalmajor mit einem Regiment nach den Niederlanden zu gehen. Goethe befand sich seit einem Jahr in Italien, und niemand wußte, ob und wann er wiederkommen würde.

So blieb dem Ankömmling nur Charlotte von Kalb, die ihn eingeladen hatte und auch mit aller Freundlichkeit empfing. Sie führte ihn in die Weimarer Gesellschaft ein und machte ihn mit den in der Stadt verbliebenen Persönlichkeiten bekannt. Bevor darauf näher eingegangen wird, muß ein Wort über diese Frau und Schillers Verhältnis zu ihr gesagt werden.

Als Sproß des fränkischen Rittergeschlechts der Marschalk von Ostheim, dem auch Henriette von Wolzogen entstammte, wurde Charlotte am 25. Juli 1761 auf Schloß Waltershausen im Grabfeld geboren. Über ihrer Wiege, in der nach zwei Töchtern der ersehnte männliche Erbe liegen sollte, standen die Worte: »Du solltest nicht sein.« Nach dem frühen Tod der Eltern wurde das zarte, sensible Mädchen von Verwandten erzogen, bei denen es weder Liebe noch Verständnis für seine empfindsame Seele fand. Charlottes Onkel, Freiherr von Stein in Nordheim, opferte seine Nichte – wie deren Schwester Eleonore, die wider alle Neigung den weimarischen Kammerherrn Johann August von Kalb heiraten mußte – der Familienpolitik und gab sie dem jüngeren Bruder des Kammerherrn, Heinrich von Kalb, einem unsteten Charakter und militärischen Abenteurer, zum ungleichen Ehebund. Charlotte fügte sich dem Spruch der Familie und folgte ihrem Mann, der als Major in französischen Diensten stand, nach dessen Garnison Landau. Da es nicht üblich war, daß die französischen Offiziere ihre Familien bei sich hatten, siedelte sie in das nahe gelegene Mannheim über, wo sie ab und zu ihren Mann sah.

In Mannheim lernte Charlotte Schiller kennen, von dem sie schon viel gehört und gelesen hatte. Verwandte Interessen führten sie zueinander. Der Dichter zeigte ihr die Sehenswürdigkeiten der Stadt und besprach mit ihr seine dichterischen Pläne, in deren Mittelpunkt gerade der »Don Carlos« stand. Die Gestalt der Elisabeth begann ihre Züge anzunehmen.[16]

Es entspann sich ein reger Verkehr; Charlotte führte ihn in ihrem Bekanntenkreis ein und beriet ihn in seinen äußeren und inneren Nöten. Von ihrer Bildung, ihrer Weltgewandtheit und ihrer durchgeistigten Schönheit war er aufs tiefste beeindruckt. Noch nie hatte er bei einer Frau einen solchen Gleichklang des Geistes und der Seele gefunden. In Briefen an Körner nennt er sie »eine große, sonderbare weibliche Seele«. »Ihr reicher Geist ist nach Umfang und Tiefe, Kühnheit und Gewandtheit durchaus ungewöhnlich.«

Für Charlotte bedeutete die nähere Bekanntschaft mit dem nur zwei Jahre älteren Schiller die Erfüllung einer Sehnsucht. Sie, die an einen unbegehrten, ihr fremd gebliebenen Mann gebunden war, von dem sie sich »in tiefster Wesenheit geschieden« fühlte, entbrannte in leidenschaftlicher, mit warmer Zuneigung erwiderter Liebe zu dem schwärmerisch verehrten Dichter. Von Kalb freundschaftlich geduldet, entwickelte sich eine lebendige Zweisamkeit, ein Geben und Nehmen, Beschenken und Beglücken, bei dem nach außen immer die Form gewahrt blieb. Charlotte wußte, was sie ihrer gesellschaftlichen Stellung schuldig war; sie rang mit dem Freund und mit sich selbst. Als Schiller erkannte, daß er sie nicht besitzen würde, trat ein Rückschlag ein. Da sich seine Situation in Mannheim ohnehin verschlechtert hatte, strebte er von dort weg; die Einladung Christian Gottfried Körners nach Leipzig war im richtigen Augenblick gekommen.

Seit 1786 weilte Charlotte in Weimar. Sie hatte freundliche Aufnahme in der Stadt und bei Hof gefunden und war rasch in die Gesellschaft hineingewachsen. Nur einer fehlte ihr, um die Unruhe des Herzens zu dämpfen und das Verlangen nach geistigem Austausch zu stillen: Schiller. Sie lud ihn nach Weimar ein, hoffend, er werde vielleicht für immer hier bleiben und den Weimarer Dichterkreis vervollständigen.

Und Schiller kam. Charlotte empfing ihn mit einer Herzlichkeit, als habe man sich nicht vor zwei Jahren, sondern vor zwei Wochen getrennt. Er schrieb am 23. Juli an Körner: »Sonderbar war es, daß ich mich schon in der ersten Stunde unsers Beisammenseins nicht anders fühlte, als hätt ich sie erst gestern verlassen. So einheimisch war mir alles an ihr, so schnell knüpfte sich jeder zerrissene Faden unseres Umgangs wieder an … Charlotte … ist ein wirkliches Studium für mich, die einem größeren Geist, als der meinige ist, zu schaffen geben kann. Mit jedem Fortschritt unsers Umgangs entdecke ich neue Erscheinungen in ihr, die mich wie schöne Partien in einer weiten Landschaft überraschen und entzücken.«

Er brachte in der ersten Zeit den ganzen Tag bei ihr zu; sie nahm ihm die Sorge ums tägliche Dasein ab und war glücklich, wieder eine Aufgabe zu haben. Natürlich blieben ihre Beziehungen in der kleinen Stadt, die alles Neue aufmerksam registrierte, nicht geheim. Aber man war an dergleichen »Verhältnisse« gewöhnt und nahm keinen Anstoß daran; in der Gesellschaft bis hinauf zum Hof behandelte man die beiden, als wären sie ein Paar.

Charlotte liebte den Dichter wie eh und je, und auch Schiller war vom ersten Tag an wieder von ihrer Schönheit, ihrem Charme, ihrem Geist und ihrer Phantasie entflammt. Doch kamen ihm bald Zweifel, ob sie die Frau war, die ihn auf die Dauer glücklich machen würde. Der Ruhelose, Stürmende, Kämpfende brauchte Frieden, Sicherheit, Harmonie, die ihm Charlotte, die ständig überreizt und voller Spannungen war, die immer Menschen um sich haben mußte, um ihr unausgefülltes Ich zu ergänzen, kaum würde geben können. An Huber in Dresden schrieb er: »Ein weiblicher Freund ist keiner.« Und Körner bekam den Satz zu lesen: »Ich muß ein Geschöpf um mich haben, das *mir* gehört, das ich glücklich machen kann und muß.«

Zunächst ging alles noch gut. Charlotte betreute ihren Gast auf das liebenswürdigste und führte ihn in die Weimarer Gesellschaft ein, wo er mit Wohlwollen aufgenommen wurde. Man schätzte sich glücklich, den jungen, vielversprechenden Dichter, dessen Dramen Aufsehen erregt hatten, unter sich zu haben. Der Mann von Geist, der sich auch gesellig zu geben verstand, bereicherte das eintönige Leben in der Kleinstadt. Wurde Frau von Kalb eingeladen, dann lud man auch Schiller mit ein und hielt es für selbstverständlich, daß sie zusammen kamen. Der Dichter fand Eingang im »Montagsklub«, in dem Adlige und Bürgerliche verkehrten, und wurde stets gern in der »Mittwochsgesellschaft« gesehen, über die er an Körner berichtet: »Es ist hier seit dem 1. Oktober eine Mittwochsgesellschaft von Damen und Herren, die recht artig ist, aber kein Adel wird zugelassen. Bei dieser bin ich auch, es wird gespielt, diskutiert, zuweilen auch getanzt und dann in Gesellschaft soupiert.« Und ein andermal heißt es, bezeichnend für Schillers Einstellung zu derartigen Geselligkeiten: »Ich log und trog mich bei allen hübschen Gesichtern herum.«

Wer waren nun aber die Menschen, mit denen Schiller im Klub oder bei anderen Gelegenheiten zusammenkam? Es waren dieselben, die Goethes gesellschaftliche Umgebung in den ersten zehn Jahren seines Weimarer Daseins gebildet hatten: der Geheimrat Christian Gottlob von Voigt, der Kammerrat Cornelius Johann Rudolf Ridel, der Hofarzt Christoph Wilhelm Hufeland, der Kammerherr Friedrich Hildebrand von Einsiedel, der Maler Georg Melchior Kraus und der Bildhauer Gottlieb Martin Klauer. Der Kaufmann und Verleger Friedrich Justin Bertuch machte ihn mit dem Buchhandel bekannt, der Übersetzer Johann Joachim Christoph Bode versuchte ihn für den Freimaurerorden zu gewinnen. In Carl Ludwig von Knebel, Goethes »Urfreund«, der während dessen Abwesenheit das Gartenhaus an der Ilm bewohnte, fand er einen »Mann von Sinn und Charakter, vielen Kenntnissen und einem planen hellen Verstand«, aber auch viel »Sattes und grämlich Hypochondrisches«, das ihn abstieß.

Mit der Sängerin und Schauspielerin Corona Schröter stellte er sich «auf den charmantesten Fuß«, ließ sich von ihr vorlesen und schenkte ihr ein Exemplar seines »Don Carlos«. Auf einem Spaziergang lernte er unter allerlei »flachen Kreaturen« Charlotte von Stein kennen, die ihm als »die beste unter allen« erschien, »eine wahrhaft eigene, interessante Person, von der ich begreife, daß Goethe sich so ganz an sie attachiert hat. Schön kann sie nie gewesen sein, aber ihr Gesicht hat einen sanften Ernst und eine ganz eigene Offenheit. Ein gesunder Verstand, Gefühl und Wahrheit liegen in ihrem Wesen.« Charlottes Schwester, Luise von Imhoff, beschaffte dem Dichter eine Wohnung an der Esplanade, in die er alsbald aus dem »Erbprinzen« umziehen konnte.

Eine originelle Begegnung hatte Schiller schon wenige Tage nach seiner Ankunft: Der Schriftsteller Christian August Vulpius, Goethes späterer Schwager, machte ihm unangemeldet seine Aufwartung. Schiller beschreibt dies so: »Es wird an meiner Tür geklopft. ›Herein‹. Und herein tritt eine kleine dürre Figur in weißem Frack und grüngelber Weste, krumm und sehr gebückt. ›Habe ich nicht das Glück‹, sagte die Figur, ›den Herrn Rat Schiller vor mir zu sehen?‹ ›Der bin ich. Ja.‹ ›Ich habe gehört, daß Sie hier wären, und konnte nicht umhin, den Mann zu sehen, von dessen Dom Karlos ich eben komme.‹ ›Gehorsamer Diener. Mit wem habe ich die Ehre?‹ ›Ich werde nicht das Glück haben, Ihnen bekannt zu sein. Mein Name ist Vulpius.‹ ›Ich bin Ihnen für diese Höflichkeit sehr verbunden – bedauere nur, daß ich mich in diesem Augenblick versagt habe und eben (zum Glück war ich angezogen) im Begriff war auszugehen.‹ ›Ich bitte sehr um Verzeihung. Ich bin zufrieden, daß ich Sie gesehen habe.‹ Damit empfahl sich die Figur …«

Am 27. Juli wurde Schiller in Tiefurt der Herzoginmutter vorgestellt. Anna Amalia empfing ihn freundlich und zeigte ihm den Park von Tiefurt. Ihre Hofdame, Luise von Göchhausen, überreichte ihm galant eine selbstgepflückte Rose. Schiller hatte einen »vergnügten Tag«: »In einer kleinen halben Viertelstunde war die ganze Bekanntschaft in Ordnung. Wir waren zwei Stunden dort« – Wieland hatte ihn hinausbegleitet –, »es wurde Tee gegeben und von allem Möglichen viel schales Zeug geschwatzt. Ich ging dann mit der Herzogin im Garten spazieren, wo ich sie schönstens unterhielt.« Befriedigt war er freilich von der Begegnung nicht: »Ihre Physiognomie will mir nicht gefallen. Ihr Geist ist äußerst borniert, nichts interessiert sie, als was mit Sinnlichkeit zusammenhängt, diese gibt ihr den Geschmack, den sie für Musik und Malerei und dergleichen hat oder haben will.« Er spürte wohl auch das höfische Vorurteil, mit dem man dem Verfasser der »Räuber« und der »Luise Millerin« gegenübertrat.

Verstärkt wurde dieser Eindruck durch die Enttäuschung, die er bei seinem zweiten Besuch in Tiefurt erfuhr. Als das Gespräch auf den »Don Carlos« kam, merkte er, daß man für sein neues Drama nichts übrig hatte. Der Gothaer Geheimsekretär Friedrich Wilhelm Gotter, der oft als Gast am »verwitweten Hof« weilte, ein eleganter, schmeichelnder Günstling, das ganze Gegenteil Schillers, hatte das Stück nach einer Vorlesung abfällig kritisiert und bei dem Ansehen, das er in diesem Kreise genoß, mit seinem boshaften Urteil – er war schon in Mannheim gegen Schiller aufgetreten – Glauben gefunden.

Ein aufrichtiges Verhältnis zu Anna Amalia konnte sich unter solchen Umständen nicht entwickeln. Schiller, der sich noch nie vom Hofleben hatte blenden lassen, war seinerseits viel zu stolz, um sich bei Menschen anzubiedern, die zwar eine höhere Stellung einnahmen, aber deshalb nicht mehr und nicht besser waren als er. Sein »Vorrat an Toleranz« war nach diesem Erlebnis erschöpft. Er spürte deutlich, daß er hier nichts zu erhoffen hatte, und zog sich vom Tiefurter Hof zurück; er wurde auch nicht wieder eingeladen.

Aus ähnlichen Gründen ließ er sich auch nicht bei der regierenden Herzogin Luise melden, die als besonders konservativ und standesbewußt galt. Huber in Dresden las, was Schiller dazu bewog: »Daß ich mich ihr nicht vorstellen lasse, wirst Du sehr billigen, wenn ich Dir sage, daß es nicht erwartet wird. Es ohne das zu tun, da ich keine Garderobe habe, nach Hof zu gehen, da ich für diese Welt gar nicht gemacht bin, da ich als ein unbedeutender bürgerlicher Mensch unter dem Adel doch eine sehr prekäre Rolle spielen müßte, die meinem Stolze weh tun würde, ... würde sehr lächerlich sein.«

Selbst als der regierende Herzog nach Weimar zurückkehrte, machte Schiller, der doch einige Erwartungen auf ihn gesetzt hatte, keinen ernsthaften Versuch, ihn zu sprechen. Er tat lediglich, was die Etikette erforderte, meldete ihm mit einem höflichen Schreiben seine Anwesenheit und setzte hinzu, daß er kein besonderes Anliegen habe. Zu dieser Zurückhaltung bewog ihn sicher nicht nur die Tatsache, daß der Herzog nur wenige Tage in Weimar weilte; ihm lag es nicht, sich an einen Fürsten heranzudrängen und um seine Gunst zu betteln.

Viel wichtiger als die Berührung mit dem Hof und den Persönlichkeiten der Weimarer Gesellschaft war für Schiller die Bekanntschaft der Männer, die das geistige Leben in der Stadt formten. Ihnen näherzukommen war der Hauptzweck seines Aufenthalts. Von Herder und von Wieland insbesondere erhoffte er Verständnis für sein Schaffen, Anregung und Förderung seiner poetischen und persönlichen Pläne.

Als erstem machte er Wieland seine Aufwartung. »Durch ein Gedränge kleiner und immer kleinerer Kreaturen von lieben Kinderchen« gelangte er in das Arbeitszimmer seines schwäbischen Landsmannes, an dessen »guter Meinung und Liebe« ihm viel gelegen war. Er wurde

»mit Wohlwollen und Achtung« empfangen. Man sprach über Religion, Philosophie und Literatur. Nach zweistündigem Gedankenaustausch meinte Wieland: »Wir wollen uns Zeit nehmen, einander etwas zu werden … Wir wollen aufeinander wirken.« Schiller, hochbefriedigt, berichtete nach Dresden: »Er zeichnete mir gleich bei dieser ersten Zusammenkunft den Gang unsers künftigen Verhältnisses vor, und was mich freute, war, daß er es als keine vorübergehende Bekanntschaft behandelte, sondern als ein Verhältnis, das für die Zukunft fortdauern und reifen sollte. Er fand es glücklich, daß wir uns jetzt erst gefunden hätten. ›Wir wollen dahin kommen‹, sagte er mir, ›daß einer zu dem anderen wahr und vertraulich rede, wie man mit seinem Genius redet.‹«

Der neunundzwanzig Jahre ältere, der Aufklärung verbundene Verfasser des »Oberon« hatte Verständnis für die junge Generation von Dichtern, die im »Sturm und Drang« nach vorn strebte. Er war dem Werdegang des Autors der »Räuber« mit Interesse gefolgt und glaubte, »daß aus dem jungen Manne noch etwas werden könne«. An Schillers Jugendwerken lobte er »eine starke Zeichnung, große und weitläufige Kompositionen, ein lebhaftes Kolorit«, vermißte aber »Korrektion, Reinheit, Geschmack, auch Delikatesse und Feinheit«. Mit dem »Don Carlos« konnte er sich erst nach Monaten anfreunden, veröffentlichte aber dann eine Rezension, in der er den »dramatischen Roman« als »außerordentliche Erscheinung am literarischen Himmel« feierte. Im persönlichen Gespräch sagte er dem Dichter, daß »das Drama sein Fach« sei.

Auf Wielands Bitte erklärte sich Schiller bereit, am »Teutschen Merkur« mitzuarbeiten, den man zu einem »Nationaljournal« machen wollte, in dem auch die »Thalia« aufgehen sollte. Aus seiner Feder erschienen »Die Götter Griechenlands«, »Die Künstler«, die »Don-Carlos-Briefe« und die Einleitung zur »Geschichte des Abfalls der vereinigten Niederlande von der spanischen Regierung«. Beglückt meldete er Huber: »Meine Vereinigung mit Wieland ist jetzt vollendet. Auf den Punkt, wo ich jetzt mit ihm stehe, habe ich nie zu kommen vermutet … Ich bin jetzt wie ein Kind vom Hause … Ich sehe ihn alle Tage, ich lebe mit ihm und erfahre von ihm alles.«

Je heimischer Schiller in Wielands Familie wurde – wir müssen jetzt etwas vorgreifen –, desto stärker regte sich seine Sehnsucht nach einem eigenen Heim und häuslicher Geborgenheit, wie er sie hier vor Augen hatte. Eine Zeitlang dachte er ernsthaft an eine Verbindung mit Wielands zweiter Tochter Amalie, und der Alte hätte ihn sicher gern als Schwiegersohn aufgenommen. Aber Körner warnte vor übereilten Schritten, als er erfuhr: »Das Mädchen kenne ich nicht, gar nicht, aber siehst Du, ich würde sie ihm heute abfordern, wenn ich glaubte, daß ich sie verdiente.« Schiller war überzeugt, daß Amalie ein guter Mensch, vortrefflich erzogen, häuslich und wirtschaftlich war, fühlte aber auch ihr »entgegengesetztes Wesen«, »ihre unerfahrene Natur«, die zu ihm, dem »Weltkind«, nicht passen würde. So verflog die »vorübergehende Grille«, wie Körner sie später genannt hat, ebenso schnell wie sie gekommen.

Zufrieden war Schiller auch mit seinem ersten Besuch bei Herder. Er wurde freundlich, wenn auch mit Zurückhaltung aufgenommen und hatte das Gefühl, dem von ihm bewunderten Mann »erstaunlich fremd« zu sein. »Überhaupt ging er mit mir um«, heißt es in einem Brief an Körner, »wie mit einem Menschen, von dem er nichts weiß, als daß er für etwas gehalten wird. Ich glaube, er hat selbst nichts von mir gelesen.« Man unterhielt sich über Politik und Philosophie, über Schubart und den Herzog von Württemberg, den der streitbare Humanist »haßte mit Tyrannenhaß«. Als das Gespräch auf Goethe kam, erschrak Schiller über die »Leidenschaft«, mit der sein Gegenüber den Dichter des »Götz« und des »Werther« »vergötterte«.

Die erste Begegnung hinterließ den Eindruck: »Ich glaube, ich hab ihm gefallen, denn er äußerte mehrmals, daß ich ihn öfters wiedersehen möchte.«

Wenn er auch sonst nie in die Kirche ging, hörte er sich doch eine Predigt des geschätzten Kanzelredners an. Als Herder den »Don Carlos« gelesen hatte und ihm »viel Schönes und Geistvolles« darüber sagte, ja, sich am Hofe der Herzoginmutter, wo das Stück abgelehnt worden war, warm für das Drama und seinen Dichter einsetzte, war Schiller vollends für ihn eingenommen: »Ich bin willens, Herder diesen Sommer sozusagen zu verzehren.«

Zu einer Freundschaft konnte es jedoch bei der Verschiedenheit ihrer Naturen nicht kommen. Das Verhältnis kühlte rasch ab, als sich

Schiller, angeregt durch Wielands Schwiegersohn Reinhold, der Philosophie Kants zuwandte, die Herder entschieden ablehnte.

Von Wieland und Herder hörte Schiller viel über Goethe. Der größte der »weimarischen Riesen« weilte noch in Italien, und doch war er da. Die Stadt war erfüllt von seinem Geist. »Goethe wird von sehr vielen Menschen ... mit einer Art Anbetung genannt«, schreibt Schiller nach Dresden, »und mehr noch als Mensch denn als Schriftsteller geliebt und bewundert. Herder gibt ihm einen klaren universalen Verstand, das wahrste und innigste Gefühl, die größte Reinheit des Herzens. Alles, was er ist, ist er ganz, und er kann wie Julius Cäsar vieles zugleich sein.«

Schiller konnte – und wollte – sich diesem universalen Geist, dem er auf Schritt und Tritt begegnete, nicht entziehen. Bei Corona Schröter hörte er sich eine Lesung des ersten Entwurfs der »Iphigenie« an, im Gartenhaus an der Ilm nahm er an einer Feier zu Goethes Geburtstag teil, zu der Knebel eingeladen hatte. »Wir fraßen herzhaft, und Goethes Gesundheit wurde von mir in Rheinwein getrunken. Schwerlich vermutete er in Italien, daß er mich unter seinen Hausgästen habe, aber das Schicksal fügte die Dinge gar wunderbar.«

In seinen Briefen an Körner und Huber nahm er aber auch kritisch Stellung zu dem Kult, der um Goethe getrieben wurde: »Goethes Geist hat alle Menschen, die sich zu seinem Zirkel zählen, gemodelt.« In diesem Zusammenhang fällt das Wort von den »weimarischen Göttern und Götzendienern«.

Fünf Monate war Schiller in Weimar, als er die Eindrücke, welche die Stadt und ihre Menschen auf ihn gemacht hatten, in einem Brief an Körner – er trägt das Datum des 10. September 1787 und ist eine Art sozialkritischer Bericht – zusammenfaßte: »Ich fange an, mich hier ganz leidlich zu befinden, und ... das Mittel ist, ich frage nach niemand ... wohin ich nur sehe, pflegt hier jeder ein Gleiches zu tun. So viele Familien, ebensoviele abgesonderte Schneckenhäuser, aus denen der Eigentümer kaum herausgeht, um sich zu sonnen. In diesem Stücke ist Weimar das Paradies. Jeder kann nach seiner Weise privatisieren, ohne damit aufzufallen. Eine stille, kaum merkbare Regierung läßt einen so friedlich hinleben und das bißchen Luft und Sonne genießen. Will man sich anhängen, eindrängen, brillieren, so findet man allenfalls seine Menschen auch. Anfangs hab ich mir alles viel zu wichtig, zu schwer vorgestellt. Ich habe mich selbst für zu klein und die Menschen umher für zu groß gehalten. Jeden glaubte ich meinen Richter, und jeder hat genug mit sich selbst zu tun, um mich auszulauren. Jetzt gehe ich sehr wenig aus; tags 2mal zu Charlotten und 2mal spazieren, wozu ich mir den Stern erwählt habe. Hier begegnen mir doch zuweilen Menschen, und will ich, so kann ich auch ganz allein sein. Alle anderen Tage besuche ich Boden, Bertuch, Herdern, Voigt oder sonst jemand. Montags gehe ich in den Klub. Die übrige Zeit bin ich zu Hause und arbeite.«

Die Resignation, die in diesen Zeilen liegt, ist nicht zu überhören. Je mehr Schiller sich in seiner neuen Umgebung einlebte, desto klarer wurde ihm, daß er von dieser selbstgefälligen Gesellschaft, in der er von Anfang an eine zwiespältige Stellung einnahm, nichts zu erwarten hatte. Es wurde ihm lästig, Höflichkeitsbesuche zu machen und Einladungen zu Gesellschaften zu folgen, die ihn nur langweilten. Er blieb auch den »Teeassembleen« fern, weil ihm die »Räte und Rätinnen«, die dort den Ton angaben, als »abgeschmackte Menschenklasse« zuwider waren. »Das eigentliche Leben«, schreibt Caroline von Wolzogen in ihrer Schillerbiographie, »dessen Schiller bedurfte, um sich heiter zu entfalten, fehlte.« So war es kein Wunder, daß seine »Stimmung trübe« war und daß er sich »vielleicht aus eigener Schuld oder weil kein glücklich wirkender Zufall eintrat, sehr isoliert fühlte«. Mehr als einmal erwog er, Weimar zu verlassen, zumal das Leben hier kostspieliger war als anderswo und zu den persönlichen Enttäuschungen bald wieder materielle Sorgen kamen.

Es gab aber auch manches, was ihn in der Stadt festhielt. Im Gedankenaustausch mit Wieland und Herder war ihm erneut zu Bewußtsein gekommen, daß er eine Aufgabe zu erfüllen hatte. »Die nähere Bekanntschaft mit diesen weimarischen Riesen hat meine Meinung von mir selbst verbessert.« Er fühlte, daß er anerkannt wurde, daß man etwas von ihm erwartete, und gewann sein Selbstvertrauen wieder. »Um zu werden, was ich soll und kann, werde ich besser von mir denken lernen und aufhören, mich in meinen eigenen Vorstellungen zu erniedrigen.«

Aber ihm wurde bei diesen Gesprächen auch bewußt, wie lückenhaft seine Bildung war. Er rang sich zu einem Entschluß durch, der seinem Weimarer Dasein eine neue Richtung gab. In dem berühmt gewordenen Brief an Huber vom 28. August 1787 steht darüber: »Das Resultat aller meiner hiesigen Erfahrungen ist, daß ich meine Armut erkenne, aber meinen Geist höher anschlage, als bisher geschehen war. Dem Mangel, den ich in Vergleichung mit andern in mir fühle, kann ich durch Fleiß und Applikation begegnen, und dann werde ich das glückliche Selbstgefühl meines Wesens rein und vollkommen haben. Mich selbst zu würdigen, habe ich den Eindruck müssen kennenlernen, den mein Genius auf den Geist mehrerer entschieden großer Menschen macht ... Ich habe viel Arbeit vor mir, um zu meinem Ziele zu gelangen, aber ich scheue sie nicht mehr. Mich dahin zu führen, soll kein Weg zu außerordentlich, zu seltsam für mich sein. Überlege einmal, mein Lieber, ob es nicht unbegreiflich lächerlich wäre, aus einer feigen Furcht vor dem Ungewöhnlichen und einer verzagten Unentschlossenheit sich um den höchsten Genuß eines denkenden Geists, Größe, Hervorragung, Einfluß auf die Welt und Unsterblichkeit des Namens zu bringen ... Das gestehe ich Dir, daß ich in dieser Idee so befestigt ... bin, daß ich mit Gelassenheit mein Leben an ihre Ausführung zu setzen bereit wäre ... Jahre schon hab ich mich mit diesem Gedanken getragen, nur die richtige Schätzung meiner selbst, wozu ich jetzt erst gelangt bin, hatte noch gefehlt, ihm Sanktion zu geben.«

Das ist der Wendepunkt im Leben eines Mannes, der auf dem Weg ist, die Krise seines Daseins und seines Schaffens aus eigener Kraft zu überwinden.

Weimar mit seinen beglückenden und enttäuschenden Begegnungen hat ihm die Augen geöffnet – über die Welt, und über sich selbst. Und wie ein Leitspruch steht über den Plänen, die für die nächsten Monate Gestalt gewinnen, der großartige, von echtem Optimismus getragene Satz über die Zeit: »Wie schön, wie beruhigend ist der Gedanke, durch den bloßen richtigen Gebrauch der Zeit, die unser Eigentum ist, sich selbst und ohne fremde Hilfe, ohne Abhängigkeit von Außendingen alle Güter des Lebens erwerben zu können. Mit welchem Rechte können wir das Schicksal oder den Himmel darüber belangen, daß er uns weniger als andere begünstigte? Er gab uns die Zeit, und wir haben alles, sobald wir Verstand und ernstlichen Willen haben, mit diesem Kapital zu wuchern.«

Er beschloß, die Zeit zu nutzen und sein Wissen zu vertiefen, trieb ästhetische und philosophische Studien und befaßte sich, einer Anregung Wielands folgend, mit Homer, der ihm den Zugang zur antiken Literatur erschloß. Mit Eifer stürzte er sich auf die Lektüre historischer Werke, wobei ihm die Weimarer Bibliothek vortreffliche Dienste leistete. In der Geschichte erkannte er den wesentlichen Faktor, seine Bildung zu ergänzen und sein Wissen zu bereichern. Er ahnte wohl auch, welchen Gewinn diese Beschäftigung eines Tages für sein Dichten bringen würde: »Die Geschichte ist ein Feld, wo alle meine Kräfte ins Spiel kommen.« Als sich seine historischen Erkenntnisse zu ersten Schriften formten – von ihnen wird noch zu sprechen sein –, schrieb er beglückt: »Ich bin voll von meiner Materie und arbeite mit Lust.«

Die Arbeit gab seinem Dasein Inhalt und Sinn. »Ich kann nicht leugnen, daß ich sehr wohl zufrieden bin«, heißt es in einem Brief an die Dresdener Freunde. »Seit ich mit mir selbst mehr einig bin, finde ich auch außer mir mehr Freude.« Und in einem anderen: »In der Tat habe ich hier jetzt eine recht schöne Existenz, voll Genuß, Arbeit und Hoffnung. Ich bin gesund, und meine Laune ist klar und sich gleich.«

Täuschte er sich, als er diese Zeilen schrieb, über seine wahre Situation, sah er zu rosig in die Zukunft, oder wollte er die besorgten Freunde in Dresden beruhigen? Um seine materielle Lage stand es in Wirklichkeit ganz anders. Seine Hoffnung auf eine Stellung hatte sich als trügerisch erwiesen; um leben zu können, mußte er Geld verdienen.

Wenn er, um seine Bildung zu fördern, *an sich* arbeitete, mußte er zugleich *für sich* arbeiten, mußte darauf achten, »daß es sich rentiere«. »Ich muß von Schriftstellerei leben und auf das sehen, was einträgt«, heißt es jetzt wieder in seinen Briefen. »Was ich von mir gebe, steht nicht in Proportion mit dem, was ich empfange. Ich bin in Gefahr, mich auf diesem Wege auszuschreiben.«

So wurde ihm die Arbeit, die so hoffnungsvoll begonnen hatte, nur zum Teil zur Freude, zum anderen aber zur Fron, zur Notwendigkeit, sein Brot zu verdienen. Zehn bis zwölf Stunden täglich stand er am Schreibpult, kam manchmal vierzehn Tage nicht an die frische

Luft, stöhnte, daß er sich »selbst nicht genieße«. Die ganze Problematik des Schriftstellerdaseins im Deutschland des 18. Jahrhunderts stand vor seinen Augen, als er seinem Freund Huber das Herz ausschüttete über das »jämmerliche Los, von der Feder zu leben, als Schriftsteller zu schanzen oder zu verhungern«, und ihn warnte: »Der Himmel behüte Dich vor dem desparaten Einfall, Dich in die Schriftstellergaleere zu schmieden.«

Publizistische Tätigkeit war das Gebot des Tages. Er schrieb geschichtliche Abhandlungen und literarische Rezensionen für den »Teutschen Merkur« in Weimar, die »Allgemeine Literatur-Zeitung« in Jena und die »Thalia« in Dresden, für diese auch das Schauspiel »Der Menschenfeind«. Daneben entstanden Übersetzungen griechischer Dramen, eine Abhandlung über die Euripideische und die Goethesche »Iphigenie«, ein Aufsatz über Leben und Tod des Grafen Egmont und »Briefe über Don Carlos«, in denen er das Schauspiel erläuterte. Einige Einnahmen flossen ihm auch von Theatern zu, die seine Stücke aufführten.

Die Beschäftigung mit historischen Stoffen, vor allem solchen, in denen es um den Kampf der Völker gegen Unterdrückung und Unmenschlichkeit ging, legte ihm den Gedanken nahe, in Zusammenarbeit mit anderen Schriftstellern zwei Schriftenreihen, eine »Geschichte der merkwürdigsten Rebellionen und Verschwörungen aus den mittleren und neueren Zeiten« und eine »Sammlung historischer Memoires«, herauszugeben.

Bei den Vorarbeiten zum »Don Carlos« hatte er genügend Material gesammelt, um neben dem Drama ein Geschichtswerk über die Erhebung der niederländischen Bürger gegen die spanische Zwangsherrschaft in der zweiten Hälfte des 16. Jahrhunderts zu schreiben. Mit Eifer machte er sich ans Werk: »Es ist gleichsam mein Debut in der Geschichte, und ich habe Hoffnung, etwas recht Lesbares zu Stande zu bringen.« Im Oktober 1787 las er Wieland aus dem entstehenden Manuskript vor. »Er war von dem Ding hingerissen«, schreibt Schiller, »und behauptet, daß ich dazu geboren sei, Geschichte zu schreiben. Er umarmte mich schwärmerisch und erklärte, daß ich keinen vor mir haben würde in der Geschichte.«

Im Januar und Februar 1788 erschienen die ersten Kapitel im

»Teutschen Merkur«; sie wurden mit Interesse und Beifall aufgenommen. Schiller schöpfte neuen Mut. »Meine niederländische Geschichte, das Werk von fünf, höchstens sechs Monaten, wird mich vielleicht zum angesehenen Manne machen«, schrieb er an Körner. Sollte er zum Historiker berufen sein? »Bei einem großen Kopf ist jeder Gegenstand der Größe fähig. Bin ich einer, so werde ich Größe in mein historisches Fach legen.«

In der »Geschichte des Abfalls der vereinigten Niederlande von der spanischen Regierung« greift Schiller Rousseaus Idee von der Volksrevolution auf und bekennt sich zum Kampf des Volkes für Freiheit, Gerechtigkeit und Menschlichkeit. Indem er die Gewaltherrschaft eines vergangenen Jahrhunderts anklagt, zieht er die Parallele zur Gegenwart. In der Einleitung wird es ausgesprochen: Der Erfolg sei »auch uns nicht versagt, wenn die Zeitläufe wiederkehren und ähnliche Anlässe zu ähnlichen Taten rufen«. Der Mut des Verfassers der »Räuber«, seiner Zeit die Augen zu öffnen, war ungebrochen. Das Gesamtwerk, das im Juni 1788 in Volkstedt bei Rudolstadt abgeschlossen wurde, erschien im Oktober 1788 im Druck.

Der Roman »Der Geisterseher« entstand im Jahre 1788. Schiller verwendete dabei Material, das er bei früheren Studien gesammelt hatte. Es geht in diesem Buch um den Kampf gegen Dunkelmänner, Jesuiten, Magier und Geisterbeschwörer, um – wie er sich selbst ausdrückt – einen »Beitrag zur Geschichte des Betrugs«.

Nach dem Lied »An die Freude«, das er in Dresden geschrieben hatte, war Schiller auch wieder für Lyrik aufgeschlossen. »Zuweilen ein Gedicht lasse ich mir gefallen«, heißt es in einem seiner Briefe. Zwei Gelegenheitsarbeiten, der Prolog zur Wiedereröffnung des Weimarer Theaters am 8. November 1787 und das Festgedicht »Die Priesterinnen der Sonne«, zum Geburtstag der Herzogin Luise geschrieben und auf einem Maskenball dargestellt, bildeten den Auftakt zu den beiden großen Gedichten, die als Marksteine am Weg zur Höhe seines lyrischen Schaffens stehen: »Die Götter Griechenlands« und »Die Künstler«.

Im Umgang mit Wieland war Schiller auf die antike Kunst und Literatur gestoßen. Er las die Tragödien der griechischen Dichter, beschäftigte sich mit Winckelmanns »Geschichte der Kunst des Altertums« und studierte Lessings »Laokoon«. Tief beeindruckt von den

Schönheitsidealen und der Lebensfülle der antiken Welt, der Schlichtheit und Größe ihrer Kultur, der Einheit des Schönen und Guten, die ihm wie eine Brücke zwischen Ideal und Leben erschien, schrieb er an Körner: »In den nächsten zwei Jahren, habe ich mir vorgenommen, lese ich keine modernen Schriftsteller mehr ... Nur die Alten geben mir jetzt wahre Genüsse. Zugleich bedarf ich ihrer im höchsten Grade, um meinen eigenen Geschmack zu reinigen, der sich durch Spitzfindigkeit, Künstlichkeit und Witzelei sehr von der wahren Simplizität zu entfernen anfing. Du wirst finden, daß mir ein vertrauter Umgang mit den Alten äußerst wohltun, vielleicht Klassizität geben wird.« Diese Zeilen schrieb er nieder, als Goethe vor den Stätten des klassischen Altertums in Italien stand.

In den beiden großen Gedichten der ersten Weimarer Periode hat Schillers Bekenntnis zur Antike programmatischen Ausdruck gefunden. Abkehr von der Gottesvorstellung seiner Jugend, Ringen um ein neues Weltbild und Sehnsucht nach vollkommenem Menschentum sind die Motive des ideenreichen Hymnus auf die Antike, dem er den Namen »Die Götter Griechenlands« gab. In den Versen dieses Gedichts feiert er aber nicht nur die vergangenen Zeiten, sondern ruft auch seine Mitmenschen auf, das feudalistische System zu stürzen und durch eine Gesellschaft zu ersetzen, in welcher der Widerspruch zwischen Kunst und Leben, zwischen Schönheit und Sein nicht mehr existiert.

Als das Gedicht im März 1788 im »Teutschen Merkur« erschien, löste seine antichristliche Tendenz den Protest der herrschenden Gesellschaftskreise aus. Es kam zu erregten Diskussionen. Friedrich Leopold Graf zu Stolberg beschimpfte Schiller als »Naturalisten«, Georg Forster nahm Partei für den Angegriffenen und lobte das Gedicht als »Beitrag zum Kampf um die Wahrheit«. Er sah in ihm das Bild eines Staates gezeichnet, der auf »Gleichheit und Harmonie, Menschenfreundlichkeit, Liebe und Achtung für den Adel unserer Natur« aufgebaut ist.

Philosophische Lyrik (oder lyrische Philosophie) ist auch das zweite in Weimar begonnene weltanschauliche Gedicht, »Die Künstler«. Es wurde in Rudolstadt vollendet und erschien ein Jahr nach den »Göttern Griechenlands« im »Teutschen Merkur«. Seine Idee ist zugleich ein Aufruf an die Kulturschaffenden: Da Politik und Gesellschaft jener Zeit nach Schillers Meinung nicht imstande sind, die humanistischen Ziele der Menschheit zu verwirklichen, fällt dem Künstler die Aufgabe zu, die Einheit des Wahren, Guten und Schönen herbeizuführen und damit die Voraussetzung für ein menschenwürdiges Dasein zu schaffen. In diesem aus der Erbitterung über die deutschen Zustände geborenen und daher scheinbar wirklichkeitsfremden Gedanken ist die Mission der Kunst im Kampf für die Durchsetzung des Humanismus ausgesprochen. Das von einer bilderreichen, rhythmischen Sprache getragene Gedicht gipfelt in den bekannten Versen:

»Der Menschheit Würde ist in eure Hand gegeben,
Bewahret sie!
Sie sinkt mit euch! Mit euch wird sie sich heben!
Der Dichtung heilige Magie
Dient einem weisen Weltenplane,
Still lenke sie zum Ozeane
Der großen Harmonie!«

Wer Schillers Spuren in Weimar nachgeht, sucht in erster Linie die Stätten auf, wo er gewohnt und gearbeitet hat. Die älteste Schillerstätte ist der historische Gasthof »Zum Erbprinzen« am Markt, in dem der Dichter am 21. Juli 1787 sein erstes Quartier nahm. Das nach dem Prinzen Ernst August Constantin, dem späteren Gemahl der Herzogin Anna Amalia, benannte Gasthaus, das heute »Parkhotel« heißt, hat im Laufe seiner zweihundertzwanzigjährigen Geschichte viele berühmte Gäste gesehen. Nach Schiller stiegen Napoleon, Wilhelm von Humboldt, Paganini, Weber, Mendelssohn, Rauch, Berlioz, Liszt, Wagner, Hebbel und Rubinstein hier ab.

Am 28. Juli bezog Schiller seine erste private Wohnung in Weimar. Er fand sie bei Frau von Imhoff, der Schwester Charlotte von Steins, im Dachgeschoß des großen Doppelhauses, das der Hofjäger und Bauunternehmer Anton Georg Hauptmann in unmittelbarer Nähe des Wittumspalais errichtet hatte. Das Haus gehörte der Familie von Reitzenstein und trug die Nummer 18 der damals noch einseitig bebauten Esplanade. Es stand an der Stelle, die heute das HO-Konzert-

Café einnimmt. »17 und ½ Taler, viel Geld für zwei Zimmer und eine Kammer«, mußte Schiller für dieses Logis zahlen, aber er war froh, eine eigene Wohnung zu haben, noch dazu eine in freier Lage, mit schöner Aussicht auf die Umgebung. »Eine Allee ist vor dem Hause«, berichtet er an Körner, »welche mich oft an das Fleischmannische und an den Japanischen Garten erinnern wird.« Beim Hofgärtner Fleischmann in Dresden-Neustadt, nahe dem Japanischen Palais, hatte er gewohnt, als er Körners Gast in der Elbestadt war. An der Esplanade glaubte er sich deshalb besonders wohl zu fühlen, aber schon nach drei Monaten gab er diese Wohnung wieder auf.

Was ihn dazu bewog, wissen wir von ihm selbst. Er wollte sich in Goethes Nachbarschaft ansiedeln und diesem nahe sein, wenn er aus Italien zurückkehrte. Corona Schröter empfahl ihm eine Wohnung am Frauenplan, die er im Oktober 1787 mietete. Sie hatte ihm berichtet: »Das Logis an sich wird Ihnen nicht mißfallen, ich kenne es; es sind drei Piecen aneinander und ist vollkommen hell. Hinten heraus ist auch noch ein hübsch Stübchen für einen Bedienten. Für Möbles, worunter ich mich vorzüglich nach einem Kanapee erkundigt, Aufwartung, Tischzeug, Bett, auch Decken, will er für das Vierteljahr 14 Taler, welches mir sehr billig scheint.«

Das Haus, in das Schiller einzog, liegt neben dem historischen Gasthof »Zum weißen Schwan« und ist nur drei Häuser vom Goethehaus entfernt; es trägt heute die Nummer 21 der Frauentorstraße. Das Gebäude stammt aus der Renaissancezeit und ist auf dem Stadtplan des Rektors Wolf vom Jahre 1575 deutlich zu erkennen. Im 18. Jahrhundert wurde es im Rokokostil umgestaltet; aus dieser Zeit haben sich Ofennischen, Türfüllungen und Treppengeländer erhalten. 1757 erbte der Kaufmann Johann Christoph Keil das Anwesen und baute es weiter aus. 1790 ging es in den Besitz des Handlungsgehilfen August Wilhelm Martini über, dessen Nachkommen es bis 1854 innehatten. Im Erdgeschoß ist später ein Laden eingebaut worden. Eine Gedenktafel zwischen den Fenstern des ersten Stockwerks erinnert an den bedeutendsten Bewohner des Hauses. Am Frauenplan wohnte Schiller vom Herbst 1787 bis zum Frühjahr 1789, wobei sein halbjähriger Aufenthalt in Rudolstadt – er dauerte vom 19. Mai bis zum 12. November 1788 – abgerechnet werden muß. Schiller gab, als er nach Rudolstadt übersiedelte, seine Weimarer Wohnung auf, war jedoch froh, daß er sie bei seiner Rückkehr wieder beziehen konnte. An Wieland schrieb er: »Mein altes Logis ist leer geblieben, und ich habe es auch bereits wieder gemietet.«[17]

In diesem Haus bewohnte der Dichter ein großes und zwei kleine Zimmer im ersten Stockwerk. Es waren bescheidene und bescheiden eingerichtete Räume, aber sie genügten dem Mieter, der, wie er sich einmal ausdrückt, »ein unaussprechliches Vergnügen« daran hatte, »sich in möglichst kleinstem körperlichen Raum im Geiste auf der großen Erde herumzutummeln«. In seiner Wohnung am Frauenplan wurde er nun wirklich heimisch. Sie gab ihm die Muße und innere Sammlung, die er zum Schaffen brauchte; hier entstanden zum großen Teil die Werke der ersten Weimarer Epoche: »Die Geschichte des Abfalls der vereinigten Niederlande«, »Der Geisterseher«, »Die Götter Griechenlands« und »Die Künstler«.

Zu ungestörter Arbeit war die ruhige Lage der Wohnung wie geschaffen. Aber Schiller mußte auch sehr fleißig sein, um alles zu vollenden, was er sich vorgenommen hatte. Dem Publizisten Johannes Falk hat Goethe später erzählt: »Als Schiller sich noch in Weimar befand, verschloß er sich oft acht Tage lang und ließ sich von keiner Seele sprechen. Abends um acht stand noch sein Mittagessen vor seinem Studierpult.« Schiller selbst schreibt in einem seiner Briefe: »Hier wird über mich geklagt, daß ich meiner Gesundheit durch vieles Arbeiten und Zuhausesitzen schaden würde.« Er begann damals schon zu kränkeln, nicht zuletzt durch dauernde Überanstrengung und ungeregelte Lebensweise. In seiner »Erinnerung eines Greises von 83 Jahren über das Leben und Wirken Schillers in Weimar« berichtet der Landschaftskassenkalkulator Wilhelm Schumann, der sich als Schreiber bei Goethe und Schiller seinen Altersunterhalt verdiente, über Schillers Arbeitsweise: »Nie durfte ich vor 12 vormittags zu ihm kommen, da er immer sehr spät aufstand und mehr des Nachts als am Tage dichtete. Übrigens habe ich, solange ich für denselben schrieb, ihn immer leidend und äußerst selten heiter gefunden.«

Schillers Hoffnung auf einen freundnachbarlichen Verkehr mit Goethe – aus diesem Grund hatte er sich ja am Frauenplan eingemietet – ging nicht in Erfüllung. Obwohl er sich große Mühe gab, dem aus

Italien Heimgekehrten näherzukommen, wich dieser ihm beharrlich aus, da er »die durch Schiller veranlaßten Räubergeschichten nicht ertragen konnte«. Goethe war auch im Augenblick viel zu sehr mit der Antike beschäftigt, um sich noch für den »Sturm und Drang« erwärmen zu können, den er in sich selbst überwunden hatte. In seinem Aufsatz »Erste Bekanntschaft mit Schiller« in »Biographische Einzelheiten« sagt er: »Ich vermied Schillern, der, sich in Weimar aufhaltend, in meiner Nachbarschaft wohnte. Die Erscheinung des ›Don Carlos‹ war nicht geeignet, mich ihm näher zu führen, alle Versuche von Personen, die ihm und mir gleich nahe standen, lehnte ich ab, und so lebten wir eine Zeitlang nebeneinander fort.«

Für den zehn Jahre jüngeren, um Verständnis und Anerkennung ringenden Schiller war das eine arge Enttäuschung; sie schwingt mit in den Worten, die in einem Brief an Körner stehen: »Goethe macht seine Existenz wohltätig kund, aber nur wie ein Gott, ohne sich selbst zu sehen.« Der »Gott« vom Frauenplan hat lange gebraucht, um seine Voreingenommenheit gegen den Verfasser der »Räuber« zu überwinden. Später hat er bedauert, daß sie sich nicht schon gefunden hatten, als sie häusliche Nachbarn waren.

Am Ende der ersten Weimarer Periode stand aber noch eine zweite Enttäuschung. Noch einmal muß der Name Charlotte von Kalb genannt werden. Sie, die Schiller in Weimar eingeführt, ihm die Wege zu den großen Geistern der Stadt geebnet hatte, war mit der bloßen Freundschaft des Dichters auf die Dauer nicht zufrieden. Die Liebe zu ihm und die Abneigung gegen ihren Mann legten ihr den Gedanken nahe, sich scheiden zu lassen und Schiller zu heiraten. Doch dieser konnte sich nicht entschließen, sein Schicksal an das einer Frau zu binden, die zwar gebildet, geistreich und phantasievoll, aber auch unbeherrscht, voller Spannungen und krankhaft gesteigerter Gefühle war. Ihr exaltiertes Wesen stieß ihn ab; was er brauchte und suchte, innere Ruhe und Ausgeglichenheit, konnte er bei ihr nicht finden. Sie war »ohne Talent, glücklich zu sein, wie könnte sie also geben, was sie selbst nicht hat?«

Das Verhältnis der beiden war zu widersprüchlich, um harmonisch werden zu können. Als Schiller in Rudolstadt Abstand gewann und Charlotte von Lengefeld kennenlernte, wurde ihm klar, daß er

Frau von Kalb nicht mehr liebte. Er versuchte sie zu überzeugen, daß sie ihren Mann nicht verlassen dürfe, sie aber spürte nur zu deutlich, daß eine andere zwischen sie und Schiller getreten war, und machte ihm die bittersten Vorwürfe. Es kam zum unvermeidlichen Bruch.[18]

Charlotte von Kalb hat sich nur schwer von Schiller gelöst. In ihrem späteren Freund Jean Paul fand sie nicht das, was ihr Herz und ihren Geist in Mannheim und in Weimar so leidenschaftlich bewegt hatte. Schiller aber hat von der Frau, die ihm im ersten Weimarer Jahr so nahestand, rückblickend gesagt: »Ich widerrufe nicht, was ich von ihr geurteilt habe, sie ist ein geistvolles, edles Geschöpf – ihr Einfluß auf mich aber ist nicht wohltätig gewesen.«

So schied er, als er am 11. Mai 1789 Weimar verließ, um als Professor an die Universität Jena zu gehen, enttäuscht von der Stadt, die er mit so großen Erwartungen betreten hatte. Einen Lichtblick in diesem Lebensabschnitt bildeten die Monate, die er außerhalb der Stadt verbrachte; der »Rudolstädter Sommer« schenkte ihm die ersehnte Ruhe des Herzens.

Rudolstadt
Beglückung des Liebenden

»Die Gegend um Rudolstadt ist außerordentlich schön. Ich hatte nie davon gehört und bin sehr überrascht worden.« Diese Worte schrieb Schiller, als er zum ersten Mal in der Stadt weilte, die so bedeutsam für sein ferneres Leben werden sollte. Vom »Rudolstädter Sommer« hat er noch nach vielen Jahren geschwärmt, ein Zeichen dafür, wie tief sich die Monate in sein Herz eingegraben haben, in denen er Charlotte von Lengefeld lieben lernte und Goethes Bekanntschaft machte.

Als Schiller Ende November 1787 seine Schwester Christophine Reinwald in Meiningen besuchte und anschließend einige Tage bei der Familie von Wolzogen in Bauerbach verbrachte, schlug Wilhelm von Wolzogen ihm vor, den Rückweg nach Weimar gemeinsam über Rudolstadt zu nehmen und dort die Familie von Lengefeld, Wilhelms Tante Luise und seine beiden »superklugen Cousinen« Caroline und Charlotte, zu besuchen. Da ihm Abwechslung in seinem einsamen Dasein willkommen war, ging Schiller auf den Vorschlag ein. Man ritt über Suhl, Ilmenau, Königsee und traf am Nachmittag des 6. Dezember in der Saalestadt ein. Caroline von Lengefeld berichtet: »An einem trüben Dezembertage im Jahre 1787 kamen zwei Reiter die Straße hinunter. Sie waren in Mäntel eingehüllt; wir erkannten unsern Vetter Wilhelm von Wolzogen, der sich scherzend das halbe Gesicht mit dem Mantel verbarg; der andere Reisende war uns unbekannt und erregte unsre Neugier. Bald löste sich das Rätsel durch den Besuch des Vetters, der um die Erlaubnis bat, seinen Reisegefährten, Schiller, bei uns einzuführen.«

Als der Dichter das Haus in der »Neuen Gasse« betrat, ahnte er nicht, welche Bedeutung dieser Besuch für ihn gewinnen sollte. Völlig fremd war er den Lengefeldschen Damen nicht. Sie hatten den Verfasser der »Räuber« und der »Luise Millerin« im Juni 1784 in Mannheim kennengelernt, als sie von ihrer Schweizer Reise zurückkehrten, und hatten sich damals gewundert, »daß ein so ungezähmtes Genie ein so sanftes Äußeres haben könne«. Die flüchtige Begegnung war auf beiden Seiten ohne Eindruck geblieben.

Anders am 6. Dezember 1787. Wenige Stunden des Beisammenseins genügten, um einander nahezukommen. Schiller fühlte sich sofort heimisch in der Familie, wo er freundlich und ohne Vorurteil aufgenommen wurde. Er war gefesselt von dem gewandten und doch so natürlichen Auftreten der Hausfrau, dem liebenswürdig heiteren Wesen der Töchter, ihrer Belesenheit und ihrem literarischen Urteil. An Unterhaltungsstoff fehlte es nicht; die Zeit verstrich wie im Fluge. Als man spätabends Abschied nahm, war der Wunsch, sich wiederzusehen, allseits Herzenssache. Auf dem Rückweg nach Weimar stand Schillers Entschluß, den nächsten Sommer in Rudolstadt zu verbringen, fest.

Einem Brief an Gottfried Körner vertraute er seine Eindrücke an: »In Rudolstadt habe ich mich auch einen Tag aufgehalten und wieder eine recht liebenswürdige Familie kennengelernt. Eine Frau von Lengefeld lebt da mit einer verheirateten und einer noch ledigen Tochter. Beide Geschöpfe sind (ohne schön zu sein) anziehend und gefallen mir sehr. Man findet hier viel Bekanntschaft mit der neuen Literatur, Feinheit, Empfindung und Geist. Das Klavier spielen sie gut, welches mir einen recht schönen Abend machte.« An Henriette von Wolzogen schrieb er: »Ich kann nicht anders als Wilhelms guten Geschmack bewundern, denn mir selbst wurde so schwer, mich von diesen Leuten zu trennen, daß nur die dringendste Notwendigkeit mich nach Weimar ziehen konnte. Wahrscheinlich werde ich diese Nachbarschaft nicht unbenutzt lassen und, sobald ich auf einige Tage Lust habe, dort sein.«

Luise Juliane Eleonore Friederike von Lengefeld, die »chère mère«, wie sie allgemein genannt wurde, war vierundvierzig Jahre alt, als Schiller nach Rudolstadt kam. Sie war seit 1775 Witwe. Ihr Mann, der Oberforstmeister Carl Christoph von Lengefeld, hatte das Forstwesen der Schwarzburg-Rudolstädter Ober- und Unterherrschaft geleitet und sich als Pionier der Forstwirtschaft große Verdienste erworben. Er

Friedrich Schiller. Kopie nach Anton Graff

Charlotte v. Schiller. Ölstudie von Ludovica Simanoviz

Das Schillerhaus in Volkstedt. Bleistiftzeichnung von R. Schinzel

Schillers Wohnung in Rudolstadt. Schloßaufgang II, Nr. 3

Bauerbach um 1840. Farbige Lithographie von R. Weibezahl

Das Griesbachsche Haus in Jena. Kupferstich von Ludwig Heß

Die Schrammei in Jena

Schillers Wohnung am Markt in Jena

Christoph Martin Wieland. Ölgemälde von Anton Graff, 1794/96

hatte das gesamte Forstwesen im Fürstentum reformiert, die in diesen Berufen Tätigen geschult und bemerkenswert fortschrittliche Abhandlungen über die Forst- und Landwirtschaft, über die Jagd und die Pflege der einheimischen Hölzer geschrieben. Sein Ruf war weit über seine engere Heimat hinausgedrungen und hatte ihm Aufträge im Weimarischen und im Altenburgischen, in der Freien Reichsstadt Mühlhausen und im Fürstentum Schwarzburg-Sondershausen eingebracht. Am 3. Februar 1763 war er von König Friedrich II. empfangen worden, der ihm das Angebot machte, das Forstwesen in Preußen zu reformieren. Seinen thüringischen Aufgaben zuliebe hatte Lengefeld das hochbezahlte Amt abgelehnt. In ihrer Schillerbiographie hat Caroline von Wolzogen ihrem »trefflichen Vater« ein Denkmal gesetzt, »der als Forstmann berühmt war«.

Nach dem Tod ihres Mannes widmete sich Luise von Lengefeld der Erziehung ihrer beiden Töchter Caroline (geboren am 3. Februar 1763) und Charlotte (geboren am 22. November 1766). Als geachtete und standesbewußte Frau fühlte sie sich, wie das in kleinen Residenzstädten der Fall war, mit der adligen Gesellschaft und mit dem Hof verbunden, wo sie für sich selbst und für ihre zweite Tochter eine Stellung mit angemessener Versorgung anstrebte. Bei der Erziehung ihrer Kinder ließ sie sich von strengen moralischen Grundsätzen leiten, war aber noch jung genug, um die heranwachsenden Mädchen zu verstehen und ihren Wünschen entgegenzukommen. Ihren Charakter hat Schiller wie folgt gezeichnet: »Sie ist ein gar geselliges und wohlwollendes Wesen; sie nimmt das Leben leicht, ohne leichtsinnig zu sein, und weiß für andere zu leben.«

Eine gediegene geistige Bildung war das wichtigste Anliegen der auf die Zukunft ihrer Töchter bedachten Mutter. Man las viel, trieb Sprachstudien und beschäftigte sich mit Kunst, Literatur und Wissenschaft. Dabei beschränkte man sich nicht auf die traditionellen Werte; die englischen Dichter und die Schriften Rousseaus waren im Lengefeldschen Haus ebenso bekannt und beliebt wie Goethes »Werther« und Schillers »Kabale und Liebe«. In der Pflege schöngeistiger Interessen verstand man sich sowohl in der Familie wie im Kreise von Bekannten, denen eine kultivierte Geselligkeit am Herzen lag.

Caroline und ihre drei Jahre jüngere Schwester Charlotte – sie wurde kurz Lotte genannt – harmonierten vorzüglich miteinander, trotz der auffallenden Gegensätzlichkeit ihrer Naturen. Ihre Wesensunterschiede zeigten sich schon in den Jahren des Heranreifens: Caroline, leidenschaftlich veranlagt, geistreich und impulsiv, mit einem Zug ins Geniale, huldigte den schwärmerischen Idealen der Zeit und war gefühlvollen freundschaftlichen Bindungen aufgeschlossen. Ungewöhnlich gebildet, voll künstlerischer und wissenschaftlicher Interessen, musikalisch und dichterisch begabt, dazu reich an Phantasie, betätigte sie sich auch als Schriftstellerin. Ihren Roman »Agnes von Lilien« hat Schiller in seine »Horen« aufgenommen.[19] Im Alter schrieb sie eine Schillerbiographie, die zu einem echten Volksbuch wurde. Doch war sie auch eine problematische, ja, man kann sagen, tragische Gestalt. Allzu selbstbewußt und ewig reizbar, fand sie nie Ruhe in ihrem wechselvollen Leben.

Ein verhängnisvoller Schritt war es, als sie 1784 den Hof- und Legationsrat Ludwig von Beulwitz heiratete, einen tüchtigen, aber pedantischen Beamten ohne Schwung und Begeisterungsfähigkeit, der in scharfem Gegensatz zu ihr stand und kein Verständnis für ihr genialisches Wesen hatte. Die Ehe war voller Spannungen; man ging sich nach Möglichkeit aus dem Weg und lebte sich hoffnungslos auseinander. Nach der Scheidung heiratete Caroline ihren Vetter Wilhelm von Wolzogen, der ihr geistig näher stand als der nüchterne Beulwitz, wurde aber auch mit ihm nicht glücklich.

Von anderer Art war die jüngere Tochter Lotte. Eine weiche, stille Natur, ausgeglichen in ihrem Wesen, gemäßigt in ihren Empfindungen, weiblicher als Caroline, dazu bescheiden und zurückhaltend, voll Güte und Hilfsbereitschaft, schloß sie sich nur schwer an und war am liebsten mit sich und ihren Gedanken allein. In Gesellschaft hörte sie lieber zu, als sich am Gespräch zu beteiligen. Sie war nicht so geistreich wie ihre Schwester, aber nicht weniger klug. Für alles Schöne empfänglich, liebte sie Kunst und Literatur, studierte französische und englische Schriftsteller, las historische, philosophische und naturwissenschaftliche Werke, dichtete, zeichnete und sang. Sie versuchte sich auch in Übersetzungen und poetischen Nachschöpfungen; ihrem Lieblingsdichter Ossian widmete sie ausdrucksvolle Verse: »Ossians Abschiedsklage«.

Stark ausgeprägt war ihr Sinn für die Wirklichkeit und für die Natur. Sie liebte die Landschaft des Saaletales, die ihr täglich nahe war, die Berge, Wälder und Wiesen, die Blumen, die Stimmungen der Jahreszeiten und vertraute ihre Beobachtungen liebevoll dem Tagebuch an. »Kind der Natur« hat sie einer ihrer Verehrer genannt. Ihre Naturverbundenheit schwingt mit in den Worten, die ein häufiger Gast des Lengefeldschen Hauses, Carl Ludwig von Knebel, gesprochen hat: »Das Gefühlvolle und Edle kommt aus ihrer Seele wie aus einer natürlichen Quelle.«

Freundschaftlich verbunden fühlte sich Lotte mit ihrer Patin Charlotte von Stein im benachbarten Kochberg. Man besuchte sich auf dem Gut oder in der Stadt und pflegte gemeinsame Interessen. Frau von Stein schloß das anhängliche und für Liebe dankbare Mädchen in ihr Herz.

Durch Frau von Stein lernte Lotte in Kochberg Goethe kennen, durch sie wurde sie am Weimarer Hof eingeführt, wo sie nach dem Willen ihrer Mutter Hofdame werden sollte.

Als Lotte am 6. Dezember 1787 Schiller begegnete, lag die unglückliche Liebe ihres zwanzigsten Lebensjahres hinter ihr. Ein junger schottischer Kapitän namens Heron, den sie im Hause der Frau von Stein kennen und lieben gelernt hatte, war von ihr gegangen, um einem Ruf nach Ostindien zu folgen. Von Lottes Schmerz zeugt ihr Tagebuch: »Durch düstre Wolken brachen einige Strahlen der Sonne, doch sie schwanden, und ein undurchdringliches Dunkel hüllt die Gegend vor mir in Nacht … Mein Herz zieht sich zurück, fühlt Sehnen und Leere … Was sind die Freuden des Lebens? Sie dünken uns ein Gaukelspiel der Phantasie, eine Lufterscheinung, die den Himmel auf einen Augenblick hellt und dann verschwindet.« Aber bald klingt es wieder hoffnungsvoller auf diesen Blättern: »Der wahre, reinste Genuß unserer selbst, unseres Seins ist, wenn man … die ganze Welt an sein Herz drücken möchte.« Was war geschehen, was hatte sie von ihrem Schmerz befreit?

Beglückt von der Begegnung im Lengefeldschen Hause, war Schiller am 7. Dezember 1787 nach Weimar zurückgekehrt. Wenn er sich's – und seinem Freund Körner – auch nicht eingestehen wollte, Lottes Persönlichkeit hatte einen tiefen Eindruck auf ihn gemacht. Er war sich darüber im klaren, daß er sie wiedersehen mußte. Der Gang der Ereignisse begünstigte die Erfüllung dieses Wunsches.

Ende Januar 1788 kam Lotte nach Weimar, um als künftige Hofdame an den Hoffestlichkeiten teilzunehmen. Sie wohnte bei Frau von Imhoff, der Schwester der Frau von Stein, in demselben Haus, in dem Schiller im Sommer 1787 Unterkunft gefunden hatte. Auf einem Maskenball sahen sie sich wieder. Man traf sich auf Gesellschaften oder im Theater, suchte Gelegenheit zu Begegnungen, kam sich näher und lernte sich schätzen. Lektüre bot Anlaß zum Gedankenaustausch. Wenn Schiller ihr Bücher schickte, die sie von ihm erbeten hatte, fügte er der Sendung zart werbende Zettelchen bei, die sie ebenso zart beantwortete. Der Dichter war schon zufrieden, wenn er sie von seinem Fenster aus über die Straße gehen sah: »Ich habe Sie gesehen, und das ist doch etwas für diesen Tag.« Er spürte, wie seine Zuneigung wuchs und wie auch Lotte sich für ihn erwärmte.

Als sie ihn eines Tages bat, ein paar Zeilen in ihr Stammbuch zu schreiben, entstand das Gedicht, das Lottes beglückende Wirkung auf den Dichter zu einem weltumfassenden Gefühl erhebt. Es sind die einzigen Verse, die Schiller unmittelbar an Lotte von Lengefeld gerichtet hat:

Ein blühend Kind, von Grazien und Scherzen
umhüpft – so, Lotte, spielt um Dich die Welt,
Doch so, wie sie sich malt in Deinem Herzen,
in Deiner Seele schönen Spiegel fällt,
So ist sie doch nicht! – Die Eroberungen,
die jeder Deiner Blicke siegreich zählt,
Die Deine sanfte Seele Dir erzwungen,
die Statuen, die – Dein Gefühl beseelt,
Die Herzen, die Dein eignes Dir errungen,
die Wunder, die Du selbst getan,
Die Reize, die Dein Dasein ihm gegeben,
die rechnest Du für Schätze diesem Leben,
für Tugenden uns Erdenbürgern an.
Dem holden Zauber nie entweihter Jugend,
der Engelgüte mächt'gem Talisman,

Der Majestät der Unschuld und der Tugend,
den will ich sehn – der diesen trotzen kann!
Froh taumelst Du im süßen Überzählen
der Glücklichen, die Du gemacht, der Seelen,
die Du gewonnen hast, dahin.
Sei glücklich in dem lieblichen Betruge,
nie stürze von des Traumes stolzem Fluge
ein trauriges Erwachen Dich herab.
Den Blumen gleich, die Deine Beete schmücken,
so pflanze sie – nur den entfernten Blicken,
betrachte sie – doch pflücke sie nicht ab!
Geschaffen, nur die Augen zu vergnügen,
welk werden sie zu Deinen Füßen liegen,
je näher Dir – je näher ihrem Grab.

Dem Gedicht waren die Zeilen beigegeben: »Könnte ich hoffen, daß von der Glückseligkeit Ihres Lebens ein kleiner Anteil auf meine Rechnung käme, wie gern entsagte ich manchen Entwürfen für die Zukunft, um des Vergnügens willen, Ihnen näher zu sein! Wie wenig sollte es mir kosten, den Bezirk, den Sie bewohnen, für meine Welt anzunehmen.«

Als Lotte am 5. April 1788 Weimar verließ, um nach Rudolstadt zurückzukehren, wurde der Abschied beiden schwer. Briefe aus diesen Tagen öffnen den Blick in ihr Inneres: »Sie werden gehen, liebstes Fräulein, und ich fühle, daß Sie mir den besten Teil meiner jetzigen Freuden mit sich hier wegnehmen.« Lotte antwortete: »Auch Sie verlasse ich ungern; denn Ihr Umgang (ich mag nicht Freundschaft sagen, weil Sie das Wort nicht gern haben) hat mir manche Freude verschafft. Die Hoffnung, Sie bei uns zu sehen, macht mir den Abschied leichter. Kommen Sie, sobald Sie können.« Ihre Mahnung »Denken Sie meiner, ich wünschte, daß es oft geschähe« greift er auf: »Sie wollen also, daß ich an Sie denken soll; dieses würde geschehen sein, auch wenn Sie es mir verboten hätten. Meine Phantasie soll so unermüdet sein, mir Ihr Bild vorzuführen.« Und weiter: »Lassen Sie das kleine Samenkorn nur aufgehen; wenn die Frühlingssonne darauf scheint, so wollen wir schon sehen, welche Blume daraus werden wird.«

Lotte schied mit seinem Versprechen, sobald als möglich nach Rudolstadt zu kommen. Sie fühlte, was er ihr in diesen Monaten geworden war; sie ahnte aber auch, was sie ihm noch würde sein können, als sie diese Zeilen las: »Auch in Ihrer Seele werde ich einmal lesen, und ich freue mich im voraus, bestes Fräulein, auf die schönen Entdeckungen, die ich darin machen werde. Vielleicht finde ich, daß wir in manchen Stücken miteinander sympathisieren, und das soll mir eine unendlich werte Entdeckung sein ... Leben Sie also recht wohl, erinnern Sie sich manchmal und gern daran, daß hier jemand ist, der es unter die schönsten Zufälle seines Lebens zählt, Sie gekannt zu haben.«

Unter diesen Umständen war es verständlich, daß er die Ratsherrnstelle in Schweinfurt, die ihm Anfang April unter der Bedingung angeboten wurde, ein wohlhabendes Schweinfurter Bürgermädchen zu heiraten, kurzerhand ablehnte. Der Antrag bereitete ihm »eine heitere Stunde«.

Mit Lottes Hilfe nahm Schillers Plan, den Sommer 1788 im Saaletal zu verbringen, rasch Gestalt an. Auf der Suche nach einer Unterkunft in ländlicher Abgeschiedenheit und Stille besorgte sie ihm ein Quartier beim Kantor Unbehaun in Volkstedt, einem Vorort von Rudolstadt. Ein Brief vom 24. April brachte ihm die Nachricht: »Das Dorf hat eine schöne Lage, am Ufer der Saale, hinter ihm erheben sich Berge, an deren Fuß liebliche Fruchtfelder sich ziehen, und die Gipfel mit dunklem Holze bekränzt, gegenüber an der anderen Seite der Saale schöne Wiesen und die Aussicht in ein weites, langes Tal. Ich denke, diese Gegend wird Ihnen lieb sein, mir brachte sie gestern einen Eindruck von Ruhe in die Seele, der mir innig wohltat. Die Stube, die ich für Sie bestimmte, ist nicht sehr groß, aber reinlich, auch die Stühle sind nicht ganz ländlich, denn sie sind beschlagen, eine Kammer daneben, wo das Bett stehen kann, und auch eine für den Bedienten nicht weit davon. Für Betten will der Schulmeister sorgen, dem das Haus gehört, auch wohnt eine Frau darin, die Ihnen Kaffee machen kann und auch bedienen könnte, zur Not auch kochen, wenn das Wetter zu böse wäre, um es sich aus der Stadt holen zu lassen. Ich denke, es ist alles gut besorgt.«

Schiller bedankte sich mit den Worten: »Ich werde in Ihren schönen Gegenden, in dieser ländlichen Stille mein eigenes Herz wiederfinden, und Ihre und der Ihrigen Gesellschaft wird mich für alles, was ich hier zurücklasse, reichlich entschädigen.« An Körner schrieb er: »Ich werde mich eine kleine Stunde von Rudolstadt niederlassen. Die Gegenden sind dort überaus ländlich und angenehm, und ich kann da in seliger Abgeschiedenheit von der Welt leben. Das Lengefeldsche Haus, von dem ich Dir nach meiner Rückreise von Meiningen geschrieben habe, wird mir den ganzen Mangel an Gesellschaft hinlänglich ersetzen. Es sind dort mir sehr schätzbare Menschen beisammen, von sehr vieler Bildung und dem edelsten Gefühl.« Körner, der seinen leicht entflammbaren Freund kannte und hinter den »schätzbaren Menschen« mehr zu sehen glaubte als nur das Bedürfnis nach geselliger Unterhaltung, antwortete: »In Deinem Sommeraufenthalt wird Dir's an Vergnügungen nicht fehlen. Ist nicht auch ein Interesse des Herzens dabei? Ich bin neugierig, ob Deine Stimmung an dichterischen Arbeiten fruchtbar sein wird.«

Am 19. Mai abends halb zehn Uhr traf Schiller in Rudolstadt ein und stieg im Gasthof »Zur Güldenen Gabel« in der »Neuen Gasse« ab. Am folgenden Tag siedelte er, nicht ohne Lengefelds einen ersten Besuch gemacht zu haben, in das bereitstehende Quartier in Volkstedt über.

Rudolstadt war, als der Dichter seinen Aufenthalt in der Saalestadt nahm, eine der typischen kleinen Residenzen, wo man still, fast abgeschlossen von der Welt, vom und für den Hof lebte. Die Stadt, die zu den ältesten und schönstgelegenen Thüringens gehört, verdankt ihre landschaftlichen Reize dem Saaletal, das sich hier zu einer breiten Wiesenaue weitet und mit sanft ansteigenden Berghängen umgibt. Zu Füßen der Heidecksburg liegt sie am linken Ufer des Flusses wie in einem großen Garten und hatte schon zu Schillers Zeit nicht mehr viel Altertümliches an sich. »Eine der schönsten Gegenden Deutschlands« nennt Wilhelm von Humboldt die Stadt, während Caroline von Wolzogen in ihrem Schillerbuch von dem »fernen großgezeichneten blauen Gebirge« und den »nahen waldumkränzten Anhöhen« spricht, die ihr »so großen Reiz verleihen. Die sanfte Krümmung des Flusses, die drei frischen und angebauten Täler, die sich dem Auge öffnen, geben der Gegend einen mannigfaltigen Zauber.« Schiller selbst hat einmal gesagt: »Ich liebe die Saale wie der Inder seinen Ganges.«

Als das 18. Jahrhundert zu Ende ging, war Rudolstadt auf dem Wege, sich wirtschaftlich zu entfalten. Es gab eine Glockengießerei, eine Druckerei, eine Wollmanufaktur und in Volkstedt eine Porzellanfabrik. Die Häuser der Stadt ließen bescheidenen Wohlstand erkennen.

Das Kulturleben steckte aber noch in den Anfängen. Nach den Baumeistern, Bildhauern und Malern, die an der Heidecksburg gewirkt hatten – für sie alle sei nur der Name Gottfried Heinrich Krohne genannt –, übernahm das kleine Theater am Anger die Aufgabe, die Rudolstädter an die Kunst heranzuführen. Hier brachten die Weimarer Schauspieler unter Goethes Leitung klassische Stücke auf die Bühne. Später sind an diesem Theater Künstler von Weltruf – Ludwig Devrient, Agnes Sorma, Adalbert Matkowsky, Emil Jannings und Albert Bassermann – aufgetreten, hat Richard Wagner als Korrepetitor, Franz Liszt als Dirigent, Niccolò Paganini als gefeierter Solist hier gewirkt. Musiker, Schauspieler, bildende Künstler, Schriftsteller, Verleger, Philosophen und Wissenschaftler verschiedener Fachgebiete haben der kleinen Residenz an der Saale das Gesicht einer Kulturstadt gegeben. Von denen, die nach Schiller und Goethe kamen, seien nur noch Wilhelm von Humboldt, Arthur Schopenhauer, Georg Justus und Friedrich Christoph Perthes, Friedrich Fröbel und Albert Methfessel genannt. Heute führen Theater und Konzerte, ein die zeitgenössische Belletristik und das kulturelle Erbe pflegender Verlag und die Staatlichen Museen Heidecksburg, welche auch eine Schiller-Gedenkstätte eingerichtet haben, Rudolstadts kulturelle Tradition fort.

Doch zurück zum Mai 1788, zu dem Tag, an dem Friedrich Schiller sein Sommerquartier im Hause des Kantors Unbehaun in Volkstedt bezog. Die Wohnung entsprach ganz seinen Wünschen; hier fand er Ruhe zum Schaffen und war nicht weit von der Stadt entfernt, wo die Familie von Lengefeld wohnte. Nach der langen Zeit, die er nur in der Studierstube verbracht hatte, atmete er frische Luft und befand sich mit wenigen Schritten in der freien Natur. Sein Wirt war »in rührender Weise« um ihn besorgt und tat alles, damit er sich wohl fühlen konnte. Schiller bedankte sich bei Lotte: »Der Ort, die Lage, die Einrichtung im Hause, alles ist vortrefflich, Sie haben aus meiner Seele gewählt.« An Körner in Dresden ging der erste Bericht: »Seit acht Tagen bin ich nun hier in einer sehr angenehmen Gegend, eine kleine halbe Stunde von der Stadt und in einer sehr bequemen, heitern und reinlichen Wohnung. Das Glück hat es gefügt, das ich ein neues Haus, das besser, als auf dem Lande sonst geschieht, gebaut ist, finden mußte. Es gehört einem wohlhabenden Mann, dem Kantor des Orts. Das Dorf liegt in einem schmalen, aber lieblichen Tale, das die Saale durchfließt, zwischen sanft ansteigenden Bergen. Von diesen habe ich eine sehr reizende Aussicht auf die Stadt, die sich am Fuße eines Berges herumschlingt, von weitem schon durch das fürstliche Schloß, das auf die Spitze des Felsens gepflanzt ist, sehr vorteilhaft angekündigt wird und zu der mich ein sehr angenehmer Fußpfad längs des Flusses an Gärten und Kornfeldern vorüberführt. In dem Dorfe selbst ist die Porzellanfabrik, die Du vielleicht kennst. Ich habe zwei kleine Stunden nach Saalfeld, ebenso weit nach dem Schlosse Schwarzburg und zu verschiedenen zerstörten Schlössern, die ich alle miteinander nach und nach besuchen will.«

Es begann eine glückliche Zeit; der Tag wechselte zwischen fleißiger Arbeit und erholsamen Spaziergängen. Schiller wanderte sich gesund in der schönen Landschaft des Saaletales. Wenn er bei schlechtem Wetter nicht ausgehen konnte, genoß er die Ruhe des Kantorhauses: »Ich bin auf meine vier Wände reduziert«, schreibt er einmal an Lotte, »und wenn nicht manchmal eine Kuh blökte oder meine Pfauen mir vor dem Hause mit ihrer Silberstimme die Honneurs machten, so würde ich gar nicht gewahr, daß Leben um mich ist.«

In dieser Volkstedter Zeit beschäftigte er sich mit Goethes »Iphigenie auf Tauris«, las Homer in der Verdeutschung von Voß und versuchte sich an Übersetzungen von Euripides' »Phönizierinnen« und »Iphigenie in Aulis«. Neben literarischen und historischen Beiträgen für den »Teutschen Merkur« verfaßte er Rezensionen. In einer Besprechung von Goethes »Egmont«, die in der Jenaer »Allgemeinen Literatur-Zeitung« erschien, huldigte er dem Genius des großen Klassikers, ohne zu verschweigen, daß er von der Aufgabe des Helden im Charakterdrama andere Vorstellungen hatte als der Verfasser.

Beglückt, daß die Arbeiten gut vorangingen, schrieb er an Körner: »Ich fühle meinen Genius wieder.« Die in Weimar begonnenen großen Werke wurden fortgesetzt; nach der Beendigung der »Geschichte des

Abfalls der vereinigten Niederlande« kamen die »Don-Carlos-Briefe«, der »Geisterseher« und der »Menschenfeind« an die Reihe. Neben ihnen entstand das wenig bekannte humoristisch-satirische Gedicht »Die berühmte Frau«, in dem die Schöngeisterei einer ehrgeizigen Ehefrau verspottet wird, die das Familienglück des Mannes zerstört.

War das tägliche Arbeitspensum erledigt, wanderte Schiller in die Stadt, um den Abend in Gesellschaft der Familie von Lengefeld zu verbringen. Ein bequemer Weg an der Saale entlang brachte ihn ans Ziel. Manchmal kamen ihm die Schwestern Lengefeld bis zu der Flußschleife, wo der Schaalbach mündet, entgegen und erwarteten ihn an der Brücke, die über den kleinen Bach führt.

Im Familienkreis besprach man, was er am Tage geschaffen hatte. Bei schönem Wetter im Garten, bei Regen im Zimmer wurde vorgetragen oder mit verteilten Rollen gelesen, Homer, die griechischen Tragiker und Plutarch, aber auch aus »Don Carlos«, dem unlängst vollendeten. »Es war, als rieselte ein neuer Lebensquell um uns her«, schreibt Caroline. Auf dem Heimweg überdachte Schiller den Gewinn des Abends: »Ich hatte«, schreibt er am nächsten Morgen an Lotte, »bei dieser Gelegenheit einige glückliche dichterische Augenblicke, wofür ich Ihnen danken muß.«

In ihrer Schillerbiographie hat Caroline das Ergebnis dieser Abende so zusammengefaßt: »Lange hatte er den Reiz eines freien freundschaftlichen Umgangs entbehrt; uns fand er immer empfänglich für die Gedanken, die eben seine Seele erfüllten. Er wollte auf uns wirken, uns von der Poesie, Kunst und philosophischen Ansichten das mitteilen, was uns frommen könnte, und dies Bestreben gab ihm selbst eine milde, harmonische Gemütsstimmung. Sein Gespräch floß über in heitrer Laune.«

Frau von Lengefeld war sicher nicht ganz wohl dabei, den Dichter der »Räuber« und der »Luise Millerin« in ihrem Hause ein- und ausgehen zu sehen. Aber Schiller verstand es, ihre Besorgnisse zu zerstreuen; bald war er so herzlich aufgenommen, daß er sich wie daheim fühlen konnte. Körner bekam dann solche Sätze zu lesen wie diese: »Wir sind einander hier notwendig geworden, und keine Freude wird mehr allein genossen … Mutter und Tochter sind mir gleich lieb und wert geworden, und ich bin es ihnen auch.«

An schönen Abenden machten die Schwestern mit ihrem Gast Spaziergänge im Saaletal. Schiller lernte eine Landschaft kennen, die ihm wie der »Hain der Diana« erschien, in dem Caroline und Lotte als »wohltätige Göttinnen« walteten, die alles Irdische von ihm nahmen und ihn vor den bösen Mächten der Eumeniden schützten (er las damals Goethes »Iphigenie«).

Wenn das Wetter schlecht, wenn er erkältet war und nicht nach Rudolstadt gehen konnte, kam er sich verlassen vor wie Robinson auf seiner einsamen Insel. Briefe und Grußzettel, die zwischen Volkstedt und Rudolstadt hin- und hergingen, hielten die Verbindung aufrecht. Liebesgaben, Blumen, Obst und Backwerk, welche die fürsorglichen Schwestern dem Erkrankten durch die Botenfrau schickten, halfen über die Tage der Trennung hinweg.

Fühlte er sich wieder wohl, dann versäumte er keine Gelegenheit, am geselligen Leben im Lengefeldschen Hause teilzunehmen. Im Kreis der Verwandten und Freunde der Familie löste sich die Spannung der Tagesarbeit im Gespräch. An den geselligen Zusammenkünften nahm auch Charlotte von Stein teil, wenn sie in Rudolstadt weilte. Ein gern gesehener Gast war der einundzwanzigjährige Erbprinz Ludwig Friedrich, der in seinem Tagebuch von den Begegnungen »mit einem jungen Gelehrten, der, so jung als er ist, doch schon vieles Lesenswürdige geschrieben hat, mit dem Herrn Rat Schiller«, berichtet.

Wurde dem Dichter die Gesellschaft einmal lästig – auch das kam vor –, oder fühlte er sich zur Unterhaltung nicht so recht aufgelegt, fand niemand etwas dabei, wenn er sich zu stiller Lektüre oder Arbeit in Lottes Zimmer zurückzog.

An schönen Sommernachmittagen traf sich die Gesellschaft im Lengefeldschen Garten zum Tee und Komödiespielen, trank Kaffee im Baumgarten hinter dem Schloß – hier wurde sogar einmal eine »italienische Nacht« gefeiert –, machte Kahnpartien oder besuchte das Rudolstädter Vogelschießen.

Prinz Ludwig Friedrich zeigte den Freunden die neueingerichteten Zimmer im Schloß Heidecksburg, die Bibliothek und die Bildergalerie. »Weil Schiller Freund von schönen Aussichten ist«, meldet sein Tagebuch, »stiegen wir den Schloßturm hinauf, wiesen ihm den

Schloßgarten und die Esplanade.« Da auf dem vierzig Meter hohen Turm drei schöne Glocken aus der Rudolstädter Gießerei hingen, nimmt man an, daß dem Dichter hier die Idee zu seinem großen, philosophisch-reflexionsreichen Gedicht, dem »Lied von der Glocke« gekommen ist.

Im Juli nahm man gemeinsam an einer Kirchweih in Cumbach teil. Man tanzte und scherzte, es ging – trotz der Anwesenheit des Hofes – ziemlich ungezwungen zu. Schiller wurde eifersüchtig, weil Lotte auch mit anderen tanzte, verließ das Fest und verirrte sich, ziellos umherwandernd, nach Schaala.

Ausflüge in die Umgebung führten ihn in größerer oder kleinerer Gesellschaft in den Hirschgrund bei Oberhasel, nach Uhlstädt, Teichröda und Kochberg. Man besuchte Blankenburg, bestieg den Greifenstein und fuhr nach Schwarzburg. Den Rückweg nahm man über Königsee, wo Beulwitz Amtsgeschäfte zu erledigen hatte, und kehrte in Paulinzella ein, wo die Klosterruine besichtigt wurde. Der Anblick des verfallenen Bauwerkes veranlaßte Schiller zu dem Gedicht:[20]

Im Kloster Paulinzelle

Einsam steh'n des öden Tempels Säulen,
Efeu rankt am unverschloßnen Tor,
Sang und Klang verstummt, des Uhu Heulen
Schallet nun im eingestürzten Chor.
Weg sind Prunk und alle Herrlichkeiten,
Schon enteilt im langen Strom der Zeiten
Bischofshut mit Siegel, Ring und Stab
In der Vorwelt ewig offnes Grab.
Nichts ist bleibend, alles eilt von hinnen,
Jammer und erhörter Liebe Glück;
Unser Streben, unser Hoffen, Sinnen,
Wichtig nur auf einen Augenblick;
Was im Lenz wir liebevoll umfassen,
Sehen wir im Herbste schon verblassen,
Und der Schöpfung größtes Meisterstück
Sinkt veraltet in den Staub zurück.

Ende August, als die Nächte kühler wurden, zog Schiller nach Rudolstadt hinein und nahm Wohnung im Roßschen Haus am Schloßaufgang II. Er rückte damit dem Lengefeldschen Hause näher und war nicht mehr so abhängig vom Wetter, das ihm zunehmend Beschwerden bereitete. Der Umzug in die Stadt trug zur Verstärkung des geselligen Verkehrs bei; er wohnte nun nicht nur in der Nachbarschaft, sondern war auch täglicher Gast der Familie, zu der er sich mehr als bisher gehörig fühlte. Nur eins hatte er an seinem neuen Quartier auszusetzen: »Mein Logis«, schreibt er an Lotte, »hätte gar keinen Fehler, wenn es Ihnen gegenüber wäre. Ich brächte dann Spiegel in meinem Zimmer an, daß mir Ihr Bild gerade vor dem Schreibtisch zu stehen käme, und dann könnte ich mit Ihnen sprechen, ohne daß es ein Mensch wüßte.«

Das bedeutendste Ereignis des »Rudolstädter Sommers« war Schillers Begegnung mit Goethe am 7. September 1788.

Im Mai war Goethe von seinem fast zweijährigen Aufenthalt in Italien zurückgekehrt. Anfang September besuchte er Charlotte von Stein auf ihrem Gut Kochberg, um sich über sein Verhältnis zu ihr nach der langen Trennung klar zu werden. In Begleitung von Frau von Stein, Frau von Schardt, Frau Herder und Lotte von Lengefeld, die seit einigen Tagen in Kochberg weilte, kam er am 7. September nach Rudolstadt. Caroline von Beulwitz hatte ein Mittagessen vorbereitet; anschließend war man im Garten zusammen, wo sich auch Bekannte der Lengefelds, Familie von Gleichen, Familie von Holleben und andere, einfanden.

Schiller war nur einer von vielen, die den hohen Gast des Hauses begrüßten. Er hatte dem Treffen, auf das er von Lotte vorbereitet worden war, mit Neugier und Erwartung entgegengeschaut: »Ich bin ungeduldig, ihn zu sehen. Wenige Sterbliche haben mich so interessiert.« Inwieweit die Begegnung zwischen den beiden Dichtern von Caroline und Lotte, die vielleicht ein bißchen Vorsehung spielen wollten, inszeniert worden ist, läßt sich schwer sagen. Carolines Bericht deutet darauf hin: »Höchst gespannt waren wir bei dieser Zusammenkunft und wünschten nichts mehr als eine Annäherung, die nicht erfolgte. Von Goethe hatten wir, bei seinem entschiedenen Ruhme und seiner äußeren Stellung, Entgegenkommen erwartet, und von unserem Freunde auch mehr Wärme in seinen Äußerungen.«

Sicher war der Rahmen, in dem sich die beiden Dichter an jenem Tag gegenüberstanden, zu groß, um eine Annäherung herbeizuführen. Die Gesellschaft, die Goethe pausenlos in Anspruch nahm, ließ ein persönliches Gespräch zwischen ihnen nicht zu. Alles drängte sich um den Heimgekehrten, der von Italien erzählen mußte. »Von bewundernden, auf seinen Umgang eifersüchtigen Menschen umgeben«, war Goethe gegen jedermann liebenswürdig, aber auch konventionell, wie es bei größeren Gesellschaften seine Art war. Da der Jüngere sich nicht aufdrängen wollte, hatte die Begegnung nicht den Erfolg, den man erhofft hatte.

Schiller spürte wohl auch die Zurückhaltung, mit der Goethe ihm gegenübertrat, fühlte, daß dieser gedrückt war und wenig Neigung hatte, sich anzuschließen. Mißverständnisse verstimmten ihn; es fiel ihm schwer, der heiteren Lebenslust des Südens zu entsagen und sich wieder einzugewöhnen in die beengte Atmosphäre des weimarischen Kleinstaates. Für seine neugewonnenen Ideale fand er hier kein Verständnis, nicht einmal bei Charlotte von Stein, die ihm am nächsten stand. Enttäuscht stellte er fest, daß man in Weimar noch immer dem huldigte, was er längst überwunden hatte, daß man einen Dichter bewunderte, dessen »Räuber« und sonstige »Maßlosigkeiten« er verabscheute: »Dieser war mir verhaßt«, sagte er später, »weil ein kraftvolles, aber unreifes Talent gerade die ethischen und theatralischen Paradoxen, von denen ich mich zu reinigen gestrebt, recht im vollen hinreißenden Strom über das Vaterland ausgegossen hatte. Das Rumoren, das dadurch erregt, der Beifall, der jenen Ausgeburten allgemein gezollt ward, erschreckte mich, denn ich glaubte, all mein Bemühen völlig verloren zu sehen. Ich war sehr betroffen.«

Stand somit kein guter Stern über der ersten Begegnung der beiden Dichter, so ging sie doch nicht ohne eine Hoffnung zu Ende. Mit Absicht hatten Caroline und Lotte die neue Nummer des »Teutschen Merkur«, in der »Die Götter Griechenlands« abgedruckt waren, auf den Tisch gelegt. Interessiert nahm Goethe das Heft in die Hand, blätterte darin und bat die Schwestern, es mit nach Weimar nehmen zu dürfen. Am Abend kehrte er nach Kochberg zurück.

Schiller hat sich über die enttäuschende Begegnung ernsthafte Gedanken gemacht. Ihm lag daran, Klarheit darüber zu gewinnen, wie Goethe zu ihm stand, und ein gerechtes Urteil über ihn zu fällen. Wie es ausfiel, lesen wir in seinem Bericht an Körner vom 12. September 1788: »Endlich kann ich Dir von Goethen erzählen, worauf Du, wie ich weiß, sehr begierig wartetest. Ich habe vergangenen Sonntag beinahe ganz in seiner Gesellschaft zugebracht, wo er uns mit der Herdern, der Frau von Stein und der Frau von Schardt, der, die Du im Bad gesehen hast, besuchte. Sein erster Anblick stimmte die hohe Meinung ziemlich tief herunter, die man mir von dieser anziehenden und schönen Figur beigebracht hatte. Er ist von mittlerer Größe, trägt sich steif und geht auch so; sein Gesicht ist verschlossen, aber sein Auge sehr ausdrucksvoll, lebhaft, und man hängt mit Vergnügen an seinem Blick. Bei vielem Ernst hat seine Miene doch viel Wohlwollendes und Gutes. Er ist brünett und schien mir älter auszusehen, als er meiner Berechnung nach wirklich sein kann. Seine Stimme ist überaus angenehm, seine Erzählung fließend, geistvoll und belebt; man hört ihn mit überaus viel Vergnügen ... Unsere Bekanntschaft war bald gemacht und ohne den mindesten Zwang; freilich war die Gesellschaft zu groß und alles auf seinen Umgang zu eifersüchtig, als daß ich viel allein mit ihm hätte sein oder etwas anders als allgemeine Dinge mit ihm sprechen können. Er spricht gern und mit leidenschaftlichen Erinnerungen von Italien ...«

»Im ganzen genommen«, so fährt der Brief fort, »ist meine in der Tat große Idee von ihm nach dieser persönlichen Bekanntschaft nicht vermindert worden; aber ich zweifle, ob wir einander je sehr naherükken werden. Vieles, was mir jetzt noch interessant ist, was ich noch zu wünschen und zu hoffen habe, hat seine Epoche bei ihm durchlebt; er ist mir (an Jahren weniger als an Lebenserfahrung und Selbstentwicklung) so weit voraus, daß wir unterwegs nie mehr zusammenkommen werden; und sein ganzes Wesen ist schon von Anfang her anders angelegt als das meinige ..., unsere Vorstellungsarten scheinen wesentlich verschieden. Indessen schließt sich's aus einer solchen Zusammenkunft nicht sicher und gründlich. Die Zeit wird das Weitere lehren«.

Körner sah klar, wie es weitergehen würde: »Freundschaft erwarte ich nicht, aber gegenseitige Reibung und dadurch Interesse füreinander.«

In Rudolstadt schieden Goethe und Schiller als Fremde. Sie blieben es noch sechs Jahre, bis eine neue Begegnung – diesmal in Jena – den fruchtbarsten Freundschaftsbund der deutschen Literaturgeschichte einleitete. War es Schiller in Rudolstadt nicht möglich gewesen, Goethes Zuneigung zu gewinnen, so trat ihm in Jena ein anderer Mensch nahe, dem er sich für sein ganzes Leben verband.

Des Dichters Liebe zu Lotte von Lengefeld ist in anderen Büchern so ausführlich geschildert worden, daß sie hier nur mit ein paar Strichen nachgezeichnet zu werden braucht. Zudem bietet der Briefwechsel in Verbindung mit Schillers Berichten an Körner so viel Anschauungsstoff über das Werden dieses Bundes, daß jeder sich selbst ein Bild davon machen kann.

Hatte Schiller, als er nach Rudolstadt übersiedelte, an den Dresdener Freund geschrieben, er werde »eine sehr nahe Anhänglichkeit« an das Lengefeldsche Haus und »eine ausschließende an irgend eine einzelne Person aus demselben« vermeiden, so wurde er sich sehr bald bewußt, daß er diesem Vorsatz nicht treu bleiben konnte. Der tägliche Verkehr mit Caroline und Lotte, die ihm jede nur denkbare Fürsorge angedeihen ließen, ihm seine Wünsche von den Augen ablasen und seine Sorgen abnahmen, sich seinem Denken und Dichten verbunden fühlten und ihn immer wieder zu schöpferischem Tun anregten, band ihn in einer nie erlebten Weise an die beiden Schwestern. Er spürte die Veränderung, die ihre Gegenwart in ihm auslöste, und war ihnen dankbar dafür. Fand er an der geistreichen, leidenschaftlichen Caroline eine seelenverwandte Gesprächspartnerin, so wandte sich der stillen, feinfühligen Lotte sein Herz zu. Ihr Wesen war Ruhe und Harmonie, nach denen er sich sehnte.

Von Tag zu Tag empfand er stärker, wie Lotte seinem Leben Halt, seinem Schaffen Richtung gab, wie sich sein dichterischer Geist an ihr entzündete: »Was könnte ich mehr wünschen, als die lieblichen Gestalten Ihres Geistes anzuschauen und immer und immer um mich her zu fühlen.« Er spürte, wie notwendig sie ihm wurde. Aber auch in Lotte wuchs das Gefühl, daß sie füreinander bestimmt waren.

Mit Unruhe sah Frau von Lengefeld die Neigung ihrer Tochter für den Dichter wachsen. Was hatte er ihr mit seinen schwankenden Einnahmen und seiner unsicheren Zukunft zu bieten? Die Ehe mit einem Bürgerlichen mußte der chère mère, deren Blicke auf den Hof gerichtet waren, ohnehin unangenehm sein. Zeitweise Entfernung der Tochter schien ihr deshalb geboten, um die Liebenden »zur Vernunft zu bringen«. Sie schickte Lotte nach Kochberg und nach Jena, hoffend, daß neue Eindrücke sie ablenken und die Empfindungen dämpfen würden. Aber die Trennung brachte beide nur noch näher, ließ die Sehnsucht mitsprechen und vertiefte die Liebe. Jetzt wurden sie sich vollends bewußt: sie gehörten zusammen.

Ein kleiner Ausschnitt aus dem Briefwechsel zeigt, wie sie zueinanderwuchsen: »Es freut mich, daß ich Ihnen zu fehlen scheine«, schreibt Lotte einmal, und zum anderen heißt es: »Es ist ein schmerzliches Gefühl, Menschen, die einem lieb sind, entfernt zu wissen.« In Kochberg klagt sie: »Ich wäre wohl hier und stille ruhig in der Einsamkeit, wenn ich nicht das Gefühl, daß Sie eben in Rudolstadt sind, hätte und daß ich manche schöne Stunde versäume.« Und fügt hinzu: »Trennung ist traurig.« Schiller aber seufzt: »Sie sind nicht einmal zwei Tage von uns, und wie lange deucht es mir schon! Dieses kleine Pröbchen Trennung gibt mir gar schlechte Erwartungen von der größeren Trennung, die mir bevorsteht.« Mit Bangen denkt er an seine Rückkehr nach Weimar: »Wir könnten einander das bißchen Leben und Dasein recht angenehm durchbringen helfen, das finde ich mit jedem Tage mehr ... Wie glücklich bin ich durch Ihren Umgang, und wieviel mehr wird er mir mit jedem Tage ... Ich kann mich gar nicht mit der Idee versöhnen, daß ich Sie einmal wieder lassen soll ...« Zwischen den Zeilen ist zu lesen, wie er sich die Zukunft vorstellt: »Längst schon haßte ich meine isolierte Existenz, es ist eine notwendige Bedingung meiner Glückseligkeit, mich als den Teil eines Ganzen zu fühlen. Alle Bitterkeiten, die von jeher in mein Leben gemischt worden sind, haben keine andere Quelle gehabt als meine Einsamkeit in dieser geselligen Schöpfung; und die vielen fehlgeschlagenen Versuche, die ich angestellt habe, ihr zu entfliehen, haben sie mir nur drückender und unleidlicher gemacht. Ich wollte, daß ich Ihnen meine ganze Seele übertragen könnte!«

Aber noch scheuten sich beide, von der tiefen Neigung zu sprechen, die sich ihrer Herzen bemächtigt hatte. Lotte war viel zu zurückhaltend, um auszusprechen, was sie empfand, und auch Schiller wagte – in eigenartiger Scheu – nicht, sich zu erklären: »Bin ich bei Ihnen, so fühle ich nur, daß mir wohl ist, und ich genieße es mehr im Stillen, als daß ich es mitteilen könnte.«

Erst der bevorstehende Abschied überwand die Hemmungen und löste die Zungen, ließ innerste Empfindungen einströmen in die Briefe. Lotte verlor ihre Schüchternheit und schrieb dem Freund: »Ich möchte Ihnen gern sagen, wie lieb mir Ihre Freundschaft ist und wie sie meine Freuden erhöht. Aber ich hoffe, Sie fühlen es ohne Worte. Sie wissen, daß ich wenig Worte finden kann, meine Gefühle zu erklären, um sie anderen deutlich zu machen. Aber glauben Sie, daß ich nicht weniger den Wert Ihrer Freundschaft zu schätzen weiß. Lassen Sie so oft, wie Sie können und Lust haben, von sich hören, daß der Gang Ihres Geistes mir nicht fremd wird und ich ihm folgen kann. Es würde die Trennung leichter machen und mir so manchen freundlichen Augenblick geben. Gute Nacht! Leben Sie so wohl, als ich's wünsche. Denken Sie gern meiner und oft. Adieu! Adieu! Lotte.« Und Schiller antwortete: »Die Vorstellung unserer Wiedervereinigung steht hell und heiter vor mir. Nie werde ich Sie verlieren, als wenn ich mir selbst fremd werde.«

Am Morgen des 12. November bestieg er die Postkutsche, um nach Weimar zurückzufahren. Die Schwestern hatten ihn gedrängt, die seit Wochen geplante Abreise nicht zu verschieben, sich nicht noch länger den literarischen und wissenschaftlichen Anregungen zu entziehen, die ihm nur Weimar bieten konnte. Sie selbst fuhren am gleichen Tag nach Erfurt, um ihre Freundin Caroline von Dacheröden zu besuchen. Daß Erfurt von Weimar nicht allzu weit entfernt war, erleichterte Schiller den Abschied.

Zwei Tage vorher hatte man noch im Lengefeldschen Familienkreis seinen Geburtstag gefeiert. Caroline und Lotte hatten alles aufgeboten, damit »der Tag ihm vor vielen anderen merkwürdig blieb«. Von Lotte erhielt er eine schöne Zeichnung und eine Vase, wie man sie damals als Zeichen freundschaftlicher Verbundenheit schenkte, und den Glückwunsch: »Ich muß Ihnen, und sollten es nur zwei Worte sein, doch meinen warmen Glückwunsch sagen, lieber Freund. Es ist ein Tag heute, der mir willkommen ist, denn er gab uns einen Freund, den ich schätze und dessen Freundschaft einen schönen Glanz um mein Dasein webt … Wir sehen uns bald. Ich freute mich schon heut beim Erwachen, daß Sie noch mit uns sind.« Hochbeglückt dankte Schiller für die »Freundschaft, die in diesem Jahr für mich aufblühte … Heute vor einem Jahr waren Sie für mich so gut als gar nicht in der Welt … und jetzt sollte es mir schwer werden, mir die Welt ohne Sie zu denken. Denken auch Sie immer wie heute! So ist unsere Freundschaft unzerstörbar wie unser Wesen.«

Schiller schied von Rudolstadt mit einem tiefempfundenen Dank an die »besten Freundinnen«: »Immer werde ich das Schicksal segnen, das mich hierher geführt hat … Denken Sie meiner und lassen Sie mich Ihnen nahe sein im Geiste.« Den Gewinn des »Rudolstädter Sommers« faßte er in einem Brief an Körner zusammen: »Mein hiesiger Aufenthalt neigt sich zu Ende; er hat mir viel angenehme Stunden verschafft und, was das beste ist, er hat mich mir selbst wieder zurückgegeben und überhaupt einen wohltätigen Eindruck auf mein inneres Wesen gehabt.«

Welche Eindrücke die gemeinsam verlebten Monate bei den Schwestern Lengefeld hinterlassen haben, hat Caroline in ihrer Schillerbiographie poetisch verklärt: »Hoher Ernst und anmutige geistreiche Leichtigkeit des offenen reinen Gemüts waren in Schillers Umgang immer lebendig, man wandelte wie zwischen den unwandelbaren Sternen des Himmels und den Blumen der Erde in seinen Gesprächen. Wie ein Blumen- und Fruchtgewinde war das Leben dieses ganzen Sommers mit seinen genußreichen und bildenden Tagen und Stunden für uns alle.«

Der lebhafte Briefwechsel, der nach Schillers Rückkehr zwischen Weimar und Rudolstadt einsetzte, läßt erkennen, was Schiller und Lotte sich im Sommer 1788 geworden sind: »Wir kennen uns erst ein Jahr«, schreibt sie, »und mir ist's, als wären wir immer Freunde gewesen. Ihr Geist war mir zwar nie fremd, denn immer fühlte ich mich zu ihm gezogen, wenn ich von Ihnen las; aber nun ist es doch noch anders, denn jetzt wird es mir fast unmöglich, mir meine Freuden ohne Sie zu denken.«

Sie bittet ihn, teilnehmen zu dürfen an seinem Schaffen, ihr zu berichten von seinen Plänen und Vorhaben. Um seine Gesundheit besorgt, bestürmt sie ihn, auf Ruhe und Erholung bedacht zu sein. Um ihm auch mit ihrem Urteil etwas sein zu können, bildet sie sich eifrig weiter, liest deutsche, englische und französische Schriftsteller, treibt geschichtliche und philosophische Studien. Schiller freut sich darüber: »Der Ernst Ihres Wesens unterscheidet Sie aus Hunderttausenden, und bewahre der Himmel, daß ich Sie anders wünschte. Wie nahe hat Sie diese Eigenschaft meinem Wesen gebracht.«

Das Bewußtsein, einen Menschen gefunden zu haben, der sein dichterisches Schaffen versteht und teilnehmend begleitet, beflügelt seinen schöpferischen Geist und läßt ihn jubeln:

Ein neu Organ hab ich in mir gefunden,
Das meines Herzens heil'ge Regung sprach;
Die Seele war's, die Jahre lang gebunden,
Durch alle Fesseln jetzt auf einmal brach
Und Töne fand in ihren tiefsten Tiefen,
Die ungeahnt und göttlich in ihr schliefen.

In dem Briefwechsel klingt ein Name immer wieder auf: Rudolstadt. Schiller wünscht sich an den Strand der Saale, Lotte sehnt sich danach, ihn dort spazieren zu führen. Ihr tut es leid, daß er nun wieder »die tote Gegend von Weimar« um sich hat. »Wie ist es dagegen bei uns so lachend«, ruft sie ihm zu. »Wenn es so liebliches Wetter ist wie heute, so bedaure ich Sie immer, daß Sie in den traurigen Bergen von Weimar sich herumtreiben müssen. Bei uns ist die Natur doch recht freigebig. Wenn man so unser Tal sieht, dies macht einen wohltätigen Eindruck.« Und Schiller antwortet: »Sie können sich nicht mehr nach Ihren Bäumen und schönen Bergen sehnen als ich – und vollends nach denen in Rudolstadt, wohin ich mich jetzt in meinen glücklichsten Augenblikken im Traum versetze. Eine schöne Natur wirkt auf uns wie eine schöne Melodie.«

Man zählt die Tage bis zum Wiedersehen. Die Briefe werden wärmer, die Anrede wird herzlicher. Aber es dauert noch lange, bis das entscheidende Wort fällt. Schiller scheut sich, es auszusprechen, weil die Verantwortung zu groß, die eigene Zukunft zu unsicher ist. Bis eines Tages Caroline den Bann bricht und ihm die Augen öffnet, wie es in Lottes Herz aussieht. Erschreckt und beglückt zugleich merkt er, daß die Zukunft bereits gegenwärtig ist. In Lauchstädt findet die entscheidende Aussprache statt. Doch das und was ihr folgt – Verlobung, Hochzeit, Gründung des Hausstandes –, das fällt bereits in die Jenaer Zeit.

Hier soll nur noch ein Wort zu der oft zitierten Ansicht gesagt werden, Schiller habe lange geschwankt, ob er Caroline oder Lotte heiraten solle. Bestimmt hat er Caroline geschätzt und verehrt; ihr Sinn für Kunst, Literatur und Philosophie, ihr reger Geist und ihre bewegte Phantasie haben ihn zweifellos gefesselt. Er hat sich in Seelenfreundschaft mit ihr verbunden gefühlt, aber nicht in Liebe, wie er sie Lotte gegenüber empfand. Die Gefühlsseligkeit seiner Briefe an Caroline – viele sind an beide Schwestern zusammen gerichtet – ist kein Beweis für das Gegenteil; mit Zärtlichkeiten war man damals nicht sparsam, das war der Ton der Zeit. Von einer »Doppelliebe« oder »Doppelbrautschaft«, einem »Zwiespalt in Schillers Seele« oder einer »Absicht, mit beiden Schwestern vereinigt zu leben« – alle diese Theorien sind von phantasiebegabten Biographen aufgestellt worden – kann gar keine Rede sein.[21] Die Tatsache, daß Lotte nie eifersüchtig gewesen ist, daß Caroline den Bund des Dichters mit ihrer Schwester uneigennützig gefördert hat und beiden eine gute Kameradin war, spricht ebenso dagegen wie Schillers Werbebrief an Frau von Lengefeld vom 18. Dezember 1789, in dem es heißt: »Seit dem ersten Tage, wo ich in Ihr Haus trat, hat mich Lottchens liebe Gestalt nicht mehr verlassen. Ihr schönes, edles Herz hab ich durchschaut. In so vielen froh durchlebten Stunden hat sich ihre zarte, sanfte Seele in allen Gestalten mir gezeigt. Im stillen, innigen Umgang, wovon Sie selbst so oft Zeugin waren, knüpfte sich das unzerreißbarste Band meines Lebens. Mit jedem Tage wuchs die Gewißheit in mir, daß ich durch Lottchen allein glücklich werden kann.«

Der Stadt, in der er sein Glück gefunden hat, ist Schiller sein Leben lang treu geblieben. Außer im Sommer 1788 weilte er noch mindestens achtmal für Tage, Wochen oder Monate in Rudolstadt, wobei seine Besuche, die aus sehr verschiedenen Anlässen erfolgten, auch von sehr verschiedener Bedeutung und nicht immer erfreulicher Natur waren.

Nach einem eintägigen Aufenthalt am 13. März und einem dreitägigen Besuch vom 18. bis 21. Juni verbrachte der Dichter vom 18. September bis 22. Oktober 1789 fünf Wochen Ferien in Rudolstadt. Er wohnte wieder beim Kantor Unbehaun in Volkstedt und wanderte – wie einst – jeden Tag in die Stadt, um sich mit den Schwestern Lengefeld zu treffen.

Vom 2. bis 27. April 1790 verlebte er mit Lotte, inzwischen verheiratet, die Osterferien in Rudolstadt. Und vom 11. bis 23. Oktober kam er, um sich im Lengefeldschen Haus zu »erholen und einmal nichts zu tun«. Was ihm anscheinend auch gelang: »Zwölf Tage brachte ich in Rudolstadt mit Essen, Trinken, Schachspielen und Blindekuhspielen zu.«

Die längste – aber auch unerfreulichste – Zeit nach dem »Rudolstädter Sommer« weilte Schiller 1791 in der Stadt, die ihm durch Lotte vertraut, ja zur zweiten Heimat geworden war. Von der schweren Krankheit, die ihn am 3. Januar in Erfurt befallen hatte, war er noch nicht ganz genesen, als er Anfang April mit seiner Frau zur weiteren Erholung ins Lengefeldsche Haus übersiedelte. Noch litt er an Schmerzen in der Brust, die von Krämpfen und Atemnot, Fieber und Schlaflosigkeit begleitet waren, aber er gab sich zuversichtlich und heiter, machte Spazierritte und nahm am geselligen Leben teil. Da überfiel ihn unerwartet – es war am 8. Mai 1791 – ein heftiger Erstickungsanfall, dem weitere Brustkrämpfe folgten. Der Puls setzte aus, die Sprache schwand, es war – nach seinen eigenen Worten – »fürchterlich«. Die Rudolstädter Ärzte Conradi und Beythan taten alles, um sein Leben zu retten. Sie gaben ihm Opium, Kampfer und Moschus, versuchten es mit Pflastern, Einreibungen und Klistieren. Als die Not am höchsten stieg, wurde Dr. Starke[22] aus Jena hinzugezogen. Doch bevor er eintraf, hatte der Patient die Krise überwunden und war in einen tiefen, wohltuenden Schlaf gesunken. Mut und Hoffnung hatten ihn auch während der schlimmsten Stunden nicht verlassen. »Es wäre doch schön, wenn wir noch länger zusammenblieben«, sagte er zu Lotte und Caroline. Die Schwestern und Freunde, allen voran seine Frau Lotte, pflegten ihn aufopfernd. Mit fortschreitender Genesung wurden Reisepläne geschmiedet; die Ärzte rieten zu einer Kur in Karlsbad. So fuhr Schiller, als er kräftig genug war, am 9. Juli nach Böhmen.

Zehn Tage besuchte Schiller vom 24. September bis 4. Oktober 1792 mit seiner Mutter und seiner Schwester Nanette, die von Jena gekommen waren, die Verwandten seiner Frau in Rudolstadt. Bei seinem letzten Aufenthalt vom 4. bis 13. September 1799 wohnte er mit Lotte und den Kindern auf der Heidecksburg. Am 8. sah er eine Aufführung seiner »Räuber« im Rudolstädter Theater.

Kein Schillerort – sei es in Thüringen oder auch anderswo – kann mit einer solchen Fülle von Schillerstätten aufwarten wie das kleine Rudolstadt. Hier haben bauliche Veränderungen und Kriegsschäden nicht in dem Maße wie in Jena und in Weimar Lücken in den Bestand gerissen, hier ist auch das Überlieferte stets gepflegt und gegen zerstörenden Unverstand verteidigt worden. Eine museale Neuschöpfung unserer Tage hat die Schätze, die Rudolstadt hütet, vermehrt und bereichert.

Mehrere Häuser in der Stadt tragen Gedenktafeln mit dem Namen des Dichters. Straßen – Schillerstraße, Lengefeldstraße, Glockenstraße –, eine Schiller-Oberschule, ein Schillerdenkmal, eine Schillershöhe und Schillereichen halten sein Andenken fest und erinnern an die Umwelt, in der er sich bewegte. Ein Rundgang soll uns am Schluß unserer Betrachtung zu diesen Stätten führen.*

Als Ausgangspunkt wählen wir das Haus, in dem Schiller mit Lotte am 6. Dezember 1787 zum ersten Mal zusammentraf, das im Sommer 1788 das Ziel seiner täglichen Spaziergänge war, seine Liebe heranreifen sah und seine erste Begegnung mit Goethe erlebte: das Lengefeldsche Haus Schillerstraße 25. Die Straße, die erst seit 1887 den Namen des Dichters trägt, hieß ursprünglich »Neue Gasse«, später »Neue Straße«. Anfang des 18. Jahrhunderts vor der ehemaligen Stadtmauer angelegt, war sie zu Schillers Zeit der westlichste Straßenzug

---

* *Bei der Darstellung der Rudolstädter Schillerstätten folgen wir – wie auch im übrigen in diesem Kapitel – den Ergebnissen der Untersuchungen, die verdiente Rudolstädter Heimatforscher, insbesondere Dr. Heinz Deubler, in den »Rudolstädter Heimatheften« veröffentlicht haben.*

der kleinen Residenz und wurde in ihrem oberen Teil vorwiegend von Beamten, Offizieren und Angehörigen des Adels bewohnt.

1720 baute sich der aus Bayreuth stammende Hofjäger und spätere Landrentmeister Wolfgang Rühm das an der Straße gelegene zweistöckige Haus, zu dem noch ein Hintergebäude kam, das mit dem vorderen durch einen Zwischenbau verbunden wurde. Im Hinterhaus fand 1775, nach dem Tod ihres Mannes, Frau von Lengefeld mit ihren beiden Töchtern ein neues Heim. Das Obergeschoß des Straßengebäudes bezog Caroline nach ihrer Verheiratung mit Ludwig von Beulwitz im Jahre 1785. Wenn Lotte, die das Eckzimmer im ersten Stock des Hinterhauses bewohnte, von dem sie einen weiten Blick ins Saaletal genoß, ihre Schwester besuchen wollte, mußte sie »vorgehen«, wie sie in einem Brief vom 30. Oktober 1789 schreibt.

Der fensterreichen Südfront des Zwillingshauses ist ein Hausgarten vorgelagert, der von der Schillerstraße bis zur Großen Allee reicht. Auf den verschlungenen Wegen dieses Gartens, den im Sommer, wie Lotte berichtet, »Lilien fast bedeckten«, erging sich am 7. September 1788 Goethe, umringt von einer »großen Gesellschaft«, mit der er im Gartenpavillon Kaffee getrunken hatte. Dieses Häuschen ist noch vorhanden; in ihm war früher eine Gedenkstätte eingerichtet, die auf Schillers Beziehungen zu Rudolstadt hinwies. Sie mußte wegen der Baufälligkeit des Pavillons geschlossen werden und ist – reicher und würdiger – auf der Heidecksburg neu gestaltet worden.[23]

Gedenktafeln erinnern sowohl am Vorderhaus wie am Hinterhaus an die Ereignisse, die sich in der Schillerstraße 25 abgespielt haben. Männer und Frauen verkehrten hier, die in der deutschen Kulturgeschichte einen Namen haben; Kunst, Literatur und Wissenschaft wurden hier gepflegt. Häufige Gäste waren Charlotte von Stein, Charlotte von Kalb, Caroline von Dacheröden, Wilhelm von Wolzogen, Carl Ludwig von Knebel und Wilhelm von Humboldt. Einmal weilte auch Alexander von Humboldt hier.

Eine weitere Schillerstätte befindet sich zwischen der Großen Allee und der August-Bebel-Straße. Westlich der Großen Allee, die 1776 als breite Promenade angelegt wurde und als Baumschmuck Linden erhielt – hier ergingen sich die Bewohner der »Neuen Gasse«, nachbarliche Gespräche führend –, kaufte Frau von Lengefeld 1786 ein großes

Grundstück, ließ einen Garten im englischen Stil anlegen und einen grüngestrichenen Pavillon hineinsetzen. Hier herrschte in größerem oder kleinerem Kreis frohe Geselligkeit, wurde Tee oder Kaffee getrunken und Komödie gespielt. Hier erholte sich Schiller in anregendem Gespräch mit den Schwestern Lengefeld. »Unser heimliches Hüttchen« nennt Lotte den Pavillon, »von Pappeln umpflanzt; ich kann gar nicht satt werden, mich über das schöne Grün zu freuen.« Schillers Vater sandte aus Stuttgart Obstbäume, Knebel stiftete Ulmen, und auch Carl August beteiligte sich mit botanischen Spenden an der Verschönerung des Grundstücks.

Dieser Garten besteht nicht mehr in seiner ursprünglichen Gestalt. Der nördliche Teil wurde abgetrennt, als 1835 das »Schwesterngäßchen«, das östliche Stück der Kreuzstraße, geschaffen und das große Schulgebäude an der Allee errichtet wurde. Der »Grüne Pavillon«, den Schiller von Volkstedt aus mit dem Fernglas erkennen konnte – so frei lag das Grundstück damals –, wurde nach Südwesten versetzt und zu dem Haus August-Bebel-Straße 4 a umgebaut. An ihm kündet eine Gedenktafel: »Von Lengefeldsche Gartenhäuser. Hier weilte Schiller wiederholt in den Jahren 1788 bis 1792.«

Eine Tafel am Haus Schillerstraße 1 erinnert an die Übernachtungen des Dichters im Gasthof »Zur güldenen Gabel«. Das 1711 entstandene Haus war eines der vornehmsten Absteigequartiere der Stadt. Hier kehrte Schiller am 6. Dezember 1787 (»Herr Doktor Schiller aus Meiningen«), am 19. Mai 1788 (»Herr Rat Schüler aus Weimar«), mehrere Male im Sommer und Herbst 1788 und am 18. September 1789 (»Herr Professor Schüler aus Jena«) ein.

Als der Dichter im August 1788 »wegen des üblen Wetters« Volkstedt verließ und nach Rudolstadt zog, nahm er Quartier im Hause Nr. 3 am Schloßaufgang II. Dieses Häuschen gehörte zu den kleinen Anwesen, die am Fuße des Schloßberges für Bedienstete des Hofes errichtet worden waren, damit sie jederzeit geholt werden konnten, wenn man sie brauchte. 1788 war es im Besitz der Hofratswitwe Anna Sophia Roß. Wie lange Schiller bei ihr gewohnt hat, steht nicht fest, da sich sein Aufenthalt in diesem Haus nur auf mündliche Überlieferung gründet. Die Gedenktafel an der Hausfront meldete: »Wohnung Schillers im Herbst 1788« (heute abgerissen).

Wandert man vom Schloßaufgang II am Fuße der Heidecksburg nach Osten, so kommt man zur Stadtkirche, einem wertvollen Denkmal der thüringischen Kunst- und Heimatgeschichte. Sie birgt unter ihrem Altarraum das Grab der Gräfin Katharina von Schwarzburg, die am 7. November 1567 auf der Heidecksburg gestorben und durch ihren Ausspruch »Fürstenblut für Ochsenblut« berühmt geworden ist. Der »heldenmütigen Katharina« hat Schiller einen Aufsatz »Herzog Alba bei einem Frühstück auf dem Schlosse zu Rudolstadt im Jahre 1547« gewidmet, zu dem er eingehende Quellenstudien getrieben hat. Nach mündlicher Überlieferung ist der Dichter wiederholt auf den Turm der Stadtkirche gestiegen, um den Ausblick ins Saaletal zu genießen. Unter den Glocken, die hier hingen, soll ihm die »Osanna« aus dem Jahre 1499 besonderen Eindruck gemacht haben. Sie enthält eine Variante des Mottos, das er seinem »Lied von der Glocke« vorangestellt hat: »Vivos voco, mortuos plango, fulgura frango.« (Die Lebenden rufe ich, die Toten beklage ich, die Blitze breche ich.)

Das langgestreckte Gebäude neben der Kirche, das die Nummer 1 der Lengefeldstraße (früher Felskellergasse) trägt, ist der sogenannte Heißenhof. »In diesem Haus«, so kündet eine Gedenktafel, »wohnte Charlotte von Lengefeld, die Gattin Friedrich von Schillers, während ihrer Kindheit.« Das Gebäude, ein alter Siedelhof, war im 16. Jahrhundert Sitz einer Familie Heyße. 1720 wurde Freiherr von Stein auf Kochberg mit dem Anwesen belehnt, 1770 ging es in fürstliches Eigentum über. Hier fand der Schwarzburg-Rudolstädter Oberforstmeister Carl Christoph von Lengefeld mit seiner Frau Wohnung. In diesem Haus verlebten Lotte und Caroline, die sehr anschaulich davon berichtet, ihre Jugend; ob sie auch hier geboren sind, steht nicht fest. Nach dem Tod ihres Mannes am 3. Oktober 1775 verließ Luise von Lengefeld mit ihren Töchtern die Wohnung und zog in die »Neue Gasse«. 1861 kam der Heißenhof als »Bergschlößchen« zur Brauerei und war eine Zeitlang Schankwirtschaft. Später richtete die Stadt eine Badeanstalt in seinen Räumen ein.

Eine Schillergedenkstätte besonderer Art birgt das Anwesen Jenaische Straße Nr. 1. Hier betrieb der Nürnberger Rotgießer Johann Meyer als Nachfolger des 1759 verstorbenen Schweizer Geschütz- und Glockengießers Johann Feer, der das Gewerbe 1715 in Rudolstadt eingeführt hatte, eine Glockengießerei, in der Schiller wesentliche Anregungen zu seinem »Lied von der Glocke« empfing. Schon im Sommer 1788 war ihm der Gedanke gekommen, ein »Glockengießerlied« zu schreiben; 1791 beschäftigte ihn die Idee erneut, doch das Lied kam erst 1799 zur Ausführung. In der Familie Meyer, die das Gewerbe bis 1872 ausübte, hat sich die Überlieferung vererbt, daß Schiller die Gießerei wiederholt besucht habe, vom Meister zunächst gar nicht gern gesehen, weil seine Anwesenheit die Arbeit störte. Später, so wird erzählt, habe sich der »bleiche Gelehrte« rücksichtsvoll auf einem hochlehnigen Stuhl an der Wand niedergelassen, um den Guß von ferne zu beobachten. Caroline von Wolzogen berichtet: »Lange hatte Schiller dieses Gedicht in sich getragen und mit uns oft davon gesprochen als einer Dichtung, von der er besondere Wirkung erwarte. Schon bei seinem Aufenthalt in Rudolstadt ging er oft nach einer Glockengießerei vor der Stadt spazieren, um von diesem Geschäft eine Anschauung zu gewinnen.« Eine Gedenktafel an dem später entstandenen Straßengebäude enthält folgende Verse:

Steh, Wanderer, still! Denn hier erstand,
daß keine zweite möglich werde,
gebaut durch Schillers Meisterhand,
die größte Glockenform der Erde.

In mehrfacher Hinsicht erinnert der Rudolstädter Anger an Schillers Anwesenheit in der Stadt. Hier traf er sich öfters mit den Schwestern Lengefeld, hier nahm er am traditionellen Volksfest, dem Vogelschießen, teil. In dem 1792 errichteten Sommertheater wurden seine Dramen – am 21. August 1794 »Don Carlos«, am 27. August 1796 »Kabale und Liebe«, am 11. September 1797 und am 8. September 1799 »Die Räuber«, am 20. August und am 11. September 1799 »Wallensteins Lager« – aufgeführt. Er selbst erlebte seine »Räuber« in diesem Theater, dargeboten von den Weimarer Schauspielern. Ein Gedenkstein erinnert daran.

Kein Verehrer des Dichters wird versäumen, einen Spaziergang an der Saale entlang nach dem nahe gelegenen Volkstedt zu machen, wo Schiller am 20. Mai 1788 für drei Monate Quartier beim Kantor Unbehaun nahm. Der 1923 eingemeindete Vorort hat den Charakter eines dörflichen Idylls längst verloren und ist mit seinen stattlichen Wohnsiedlungen, Geschäfts- und Industriebauten mit der Stadt verwachsen. Seine malerische Lage oberhalb des Saaleknies ist noch immer sehenswert. Bewaldete Höhen säumen den Talkessel, in dem sich die langgestreckte Hauptstraße mit den kurzen Seitenstraßen südwärts zieht, abseits vom pausenlos dahinrollenden Verkehr auf der Fernverkehrsstraße 85/88, die aus dem Ort herausverlegt worden ist.

Johann Heinrich Unbehaun war Lehrer und Kantor in Volkstedt, betrieb neben dem Schulamt eine kleine Landwirtschaft und baute sich 1784 das Haus, in dem vier Jahre später Friedrich Schiller sein Logiergast wurde. Das Gehöft, damals das letzte an der Landstraße nach Rudolstadt, lag auf der westlichen Straßenseite, der Kirche und der Porzellanfabrik gegenüber. Da das Gelände ringsum unbebaut war, genoß man aus seinen Fenstern weite Blicke in die Landschaft. Schillers Wohn- und Arbeitszimmer nahm die Südostecke des ersten Stockwerks ein; der Dichter schaute hinüber nach dem Gotteshaus, in dem 48 Jahre später seine Tochter Caroline mit dem Bergrat Carl von Junot getraut wurde. 1945 fiel das Kantorhaus mit der sorgsam gehüteten Schillerstube den Bomben zum Opfer. Das an seiner Stelle errichtete Pfarrhaus trägt eine Gedenktafel mit der Inschrift: »Hier stand das Haus, in dem Friedrich Schiller im Jahre 1788 wohnte.«

Gleich neben dem Haus nahm der Feldweg seinen Anfang, den der Dichter einschlug, wenn er nach Rudolstadt wanderte. Er führte zu einer von Pappeln umstandenen Brücke über den Schaalbach, der hier in die Saale mündet. An dieser Stelle traf er sich mit den Schwestern Lengefeld, wenn sie sich zu Spaziergängen verabredet hatten. »Wenn wir Dir entgegenkamen«, schreibt Lotte, »und die Sonne schon bald hinter den Bergen stand und unsere Gegend so schön beleuchtet war, ich hätte es Dir oft sagen mögen, wieviel Du mir warst, schon damals! Unser liebes Brückchen müssen wir fleißig besuchen.«

Über die Schaalbachbrücke ging Schiller auch, wenn er den »Eichberg« bestieg, den steilen, Volkstedt gegenüberliegenden, mit Eichengestrüpp bewachsenen Buntsandsteinfelsen, der sich hundert Meter über den Saalespiegel erhebt. Von hier sah er das Haus, in dem er wohnte, zu seinen Füßen liegen und konnte weit hinaus ins Saaletal schauen. Ein Zickzackweg, der an der Gondelstation beginnt, führt zu einer am Berghang gelegenen Schieferplatte, die ein begeisterter Verehrer des Dichters zu einer Gedenkstätte gestaltet hat.

August Karl Friedrich Werlich, Geheimer Kammerrat und Besitzer des Hauses Neue Gasse 39, erwarb 1828 das Berggrundstück, legte Wege und Treppen an, pflanzte Bäume und Ziersträucher und ließ einen vorspringenden Felsen zu einem kleinen Plateau ausbauen. In eine natürliche Nische, die man zu diesem Zweck erweiterte, stellte er eine Nachbildung der berühmten Schillerbüste von Johann Heinrich Dannecker. Nach dem Gipsabguß, den der Bildhauer auf Werlichs Wunsch anfertigte, wurde in der Rudolstädter Glockengießerei maßstabgerecht der Metallguß hergestellt. An ihm wirkte außer dem Glokkengießer Friedrich Christian Meyer der Vergolder Johann Andreas Lipsius, ein Schüler Danneckers, mit. Am 9. Mai 1830 wurde die Büste auf dem Eichberg aufgestellt. Zweitausend Personen nahmen an dem Weiheakt teil; Werlich hielt die Festrede, die Rudolstädter Liedertafel sang Chöre, zu denen er die Texte und Karl Eberwein die Musik geschrieben hatte. Seit diesem Tag heißt der Berg »Schillershöhe«. Außer der Büste, die später durch eine bessere ersetzt worden ist, welche in der Fürstlichen Gießerei zu Katzhütte hergestellt wurde, schmückt eine Tafel mit Versen aus Schillers Gedicht »Der Spaziergang« die Felswand. Die »Schillershöhe« über Volkstedt ist zu einem beliebten Ausflugs- und Wanderziel der Rudolstädter geworden.

Als die Gedenkstätte im Pavillon des Gartens Schillerstraße 25 geschlossen wurde, tauchte sofort der Plan auf, eine neue – und größere – auf der Heidecksburg zu schaffen, wo Carl Christoph von Lengefeld vor seiner Vermählung, später eine Zeitlang seine Witwe und schließlich auch Schiller gewohnt haben. Am 10. November 1969, dem 210. Geburtstag des Dichters, wurde sie der Öffentlichkeit übergeben. In Zusammenarbeit mit den Nationalen Forschungs- und Gedenkstätten der klassischen deutschen Literatur in Weimar haben die Staatlichen Museen Heidecksburg in einem großen Raum des zweiten Obergeschosses eine Ausstellung aufgebaut, die in elf Komplexe gegliedert ist und drei Themen veranschaulicht: Schillers und Lottes Persönlichkeit, Schillers Tätigkeit in Rudolstadt und die Pflege seines Werkes durch die Rudolstädter.

In dem mit Empiremöbeln ausgestatteten Ausstellungsraum, dessen Stuckdecke restauriert worden ist, erhält der Besucher anhand von Bildern, Briefen und anderen Dokumenten einen Eindruck, wie bedeutsam der »Rudolstädter Sommer« für das Leben und Schaffen des Dichters gewesen ist. Historische Ansichten der Stadt und der Landschaft, Bilder der Schillerstätten, der Familie von Lengefeld und der Menschen, denen er hier begegnete, halten die Umwelt fest, in der er sich bewegte. Briefe, Scherenschnitte, künstlerische und literarische Versuche stellen die Schwestern Lengefeld vor. Manuskripte, Erstausgaben seiner Werke und Theaterzettel würdigen die in Rudolstadt entstandenen literarischen Leistungen Schillers. Neben dem berühmten Schillerporträt von Anton Graff hat die Gipsbüste Johann Heinrich Danneckers einen würdigen Platz gefunden.

Jena
Wandlung des Strebenden

Zehn Jahre hat Schiller in Jena zugebracht, die längste zusammenhängende, zugleich beste und arbeitsreichste Zeit seines Lebens. In Jena formte sich seine Persönlichkeit durch wissenschaftliche Arbeit, und zugleich begann seine dichterisch fruchtbarste Schaffensperiode. In Jena fand Schiller den Weg zur Philosophie, hier tat er den »Riesenschritt« zur Vollendung, den Goethe so an ihm bewunderte.

Zum ersten Mal weilte der Dichter vom 21. bis 26. August 1787 in Jena. Er war einer Einladung des neuernannten Professors der Philosophie Reinhold gefolgt und mit dessen Frau, einer Tochter Wielands, und Charlotte von Kalb von Weimar herübergekommen. Für die »ungemein schöne und gefällige Gegend«, die er mit Reinholds durchstreifte, begeisterte sich sein Natursinn; an Körner in Dresden schrieb er: »Jena ist oder scheint annehmlicher als Weimar; längere Gassen und höhere Häuser erinnern einen, daß man doch wenigstens in einer Stadt ist.« Er verließ Jena »sehr vergnügt« und mit dem »Gelübde, es nicht zum letzten Mal gesehen zu haben«.

Im Oktober 1788 erschien seine »Geschichte des Abfalls der Niederlande« und fand allgemeine Anerkennung. Goethes Ministerkollege Voigt ließ den Dichter fragen, ob er bereit sei, eine außerordentliche Professur in Jena anzunehmen. Schiller, der sich nach den Jahren des Umherwanderns eine Lebensstellung wünschte, die ihn von der aufopfernden Hilfe seines Freundes Körner unabhängig machen und von seiner drückenden Schuldenlast befreien sollte, sagte zu. Bedenken, daß seine fachlichen Kenntnisse für das Amt nicht ausreichten, zerstreute Goethe mit dem Hinweis: »Docendo discitur« (durch Lehren lernt man), während Körner meinte: »Jena gewinnt mehr an Dir als Du an ihm.« Schließlich machte sich Schiller selber Mut, indem er auf seine Fähigkeit vertraute, fehlende Gelehrsamkeit zu ersetzen: »Die Hauptsache ist, jede Vorlesung interessant und nützlich zu machen.«

Am 9. Dezember 1788 legte Goethe dem Geheimen Consilium ein »Gehorsamstes Promemoria« vor, in dem es heißt: »Herr Friedrich Schiller ... hat sich durch seine Schriften einen Namen erworben, besonders neuerdings durch eine Geschichte des Abfalls der Niederlande von der spanischen Regierung Hoffnung gegeben, daß er das historische Fach mit Glück bearbeiten werde. Da er ganz und gar ohne Amt und Bestimmung ist, so geriet man auf den Gedanken, ob man selbigen nicht in Jena fixieren könne, um durch ihn der Akademie neue Vorteile zu verschaffen. Er wird von Personen, die ihn kennen, auch von Seiten des Charakters und der Lebensart vorteilhaft geschildert, sein Betragen ist ernsthaft und gefällig, und man kann glauben, daß er auf junge Leute guten Einfluß haben werde.«

Die Erhalterstaaten der Universität – Weimar, Gotha, Coburg und Meiningen – willigten ein. Am 21. Januar 1789 wurde er zum Professor ernannt. Da Schiller keinen akademischen Grad besaß, bat er die Philosophische Fakultät, ihm die Magisterwürde zu verleihen[24]; sie wurde ihm erteilt, worauf er am 30. April den Magistereid ablegte und in das Dozentenverzeichnis der Fakultät eingetragen wurde. Voll Stolz bat er seinen alten Freund Zumsteeg, ihn aus der Liste der »literarischen Vagabunden« zu streichen.

Obwohl mit seiner Berufung die Sehnsucht nach einer »bürgerlich-häuslichen Existenz« erfüllt und die Heirat mit Lotte von Lengefeld nähergerückt war, sträubte sich etwas in Schiller gegen die Bindung, die so gar nicht seiner Natur entsprach. In einem Brief an Lotte spricht er es aus: »Die schönen paar Jahre von Unabhängigkeit, die ich mir träumte, sind dahin; mein schöner künftiger Sommer in Rudolstadt ist auch fort; und dies alles soll mir ein heilloser Katheder ersetzen ... In dieser neuen Lage werde ich mir selbst lächerlich vorkommen. Mancher Student weiß vielleicht schon mehr Geschichte als der Herr Professor.« Körner gegenüber äußert er das Gefühl, »übertölpelt« worden zu sein. Doch die Notwendigkeit zu leben, die stärker war als alle Hemmungen, zwang ihn, in »heroischer Resignation« der Ungebundenheit zu entsagen.

Fragt man sich, warum Schiller die Professur, zu der er so wenig

Johann Wolfgang Goethe. Kupferstich von Johann Heinrich Lips, um 1791

Das Dacherödensche Haus am Anger in Erfurt

Caroline v. Humboldt geborene v. Dacheröden. Lithographie von François Legrand nach Professor Wach

Das Weimarer Theater zur Goethezeit. Aquarellzeichnung von Peter Woltze

Wilhelm v. Humboldt. Kreidezeichnung von Joseph Schmeller, 1826

Weimar etwa 1803–1806. Aquarell von Georg Melchior Kraus, Stich von G. Müller

Das Schillerhaus in Weimar an der Esplanade

Empfangszimmer

Arbeits- und Sterbezimmer

Das Lengefeldsche Haus in Rudolstadt, Schillerstraße

Der Heißenhof in Rudolstadt

Vertrauen hatte, überhaupt angenommen hat, so findet man die Antwort in seinen Briefen. Es sind im wesentlichen zwei Gründe, die ihn dazu bewogen haben und die – im Hinblick auf die Zukunft – miteinander zusammenhängen. »Um glücklich zu sein«, schreibt er an Lotte, »muß ich in einem gewissen sorgenfreien Wohlstand leben.« Herder gegenüber spricht er es noch deutlicher aus: »Ich hätte diesen Schritt nicht getan, wenn ich ihn nicht für die einzige Auskunft hielte, meine Schulden zu tilgen und innerhalb einiger Jahre zu einer gewissen Freiheit und Ruhe des Geistes zu gelangen, ohne die ich mein Leben auch nicht einen Tag mehr fortsetzen möchte.« Womit jenes andere verbunden ist, das in einem Brief an Körner zum Ausdruck kommt: »Zugleich bringt mich die Notwendigkeit, in die es (das Amt) mich versetzt, mich mit Ernst auf das Geschichtsfach zu legen, schneller zu einem gewissen Vorrat von Begriffen und erleichtert mir nachher das schriftstellerische Arbeiten im historischen Fach.«

Gefördert wurde sein Entschluß aber auch durch das hohe Ansehen, das die Universität Jena genoß. Die »alma mater Salana« war zur klassischen Zeit berühmt wegen der Freiheit, welcher sich Lehre und Forschung an ihr erfreuten. Sie stand im Ruf einer »Liberalität«, die von reaktionären Kreisen als »Jakobinertum« gebrandmarkt wurde. Christian Gottlob von Voigt hat das Wort vom »geistigen Freihafen« geprägt. Zwischen 1786 und 1806 weilten die bedeutendsten Geister des damaligen Deutschlands in Jena: Goethe, Fichte, Schelling, Hegel, Alexander und Wilhelm von Humboldt, August Wilhelm und Friedrich Schlegel, Tieck, Brentano, Novalis, Hölderlin, Voß und Zacharias Werner, ferner hervorragende Naturwissenschaftler, Mediziner, Philosophen, Theologen und Juristen. Sie alle machten die Stadt an der Saale zu einem Zentrum der Wissenschaft, zur Geburtsstätte der nachkantischen Philosophie und der literarischen Romantik, zu einem Magneten für Forscher und Gelehrte und zu einem Anziehungspunkt für die studierende Jugend.

Neben der wissenschaftlichen Atmosphäre an der Universität war es die landschaftliche Lage der Stadt, die Schiller trotz mancher Bedenken zur Annahme der Professur bewog. Das freundliche Tal mit den sanft ansteigenden Bergen versprach ihm Stärkung seiner Gesundheit, Erfrischung seines Gemüts und Kraft zum dichterischen Schaffen. Die

Nähe der Natur war nicht der letzte Grund, daß ihm die Stadt als »der beste Ort zum akademischen Leben« erschien.

Am 11. Mai 1789 siedelte Schiller nach Jena über und nahm Wohnung bei den »Jungfern Schramm« in der Jenergasse. Am 21. kündigte er am »Schwarzen Brett« der Universität für den 26. Mai ein zweistündiges Kolleg »Einführung in die Universalgeschichte« an. Vorlesungen wurden damals in den Wohnungen der Professoren abgehalten. Da Schiller nur ein bescheidenes Quartier hatte, lieh ihm Professor Reinhold sein achtzig Hörer fassendes Auditorium in der oberen Johannisstraße. Für sechs Uhr abends war die Vorlesung angesetzt; halb sechs war der Raum bereits überfüllt. Mehr als vierhundert Studenten, die Hälfte aller in Jena Studierenden, hielten Saal, Vorsaal, Flur und Treppe besetzt, und immer noch strömten weitere herbei, um den berühmten Dichter zu hören. Es blieb nichts anderes übrig, als in einen größeren Hörsaal umzuziehen, den größten, den es überhaupt gab, im Haus des Professors Griesbach am Löbdergraben.

In einem Brief an Körner schildert Schiller die dramatischen Umstände, unter denen dieser Umzug vonstatten ging: »Nun gab's das lustigste Schauspiel. Alles stürzte hinaus und in einem hellen Zug die Johannisstraße hinunter, die, eine der längsten in Jena, von Studenten ganz besät war. Weil sie liefen, was sie konnten, um in Griesbachs Auditorium einen guten Platz zu bekommen, so kam die Straße in Alarm und alles an den Fenstern in Bewegung. Man glaubte anfangs, es wäre Feuerlärm, und am Schloß kam die Wache in Bewegung. ›Was ist's denn?‹ – ›Was gibt's denn?‹ hieß es überall. Da rief man denn: ›Der neue Professor wird lesen.‹ Du siehst, daß der Zufall selbst dazu beitrug, meinen Anfang recht brillant zu machen. Ich folgte in einer kleinen Weile, von Reinhold begleitet, nach; es war mir, als wenn ich durch die Stadt, die ich fast ganz durchzuwandern hatte, Spießruten liefe.«

Kaum jemals hat die Antrittsvorlesung eines Jenaer Professors solches Aufsehen erregt wie die Schillers. Es war ein Ereignis in der Geschichte der Stadt und der Universität. Über den Verlauf des ersten Kollegs schreibt Schiller: »Ich zog also durch eine Allee von Zuschauern und Zuhörern ein und konnte den Katheder kaum finden; unter lautem Pochen, welches hier für Beifall gilt, bestieg ich ihn und sah mich von einem Amphitheater von Menschen umgeben. So schwül der Saal war, so erträglich war's am Katheder, wo alle Fenster offen waren, und ich hatte doch frischen Odem. Mit den zehn ersten Worten, die ich selbst noch fest aussprechen konnte, war ich im ganzen Besitz meiner Contenance, und ich las mit einer Stärke und Sicherheit der Stimme, die mich selbst überraschte.«

Der Eindruck, den die Vorlesung bei der akademischen Jugend hinterließ, war gewaltig; man fühlte, wie sich ein hoher Geist über den Stoff erhob. »Den ganzen Abend«, berichtet Schiller, »hörte man in der Stadt davon reden, und mir widerfuhr eine Aufmerksamkeit von den Studenten, die bei einem neuen Professor das erste Beispiel war. Ich bekam eine Nachtmusik, und Vivat wurde 3mal gerufen.« Am folgenden Tag war das Auditorium genauso stark besetzt; 480 Hörer warteten gespannt auf die Ausführungen des neuen Professors und bereiteten ihm bei seinem Erscheinen einen herzlichen Empfang.

Schiller hat seine ersten beiden Vorlesungen, mit denen er – so an Körner – »das Abenteuer auf dem Katheder rühmlich und tapfer bestanden«, unter dem Titel »Was heißt und zu welchem Ende studiert man Universalgeschichte?« veröffentlicht.[25] Liest man diese Schrift, so ist man erstaunt über den bis heute aktuell gebliebenen Inhalt. Schiller appelliert an die Studenten, sich eine universale Bildung anzueignen, und stellt dem auf berufliches Fortkommen, Geld, Lob und Fürstengunst bedachten »Brotgelehrten«, dessen Wissen bei jeder neuen Entdeckung fragmentarisch wird, den »philosophischen Kopf« gegenüber, der sich zum Fortschritt in der Wissenschaft bekennt und keiner neuen Idee verschließt.

Die Frage nach dem Sinn und Zweck des Geschichtsstudiums und der Geschichtsforschung beantwortet er – in vier Thesen gefaßt – so: Geschichtliche Ereignisse müssen aus ihrer Zeit, historische Wirkungen aus ihren Ursachen begriffen werden. Welt und Menschheit sind etwas Gewordenes und ewig Werdendes. Die Beschäftigung mit der Geschichte ist ein Kraftquell für die Bewältigung der Gegenwart. Aus den Fehlern der Vergangenheit lernen wir für die Zukunft. – Am Schluß seiner Vorlesung fordert Schiller: »Ein edles Verlangen muß in uns entglühen, zu dem reichen Vermächtnis von Wahrheit, Sittlichkeit und Freiheit, das wir von der Vorwelt überkamen und reich vermehrt an die Folgewelt wieder abgeben müssen, auch aus unsern Mitteln einen Beitrag zu legen und an dieser unvergänglichen Kette, die durch alle Menschengeschlechter sich windet, unser fliehendes Dasein zu befestigen.«

Schillers Bedeutung als Historiker ist lange verkannt worden. Heute wissen wir, daß der junge Jenaer Professor in seinen historischen Vorlesungen und Schriften neue Wege eingeschlagen hat. Den Ursachen und Zusammenhängen des Weltgeschehens nachspürend, stellte er der nüchternen, sich auf Fakten beschränkenden Geschichtsschreibung des 18. Jahrhunderts die historische Entwicklung der Menschen zur gesellschaftlichen Freiheit gegenüber. Der Gang der Geschichte, so lehrt Schiller, beweist den stetigen Aufstieg der Menschheit; ihn voranzutreiben ist die Aufgabe der Gegenwart. Der historischen Wissenschaft obliegt es, den Weg zu weisen und ständig Mahner zum Fortschritt zu sein. Folgerichtig sieht Schiller in der Geschichte nicht nur ein Fach, in dem sich Gelehrte und Forscher betätigen, sondern eine Welt, die den Menschen nahegebracht werden muß, nahegebracht nicht zuletzt durch die Sprache der Dichtung, welche Vernunft, Herz und Gewissen gleichermaßen anspricht.

Mit der Geschichte als Wissenschaft beschäftigte sich Schiller in den Jahren 1789 bis 1792. Der Vorlesung über »Einleitung in die Universalgeschichte« folgten Kollegs über »Römische Geschichte von der Gründung der Stadt bis zum Untergang des Weströmischen Reiches«, »Universalgeschichte von Karl dem Großen bis Friedrich II. von Preußen«, »Europäische Staatengeschichte«, »Universalgeschichte des Mittelalters und der Neuzeit« und »Geschichte der Kreuzzüge«. Eine Fülle von Themen und Stoffen, in die sich Schiller erst einarbeiten mußte. Er verwendete viel Zeit darauf, arbeitete oft vierzehn Stunden am Tag, war aber mit Begeisterung bei der Sache. Wissenschaftliches Denken und wissenschaftliches Arbeiten, die ihm bisher fremd waren, lernte er schnell. Die Mängel seiner Bildung glich er mit schonungsloser Selbstkritik aus. Aufmerksam beobachtete er das politische und geistige Geschehen der Zeit. Alle Vorlesungen arbeitete er schriftlich aus; erst als er sich völlig sicher fühlte, sprach er frei und hatte bald seine Freude daran. »Ich erwerbe mir neue Begriffe, mache neue Kombinationen und lege immer etwas an Materialien für künftige Geistesgebäude zur Seite«, schreibt er über seine Arbeitsmethode an Körner. Dann freilich merkt er wieder die Grenzen, die ihm gesetzt sind: »Zu einem musterhaften Professor werde ich mich nie qualifizieren; aber dazu hat mich ja die Vorsehung auch nicht bestimmt.«

Bald mußte Schiller auch den »Geist des Neides« erfahren, der sich wegen seines großen Erfolges nach den ersten Vorlesungen unter den Lehrenden ausbreitete. »Die grimmigen Gesichter der Gelehrten verscheuchen alles, was Freiheit und Freude atmet«, schreibt er voll Bitterkeit an Lotte. Daß er sich in dem gedruckten Exemplar seiner Antrittsvorlesung »Professor der Geschichte« nannte, nahm der Ordinarius für Geschichte, Professor Heinrich, zum Anlaß, beim Dekan Einspruch zu erheben, worauf Schiller ersucht wurde, sich nur noch »Professor der Philosophie« zu nennen. Über diese »elende Zänkerei« war er so empört, daß er gute Lust verspürte, auf sein Amt zu verzichten und Jena zu verlassen. »Gebe der Himmel«, schrieb er an Körner, »daß ich in dem nächsten halben oder ganzen Jahr möge Nachricht geben können, daß ich irgend anderswo angestellt bin.« Er bemühte sich auch, von seinem Jenaer Amt loszukommen, aber es bot sich nichts Besseres.

Der kurmainzische Statthalter Karl Theodor von Dalberg in Erfurt, an den er sich wandte, konnte ihm nur unsichere Versprechungen machen. In einem Brief an Lotte stehen die bitteren Worte: »Welcher böse Genius gab mir ein, hier in Jena mich zu binden!«

Trost fand Schiller in dieser entmutigenden Lage an der Anhänglichkeit der Studenten. Ein Jenaer Medizinstudent schreibt: »Was Schiller als Professor war? Mit einer ungeheuren Beredsamkeit verband er den schönsten und angenehmsten Vortrag. Ich selbst habe ihn einige Male mit Bewunderung und Erstaunen gehört. Nie verließ er das Auditorium, ohne daß ihm laut Beifall geklatscht wurde. Der Zulauf zu seinen Vorlesungen war so groß, daß nie alle in dem großen Zimmer Platz hatten.«

Aber Schiller täuschte sich nicht darüber, daß ihm die Menge der Studenten auf die Dauer nicht treu bleiben werde. »Bis jetzt«, schrieb er an Körner, »hat mein Vortrag durch seinen Glanz und seine Neuheit geblendet; in der Folge aber muß ich ihm mehr allgemeine Faßlichkeit zu geben suchen, wenn ich meine Leute festhalten will.« Von vierhundert Hörern im ersten Semester sank die Zahl auf dreißig im zweiten. Schiller suchte nach Gründen und glaubte sie in Äußerlichkeiten, zu später Ankündigung der Vorlesung oder Zusammenfallen mit anderen Kollegs, zu finden. In Wahrheit lag es wohl daran, daß Pathos und Fähigkeit zu begeistern die fehlende pädagogische Eignung für das Lehramt auf die Dauer nicht ersetzen konnten. Körner, der immer ein Wort der Ermutigung bereit hatte, tröstete: »Glaube mir, Dein Vortrag ist viel zu gut für diese Menschen; Jena ist kein Himmelreich für solche Blumen.«

Schiller mußte, ob er wollte oder nicht, durchhalten, brauchte er doch die Kolleggelder, um leben zu können. Mit fünfundzwanzig bis dreißig Hörern las er bis 1792 in seiner Wohnung weiter, zuletzt über »Ästhetik«. Dann zwang ihn seine fortschreitende Krankheit, die auch die Stimme in Mitleidenschaft zog, seine Kollegs einzustellen. 1794 wurde «zur Sublevierung des durch zugestoßene Unpäßlichkeit an öffentlichen Vorlesungen verhinderten Hofrats und Professors Schiller« aus Göttingen Professor Woltmann als Extraordinarius für Geschichte berufen.

Da ihn »die Vorsehung nicht dazu bestimmt hatte«, seine geschichtlichen Erkenntnisse weiter vom Katheder herab zu verkünden, ging Schiller dazu über, »Historische Memoires« zu schreiben, und begann mit der Arbeit an der »Geschichte des Dreißigjährigen Krieges«. Sie erschien 1791 bis 1793 im »Historischen Kalender für Damen« und fand beifällige Aufnahme. Es wurden nicht weniger als siebentausend Exemplare verkauft, ein ganz ungewöhnlicher Erfolg für die damalige Zeit. Wieland spendete hohes Lob, und Johannes von Müller beglückwünschte Deutschland, »daß die historische Laufbahn, in der wir sonst noch zurück waren, seit einigen Jahren durch mehrere Schriftsteller mit vielem Ruhm betreten wird. Schiller ist gewiß einer der vorzüglichsten … und andere deutsche Geschichtsschreiber haben Ursache, ihn zu beneiden.«

Von der Geschichte kam Schiller zur Philosophie, mit der er sich in den ersten fünf Jahren seiner Jenaer Zeit lernend und lehrend auseinandersetzte. Er beschäftigte sich vorwiegend mit ethischen und ästhetischen Fragen und hielt auch Vorlesungen darüber. Die Voraussetzungen für ein Philosophiestudium waren nirgends günstiger als in

Jena, das sich zu einer Hochburg der Lehre Kants entwickelt hatte. In Jena hatte Reinhold einen großen Zuhörerkreis, den er mit dem Gedankengut des Königsberger Philosophen bekannt machte. Ihm trat auch Schiller nahe. »Ich habe jetzt«, schreibt er an Körner, »auf eine Zeitlang alle meine Arbeiten liegen lassen, um den Kant zu studieren. Einmal muß ich darüber ins Reine kommen, wenn ich nicht immer mit unsicheren Schritten meinen Weg in die Spekulation fortsetzen soll.« Er eignete sich Kants Philosophie kritisch an und berichtete, als er über der »Kritik der Urteilskraft« saß, dem Freund: »Ich werde nicht ruhen, bis ich diese Materie durchdrungen habe und sie unter meinen Händen etwas geworden ist.« Dabei ging es ihm nicht zuletzt darum, Klarheit über sich selbst zu gewinnen, sein bisheriges Schaffen zu überdenken und für sein künftiges neue Maßstäbe zu gewinnen.

Als Frucht seiner philosophischen Studien veröffentlichte Schiller eine Reihe von theoretischen Abhandlungen, die zum Teil über Kant hinausgingen. 1792 bis 1795 erschienen seine Schriften »Über Anmut und Würde«, »Über die ästhetische Erziehung des Menschen« und »Über naive und sentimentalische Dichtung«. Mit ihnen hat er nachhaltigen Einfluß auf Hegel und auf die Romantiker ausgeübt. Einer der Leitgedanken seiner philosophischen Untersuchungen ist die Untrennbarkeit des Schönen und Guten; die Kunst, lehrt Schiller, hat immer dem menschlichen Fortschritt zu dienen. Sie bildet den Menschen und erzieht ihn für seine gesellschaftlichen und nationalen Aufgaben.

In einem Aufsatz »Das Ästhetische und das Künstlerische«* weist der sowjetische Wissenschaftler M. Kagan darauf hin, daß Schiller es war, der die Bedeutung des künstlerisch-ästhetischen Faktors für die Erziehung des Menschen erfaßte. Er schreibt: »In seinen glänzenden Briefen ›Über die ästhetische Erziehung des Menschen‹ wies Schiller nach, daß die glückliche Zukunft der Menschheit davon abhänge, ob es gelinge, das ästhetische Element zum grundlegenden Element in der gesamten Lebenstätigkeit des Menschen und der Gesellschaft zu machen; denn allein die Schönheit vermöge die von der Geschichte der Zivilisation hervorgebrachte ›Depravation des Charakters‹, dessen häß-

---

* *abgedruckt in »Kunst und Literatur«, Heft 12/1971, S. 1233ff.*

lich einseitige Entwicklung zu überwinden. Obwohl die theoretischen Prämissen dieser Konzeption, die unmittelbar von der ästhetischen Lehre Kants ausging, ihrem Charakter nach idealistisch sind, ist die Feststellung Schillers über die Bedeutung des ästhetischen Faktors bei der Bildung einer in sich geschlossenen, harmonischen Persönlichkeit zutiefst richtig. Er irrte nur darin, daß er es für möglich hielt, eine ästhetische Erziehung der Menschheit unter den in jener Epoche herrschenden Verhältnissen zu realisieren. Von den Ergebnissen der Französischen bürgerlichen Revolution zutiefst enttäuscht, gelangte Schiller zu dem Schluß, daß politische Umgestaltungen überhaupt sinnlos seien, solange die ›Depravation‹ des Menschen bestehe, und darum müsse die ästhetische Erziehung den Veränderungen der sozialen Lebensformen vorangehen. Dieser Weg zur Rettung der Menschheit war natürlich illusorisch und utopisch.«

Wie Schillers historische Erkenntnisse, so sind auch seine philosophischen Ideen in seine Dichtungen eingegangen, am klarsten in die beiden 1795 entstandenen Gedichte »Die Ideale« und »Das Ideal und das Leben«. In beiden sind philosophische, ästhetische und kunsttheoretische Erkenntnisse poetisch verarbeitet. In beiden tritt aber auch der Widerspruch zwischen Ideal und Wirklichkeit zutage, auf den Schiller bei seinen philosophischen Studien stieß. Seine Beschäftigung mit der Philosophie, vor allem der Kants, ist verschieden beurteilt worden. Daß sie schon von Zeitgenossen als verhängnisvoll angesehen wurde, zeigt Goethes Ausspruch: »Es ist betrübend, wenn man sieht, wie ein so außerordentlich begabter Mensch sich mit philosophischen Denkweisen herumquälte, die ihm nichts helfen konnten.« Schillers philosophischer Idealismus muß in seiner historischen Bedingtheit verstanden werden. Er spiegelt die Haltung des Dichters innerhalb der zwiespältigen Zeitverhältnisse wider und zeigt den Weg, den er gehen mußte, um zum Realismus seiner großen historischen Dramen zu finden. Er selbst merkte sehr bald, daß Kants Ideen mit seiner eigenen Auffassung vom menschlichen Fortschritt nicht übereinstimmten. Er überwand diesen Widerspruch, indem er sich von Kant löste, und befreite sich damit aus der Gefahr, sein Denken und Schaffen von der Wirklichkeit zu isolieren.

Vom 11. Mai 1789 bis zum 7. April 1793 wohnte Schiller im Hause

Jenergasse 19, der sogenannten »Schrammei«. Dieses Haus, das am 19. März 1945 durch Bomben zerstört wurde, lag an der platzartigen Erweiterung der Jenergasse, gegenüber dem Gasthaus »Tanne«. Es gehörte den unverheirateten Töchtern des verstorbenen Superintendenten Johann Valentin Schramm, der 53 Jahre alten Anna Sophie Auguste und der 45 Jahre alten Christine Charlotte Friederike Schramm. Bei ihnen mietete der Dichter drei zusammenhängende Zimmer im ersten Stock. Am 13. Mai 1789 schrieb er an Körner: »Mein Logis habe ich über meine Erwartung gut gefunden. Der freundliche Anblick um mich herum gibt mir eine sehr angenehme Existenz ... Ich habe zwei alte Jungfern zu Hausmieterinnen, die sehr dienstfertig, aber auch sehr redselig sind. Die Kost habe ich auch von ihnen auf meinem Zimmer, zwei Groschen das Mittagessen, wofür ich dasselbe habe, was mich in Weimar vier Groschen kostete.« Da in der »Schrammei« auch Studenten wohnten, fand er sehr schnell Anschluß an die akademische Jugend und wuchs über sie in das Jenaer Leben hinein. Im größten seiner Zimmer hielt er später Vorlesungen. In der Jenergasse entstanden die Werke »Geschichte des Dreißigjährigen Krieges«, »Über Anmut und Würde« und andere.

In diesem Hause verlebte Schiller aber auch die schwerste Zeit seines Jenaer Daseins, die Monate und Jahre des Ringens ums tägliche Brot, des Kampfes gegen die »niederziehenden Gewalten«, des Joches der »ökonomischen Schriftstellerei«. Da seine Professur unbesoldet war und nur die von den Studenten zu zahlenden – und mit der Zeit arg schrumpfenden – Kolleggelder einbrachte, mußte er sehr bald wieder dem literarischen Broterwerb nachgehen und alles aus sich herausholen, um sein Leben zu fristen. Nächtelang schrieb er Beiträge für Zeitungen, Kalender, Almanache und Sammelwerke. Ewiges Gehetztsein zwischen Aufträgen und Terminen ließ ihm keine Muße zur Entspannung und Besinnung, geschweige denn zu eigenen Studien oder zur Vertiefung seiner Bildung. »Mein Kopf ist überladen«, schreibt er an Körner, »wie sehne ich mich nach einer ruhigen und selbstgewählten Beschäftigung. Aber ich darf mir sobald keine Rechnung darauf machen.« Und in einem anderen Brief steht: »Manchmal versinkt meine Seele ganz in der Einförmigkeit ihrer Beschäftigungen.« Die »Geschäfte«, die er sich aufbürdete, entzogen ihn seinen eigentlichen

Aufgaben, ohne daß die mäßigen Einnahmen in einem Verhältnis zum Zeit- und Kraftaufwand oder gar zum literarischen Erfolg standen. An die »Galeere des Schriftstellers« geschmiedet, wurde er von Depressionen geplagt, die ihn mehr als einmal zur Resignation, ja zur Verzweiflung bringen wollten. Nur das Bewußtsein seiner künstlerischen Berufung verlieh ihm die Kraft, diese Anwandlungen zu überwinden.

Um seine jämmerliche Lage zu verbessern, richtete er Ende Dezember 1789 ein Gesuch an den Herzog und bat ihn um eine »Erleichterung«. Carl August, der für seine »Kavaliersreise« nach Paris 11 549 Taler ausgegeben hatte, bewilligte ihm am 1. Januar 1790 »gnädigst« 200 Taler Jahresgehalt; mehr, so ließ er ihm mitteilen, sei leider nicht möglich. 200 Taler waren kein Gehalt, sondern ein Almosen. Damit teilte Schiller das Los vieler, die kaum Mittel zur nackten Existenz besaßen. Von etwa 2 700 Arbeitenden bzw. Gehaltsempfängern verdienten in Weimar 2 000 unter 200 Talern. Ein Schauspieler bekam zu Schillers Zeit 500 bis 1 500 Taler im Jahr. – Als Goethe Geheimer Legationsrat wurde, erhielt er 1 200 Taler, die 1785 auf 1 400 Taler erhöht wurden; 1820 hatte er das Gehalt eines Ministers: 3 100 Taler. – Der Taler war Ende des 18. Jahrhunderts etwa drei Mark wert, wobei zu berücksichtigen ist, daß Lebensmittel im damaligen Thüringen billiger, Genußmittel, Kleidungsstücke und Luxuswaren jedoch wesentlich teurer waren als heute. Schiller mußte also tüchtig dazuverdienen, um mit seinem Gehalt leben zu können. Rechnet man die Nebeneinnahmen – Kolleggelder, Honorare aus schriftstellerischen Arbeiten und Zuschüsse seiner Schwiegermutter – hinzu, so verfügte er über 700 Taler im Jahr. Als wirtschaftliche Basis einer Ehe war das sehr wenig, ihm aber erschien es ausreichend, um Lotte zu heiraten und einen bescheidenen Hausstand zu gründen.

In Lauchstädt hatte er sich Anfang August 1789 mit ihr verlobt. Gegen den Universitätsprofessor, der zwar nicht standesgemäß, aber doch einen angesehene Persönlichkeit war, hatte nun auch die chère mère nichts mehr einzuwenden. So stand Schiller am 22. Februar 1790 mit seiner geliebten Lotte vor dem Altar der kleinen Kirche in Wenigenjena. Es war eine heimliche Hochzeit; niemand in Jena wußte davon. Schiller hatte die Abgeschiedenheit des Ortes – die Kirche lag damals weit außerhalb der Stadt – gewählt, um »allen Anschlägen von

Studenten und Professoren, mich zu überraschen«, aus dem Wege zu gehen. Nur seine Schwiegermutter und seine Schwägerin Caroline waren dabei, als der »kantische Theologe Adjunkt Schmidt«, der dem Dichter auch geistig nahestand, das Paar zusammengab.

Lotte Schiller hat das Ereignis in ihrem Tagebuch festgehalten: »An einem Montag, dem 22. Februar 1790, wurden wir in Wenigenjena von Diaconus Schmidt getraut. Schiller kam einige Tage vorher nach Erfurt, wo ich und Caroline war, uns abzuholen ... Den Montag früh fuhren wir drei zusammen nach Kahla, wo wir meine Mutter abholten. Es war ein Frühlingstag wie heute 1806, wo ich dies mit Schmerzen niederschreibe. Von Kahla fuhren wir gegen 2 Uhr ab und kamen um 5 Uhr ganz in der Stille in Wenigenjena an; stiegen an der Kirche aus; niemand war bei der Trauung zugegen als meine Mutter und Caroline ... An Schillers Hand trat ich in die schmucklose Kirche ein und legte das Gelübde ab, ihm treu zu bleiben bis zum Tod.«

Die Kirche in Wenigenjena, vor deren Altar sich die Trauung vollzog, ist noch vorhanden. Sie liegt an einem freien Platz im Stadtteil Jena-Ost und ist auch als historisches Baudenkmal beachtenswert. Es war um die Wende des 15. zum 16. Jahrhundert, als man an der verkehrsreichen Ost-West-Straße, die hier das Saaletal querte, mit dem Bau eines großen Gotteshauses, der Marienkirche, begann. Der Chor und ein Stück des Langhauses waren fertig, als die Reformation alle Pläne über den Haufen warf. So blieb der Bau, dem das eigentliche Kirchenschiff fehlt, als Torso stehen. Nach Schillers Trauung erhielt er den Namen »Schillerkirche«.

Im Innern findet der Besucher eine Gedenktafel und eine Plakette mit den Köpfen von Friedrich und Lotte Schiller in die Mauer eingelassen. Unter den Grabsteinen, die an der Außenwand aufgestellt sind, ist auch die Platte mit dem Namen des Diakons Carl Christian Erhard Schmidt zu sehen, der das Paar verbunden hat.

Am Rande der stillen Hochzeit von Wenigenjena verdienen zwei Vorgänge erwähnt zu werden, die – auf sehr verschiedene Weise – dartun, unter welch merkwürdigen Zeichen dieser Bund geschlossen wurde:

Da Lotte Schiller geb. von Lengefeld als Frau eines Bürgerlichen nach der strengen Etikette nicht mehr am Hof erscheinen durfte, verlieh Carl August ihrem Mann den Titel eines Hofrats. Dieser sollte sie für den Verlust des Adels entschädigen, hob aber den Standesunterschied, in dem sie sich nunmehr zur Hofgesellschaft befand, nicht auf. Schiller wurde auch nicht etwa weimarischer, sondern – durch Vermittlung des Herzogs – meiningischer Hofrat, da es in Weimar zu viele Anwärter auf den Titel gab, die vor ihm hätten berücksichtigt werden müssen.

Das andere ist ein ungewöhnliches Gedicht, das zu Schillers Hochzeit erschien und Carl Ludwig von Knebel, Goethes »Urfreund«, zugeschrieben wird:

> Die Götter Griechenlands, wie dankbar sind sie nicht
> Für Schillers Weihrauch im Gedicht,
> Das ihre Sinnlichkeit mit griechschem Feuer preist!
> Belohnend knüpfen sie für ihn der Liebe Band,
> Ihm wird in ihrem Rat ein Lottchen zuerkannt
> Von griechschem Wuchs, von griechschem Geist.

Aus Gründen der Sparsamkeit blieb Schiller auch nach seiner Verheiratung in der »Schrammei« wohnen. »Ich behalte meine gegenwärtige Wohnung«, schrieb er an Körner, »und miete auch die übrigen Zimmer auf derselben Etage. Meine Hausjungfern wollen sich dazu verstehen, den Tisch zu besorgen, und ich komme wohlfeiler weg als bei eigner Menage. So brauche ich zu unsrer Bedienung niemand als eine Jungfer für Lottchen. Da ich alle Meubles zu Hause habe, so brauche ich mich auch nicht einzurichten; welches überhaupt nicht ratsam wäre, eh ich weiß, wie lange ich bleibe. Das schwerste also, der Anfang, wird mir ziemlich leicht.«

In Schillers Briefen ist das jubelnde Gefühl des Glücks über die endlich erreichte »häusliche Existenz« zu spüren: »Alle meine Wünsche von häuslicher Freude sind in ihre schönste Erfüllung gegangen. Wir führen miteinander das seligste Leben, und ich kenne mich in meiner vorigen Lage nicht mehr. Jetzt erst kann ich sagen, daß ich lebe, weil ich mich jetzt erst meines Lebens freue … Mit jedem Tage verjüngt sich dieses Gefühl der Freude in meinem Herzen, und die glückliche Existenz eines holden, lieben Wesens um mich her, dessen ganze Glückseligkeit sich in die meinige verliert, verbreitet ein sanftes Licht über mein Dasein.« An anderer Stelle heißt es: »Ich bin noch in einem Taumel, und mir ist herzlich wohl dabei ... Die Veränderung selbst ist so ruhig und unmerklich vor sich gegangen, daß ich selbst darüber erstaunte ... Ich fühle mich glücklich, und alles überzeugt mich, daß meine Frau es durch mich ist und bleiben wird ... Was für ein schönes Leben führe ich jetzt! Ich sehe mit fröhlichem Geiste um mich her, und mein Herz findet eine immerwährende sanfte Befriedigung außer sich, mein Geist eine so schöne Nahrung und Erholung. Mein Dasein ist in eine harmonische Gleichheit gerückt; nicht leidenschaftlich gespannt, aber ruhig und hell gingen mir diese Tage dahin. Ich habe meiner Geschäfte gewartet wie zuvor und mit mehr Zufriedenheit mit mir selbst.« Den Eltern berichtet er: »Ich lebe die glücklichsten Tage, und noch nie war mir so wohl als wie jetzt in meinem häuslichen Kreise.« Und sein Verleger Göschen liest den bezeichnenden Satz: »Von jetzt kann ich eigentlich erst mein Leben datieren.«

Lotte schreibt an ihren Vetter: »Du mußt nun wissen, daß ich seit vierzehn Tagen Schillers Frau bin. Da uns die herzlichste, innigste Liebe verbindet, kannst Du Dir denken, daß wir glücklich sind und es immer bleiben werden. Ich ahnte nie so viel Glück in der Welt, als ich nun gefunden. Das Herz findet sich bei der Liebe zu Schiller mit tausend starken Banden an ihn geknüpft; ich hätte in keiner anderen Verbindung das gefunden, was mir jetzt geworden; und auch ihm werde ich durch meine Liebe das Leben freundlich erhellen, er ist glücklich, sagt mir mein Herz.«

Der Frohsinn Lottes macht Schillers Dasein heiter. In dem Gedicht »Die Ideale« strömt sein Glücksgefühl in die Verse:

Von all dem rauschenden Geleite,
Wer harrte liebend bei mir aus?
Wer steht mir tröstend noch zur Seite
Und folgt mir bis zum finstern Haus?
Du, die du alle Wunden heilest,
Der Freundschaft leise, zarte Hand,
Des Lebens Bürden liebend teilest,
Du, die ich frühe sucht und fand.

Und auch seine Prosa wird Poesie: »Selig der Mann, der ein solches Kleinod zu schätzen weiß und die Freundin seines Herzens bei Arbeiten und häuslichen Beschäftigungen sucht, um sich an ihren Talenten von seinem mühevollen Streben zu erheitern!«

Seelische Beschwingtheit verleiht dem Dichter neue Schaffenskraft: »Alles kleidet sich wieder um mich herum in dichterische Gestalten, und oft regt sich's wieder in meiner Brust.« Ein Frühling voll Leben und Zuversicht ist angebrochen: »Von der Zukunft hoffe ich alles. Wenige Jahre, und ich werde im vollen Genuß meines Geistes leben, ja, ich hoffe, ich werde wieder zu meiner Jugend zurückkehren, ein inneres Dichterleben gibt sie mir zurück.«

Leider erfüllte sich diese Hoffnung nur für kurze Zeit. Zu Beginn des Jahres 1791 überfiel den Dichter eine schwere Krankheit, von der er nie wieder richtig genas. Jahrelange Überarbeitung und Erschöpfung lösten einen körperlichen Zusammenbruch aus, der ihn zwang, seine Vorlesungstätigkeit aufzugeben und seine schriftstellerischen Arbeiten einzuschränken. Eine Lungenentzündung, die er sich am 3. Januar in Erfurt zugezogen hatte, überwand er zwar, aber am 15. Januar trat ein Rückfall ein, der eine bösartige Rippenfellentzündung zur Folge hatte; durch das Zwerchfell drang Eiter in die Bauchhöhle ein, lähmte die Verdauungsorgane und führte zu einer chronischen Bauchfellentzündung. Sie war die Ursache, daß er ständig von krampfartigen Anfällen gequält wurde und fünfzehn Jahre später, im Alter von nur 46 Jahren, starb.

Freunde und Studenten teilten sich mit Lotte in die Pflege des Kranken, versuchten ihn aufzuheitern und mit neuem Lebensmut zu erfüllen. Was Lotte in diesen Wochen und Monaten für ihn tat, hat er ihr nie vergessen: »Ihr liebes Leben und Weben um mich herum, die kindliche Reinheit ihrer Seele und die Innigkeit ihrer Liebe gibt mir selbst eine Ruhe und Harmonie, die bei meinem hypochondrischen Übel ohne diesen Zustand fast unmöglich wäre.«

Die wirtschaftlichen Sorgen, welche die Erkrankung mit sich brachte, trug Lotte Schiller tapfer, sie war zu jedem Opfer, jedem Verzicht auf eigene Wünsche bereit, wenn sie nur helfen, ihm dienen, seine Gesundheit wiederherstellen konnte. Zeiten fieberhaften Schaffens, die ihn bis zur Grenze der physischen Leistungsfähigkeit strapazierten, wechselten mit Zeiten erzwungener Untätigkeit, die das Einkommen schmälerten, wenn nicht ganz versiegen ließen. »Man sieht, in welcher ununterbrochener Spannung er lebt und wie sehr der Geist bei ihm den Körper tyrannisiert, weil jeder Moment geistiger Erschlaffung bei ihm körperliche Krankheit hervorbringt«, berichtet ein Augenzeuge. Im Teufelskreis von Arbeitsfron, Krankheit und sozialer Not wich die Sorge nicht aus dem Haus.

Aber da, in der ärgsten Bedrängnis, als die Schulden schon wieder zu steigen begannen, kam – völlig unerwartet – Hilfe aus der Ferne. Dänische Verehrer Schillers, unter ihnen Prinz Friedrich Christian von Holstein-Augustenburg und Graf Ernst von Schimmelmann, die von dem dänischen Schriftsteller Hans Baggesen[26] über die verzweifelte Lage des Dichters unterrichtet worden waren, boten ihm Ende 1791 auf drei Jahre ein jährliches Geschenk von tausend Talern an, damit er sich in Ruhe erholen und zu neuem Schaffen stärken könne. Schiller zögerte nicht, die hochherzige Spende anzunehmen. »Rein und edel, wie Sie geben«, antwortete er dem Prinzen, »glaube ich empfangen zu können ... Nicht an Sie, sondern an die Menschheit habe ich meine Schuld abzutragen.«

Unüberhörbar ist der anklagende Ton in Schillers Schreiben an Baggesen vom 16. Dezember 1791: »Zugleich die strengen Forderungen der Kunst zu befriedigen und seinem schriftstellerischen Fleiß auch nur die notwendige Unterstützung zu verschaffen, ist in unsrer deutschen literarischen Welt, wie ich endlich weiß, unvereinbar.« Es war beschämend für Deutschland, daß die Hälfte aus dem Ausland kam, beschämend für Carl August und seine Minister, die von der Not in Jena wußten und keine Hand rührten, ihr zu steuern. Außer ein paar Flaschen Wein, die der Herzog zur Stärkung des Patienten schickte, ließ der Hof, der sich so gern »Musenhof« nannte, den Dichter darben und leiden. Schiller sah in der Spende aus Dänemark die rettende Tat der »Humanität«, die Befreiung aus höchster Not und drückender Ungewißheit. »Jetzt bin ich frei und will es für immer bleiben«, jubelte er in die Welt hinaus, und an den Dresdener Freund ging ein Brief, der von echt Schillerschem Optimismus getragen ist: »Das, wonach ich mich schon, solange ich lebe, aufs feurigste gesehnt habe, wird jetzt erfüllt. Ich bin auf lange, vielleicht auf immer, aller Sorgen los; ich habe die längst gewünschte Unabhängigkeit des Geistes ... Ich habe die nahe Aussicht, mich ganz zu arrangieren, meine Schulden zu tilgen und unabhängig von Nahrungssorgen ganz den Entwürfen meines Geistes zu leben. Ich habe endlich einmal Muße, zu lernen und zu sammeln und für die Ewigkeit zu arbeiten.«

Alle Widrigkeiten, Sorgen und Enttäuschungen waren mit einemmal vergessen. In heiter verklärtem Bilde trat ihm die Stadt entgegen, der er vor kurzem am liebsten den Rücken gekehrt hätte, und entlockte seiner Brust – wie anders als damals – das Bekenntnis: »Kein Ort in Deutschland würde mir das sein, was Jena und seine Nachbarschaft mir ist, denn ich bin überzeugt, daß man nirgends eine so wahre und vernünftige Freiheit genießt und in einem so kleinen Umfange so viel vorzüglicher Menschen findet.«

Vier Jahre wohnte Schiller in der »Schrammei«. Dann aber kam der Zeitpunkt, da ihm die Enge der Straße und die Unruhe des Hauses lästig wurden; er sehnte sich nach einer stillen, außerhalb der Stadt gelegenen Gartenwohnung und fand sie im Frühjahr 1793 vor dem Zwätzener Tor (Zwätzengasse 9, hinter dem Frommannschen Haus gelegen). Am 7. April zog er um und schrieb an Körner: »Heute habe ich endlich meinen Einzug in den Garten gehalten und bin nicht wenig froh, daß ich Feld und Himmel sehe. Diesen Winter kam ich kaum fünfmal ins Freie, und nun ist mir zu Mut wie einem Gefangenen, der zum ersten Mal wieder ans Tageslicht kommt.« Ein wichtiger Grund für den Wechsel war gewesen, daß er infolge zunehmender Verdauungsstörungen die Kost der Jungfern Schramm nicht mehr vertrug; im neuen Haus bestand die Möglichkeit, sich selbst zu verpflegen und diät zu leben.

Nur vier Monate hat Schiller in der Zwätzengasse gewohnt. Am 2. August 1793 trat er seine Reise in die schwäbische Heimat an und bezog, als er im Mai 1794 zurückkehrte, das Haus Unterm Markt 1, wo er das erste und Teile des zweiten Obergeschosses für seine inzwischen größer gewordene Familie mietete. Das stattliche, dreistöckige, mit einem hohen Giebel versehene Gebäude an der Südostecke des Marktes war im 17. Jahrhundert als Professorenwohnhaus errichtet worden und besaß im ersten Stockwerk einen geräumigen Hörsaal. Beim Bombenangriff am 9. Februar 1945 ist es völlig zerstört worden;

erhalten blieb nur das alte Sitznischenportal an der Gasse, das in einen altertümlichen Wendeltreppenturm führte.

Ein Jahr hat Schiller in diesem Haus gewohnt. Hier entstanden neben philosophisch-ästhetischen Schriften das Gedicht »Die Ideale« und eine Reihe von »Xenien«. Ende Juli 1794 fand hier das denkwürdige Gespräch zwischen Schiller und Goethe statt, das ihren Freundschaftsbund begründete.

Nachdem die Begegnung in Rudolstadt ergebnislos verlaufen war, hatte Schiller nichts unversucht gelassen, Goethe in Weimar oder Jena näherzukommen. Doch dessen Abneigung gegen den Dichter der »Räuber«, Schillers Kritik am »Egmont«, Unterschiede der gesellschaftlichen und sozialen Stellung, der Geistesrichtung und Lebensauffassung verhinderten das Zueinanderfinden. Bis zum Jahre 1794 erwähnt Goethe Schillers Namen weder in seinen Briefen noch in seinem Tagebuch. Der Jüngere mußte zudem den Eindruck gewinnen, daß ihm der Ältere aus dem Wege ging. Seine Zurückhaltung enttäuschte ihn, verletzte sein Selbstbewußtsein und ließ ihn mehr als einmal eine »Mischung von Haß und Liebe« – »Haßliebe« nennt er es ein andermal – empfinden. Beinahe körperlich spürte er den Gegensatz zwischen seiner eigenen Lage und der Goethes, Neid stieg in ihm auf, er begann mit dem Schicksal zu hadern, das ihm das Leben so viel schwerer machte als dem Geheimrat in Weimar. »Dieser Mensch, dieser Goethe«, schreibt er an Körner, »ist mir einmal im Wege, und er erinnert mich so oft, daß das Schicksal mich hart behandelt hat. Wie leicht ward sein Genie von seinem Schicksal getragen, und wie muß ich bis auf diese Minute noch kämpfen.«

Hatte der Frankfurter Patriziersohn schon in seiner Jugend keine Sorgen gekannt und sich eine gediegene Bildung aneignen können, so mußte er, Schiller, aus kleinbürgerlichem Hause stammend und unfrei aufwachsend, sich schwer durchs Leben schlagen. Der Günstling und Freund des Herzogs, der gutbezahlte Beamte und vergötterte Weltmann, der sich im vornehmen Kreis Gleichgestellter bewegte und wirtschaftlich unabhängig war, konnte ganz seinen Neigungen leben; er aber, Schiller, war zu rastlosem Schaffen und Geldverdienen verurteilt, um des täglichen Brotes willen. Soziale Herkunft und soziale Stellung rissen Klüfte zwischen ihnen auf. Goethe erlebte die gesellschaftliche

Misere nur aus der »Anschauung«, wie er sich auszudrücken pflegte, mit dem Blick von oben, während Schiller von ihr am eigenen Leibe gepackt und geschüttelt wurde.

Was Schiller am stärksten bedrückte, war, daß Goethe sich sorglos seinem poetischen Schaffen hingeben konnte, während er seiner Berufung als Dichter immer mehr entfremdet wurde. Wie beneidete er den Genius, der »nur leis an dem Baume schütteln« muß, »um sich die schönsten Früchte reif und schwer zufallen zu lassen«. Wie bewunderte er die »Leichtigkeit«, mit der Goethe »die Früchte einer wohlangewandten Bildung an sich selbst einerntet«, während er sich zu denen rechnen mußte, die »mühselig sammeln und prüfen müssen, um etwas Leidliches langsam hervorzubringen«.

Unzufriedenheit, Enttäuschung und allzu große Bescheidenheit auf Schillers Seite mögen dazu beigetragen haben, daß sich die beiden großen Geister so lange fremd geblieben sind. Sechs Jahre haben sie in Weimar und in Jena nebeneinander gelebt, ohne daß es zu einer Annäherung gekommen ist. Da trat das Überraschende ein: An einem Julitag des Jahres 1794 fand eine Sitzung der Jenaer Naturforschenden Gesellschaft statt, an der Goethe und Schiller, beide Ehrenmitglieder der Gesellschaft, teilnahmen. Als sie beim Verlassen der Tagungsstätte unversehens zusammentrafen, machte Schiller eine Bemerkung, die Goethe aufhorchen ließ. Impulsiv, wie er war, kritisierte der Jüngere die »zerstückelte Art, die Natur zu behandeln«, worauf Goethe erwiderte, man könne sie auch anders, nämlich »wirkend und lebendig, aus dem Ganzen in die Teile strebend«, darstellen. Im Weitergehen kam es zu einer Unterhaltung, über die Goethe in den »Annalen«[27] berichtet: »Wir gelangten zu seinem Hause, das Gespräch lockte mich hinein; da trug ich die Metamorphose der Pflanzen lebhaft vor und ließ mit manchen charakteristischen Federstrichen eine symbolische Pflanze vor seinen Augen entstehen. Er vernahm und schaute das alles mit großer Teilnahme, mit entschiedener Fassungskraft; als ich aber geendet, schüttelte er den Kopf und sagte: Das ist keine Erfahrung, das ist eine Idee. Ich stutzte, verdrießlich einigermaßen: denn der Punkt, der uns trennte, war dadurch aufs strengste bezeichnet ... ich nahm mich aber zusammen und versetzte: Das kann mir sehr lieb sein, daß ich Ideen habe, ohne es zu wissen, und sie sogar mit Augen sehe.«

Wenn sie sich auch an jenem Abend nicht einig wurden, so war doch das Eis gebrochen. Sie trennten sich mit dem Wunsch, das Gespräch fortzusetzen, und hatten das Gefühl, daß sich ihre Ansichten irgendwo begegneten. Goethe sagt rückblickend: »Wenn er das für eine Idee hielt, was ich als Erfahrung aussprach, so mußte doch zwischen beiden irgend etwas Vermittelndes, Bezügliches obwalten!«

Schiller, der lange auf einen günstigen Augenblick gewartet hatte, tat den nächsten Schritt und lud Goethe zur Mitarbeit an den »Horen« ein. Er erhielt eine Zusage – »Mit Freuden und von ganzem Herzen will ich von der Gesellschaft sein« – und konnte Körner nach Dresden melden: »Goethe kommt mir nun endlich mit Vertrauen entgegen.« Am 25. Juli 1794 schrieb Goethe aus Weimar, daß er sich »auf eine öftere Auswechslung der Ideen« freue.

Zu einer solchen kam es zunächst durch den berühmten Brief Schillers vom 23. August 1794, in dem er mit scharfem Blick Goethes Persönlichkeit und Wesen deutete und zum Ausdruck brachte, wie fruchtbar die wechselseitige Ergänzung ihrer Geistesgaben für ihr Schaffen werden könne. Goethe, beglückt darüber, endlich von einem anderen Menschen tief verstanden zu werden, antwortete: »Zu meinem Geburtstage … hätte mir kein angenehmer Geschenk werden können als Ihr Brief, in welchem Sie mit freundschaftlicher Hand die Summe meiner Existenz ziehen und mich durch Ihre Teilnahme zu einem emsigern und lebhafteren Gebrauch meiner Kräfte aufmuntern … Haben wir uns wechselseitig die Punkte klar gemacht, wohin wir gegenwärtig gelangt sind, so werden wir desto ununterbrochener gemeinschaftlich arbeiten können. Alles, was an und in mir ist, werde ich mit Freuden mitteilen. Denn da ich sehr lebhaft fühle, daß mein Unternehmen das Maß der menschlichen Kräfte und ihre[r] irdischen Dauer weit übersteigt, so möchte ich manches bei Ihnen deponieren und dadurch nicht allein erhalten, sondern auch beleben.«

So entstand die wechselseitig fruchtbare Freundschaft, von der Goethe später gesagt hat: »Es war ein Glück für mich, daß ich Schillern hatte. Denn so verschieden unsere beiderseitigen Naturen auch waren, so gingen doch unsere Richtungen auf eins; welches denn unser Verhältnis so innig machte, daß im Grunde keiner ohne den andern leben konnte.« Und von Schiller, der die Bekanntschaft das »wohltätigste Ereignis meines ganzen Lebens« genannt hat, haben wir das Wort, das nach der Vollendung des »Wallenstein« gesprochen wurde: »Ich finde augenblicklich, daß ich über mich selbst hinausgegangen bin, welches die Frucht unseres Umgangs ist.«

Wir kennen auch die Stätten, wo Goethe und Schiller ihre Gedanken und Ideen ausgetauscht, Fragen der dramatischen und epischen Dichtung erörtert und gemeinsam »Xenien« geschmiedet haben. Zwei- bis dreimal in der Woche besuchte Goethe den Freund in dessen Wohnung am Markt und – nach seinem Umzug – im Griesbachschen Haus am Löbdergraben. »Wir saßen«, so berichtet er, »bis nachts zwölf und ein Uhr beisammen und schwatzten ... Ein jeder konnte dem anderen etwas geben, was ihm fehlte, und etwas dafür empfangen.« Im geistigen Austausch mit Goethe gewann Schiller sein schöpferisches Selbstvertrauen wieder und fand die Kraft zu einem neuen Aufschwung seiner lyrischen und dramatischen Kunst.

Als frühe Frucht des Freundschaftsbundes haben die satirischen Epigramme, die Goethe und Schiller gemeinsam schufen und »Xenien« nannten, literarhistorische Bedeutung erlangt. Im Vollgefühl ihrer Überlegenheit über Nörgler, Kritikaster und Philister, die ihre Sprache nicht verstanden, zogen sie in kunstvoll humorigen, mit Ironie und Spott gewürzten Versen gegen geistige Mittelmäßigkeit und doktrinäres Besserwissen, rationalistische Dogmatik und obskure Mystik, Moralismus, Duckmäusertum und Überheblichkeit, wie sie in der zeitgenössischen Literatur sichtbar wurden, zu Felde. Die Mitwelt schmunzelte schadenfroh, die Betroffenen duckten sich unter den Schlägen und wehrten sich wütend, manchmal mit allzu derben und geistlosen Reimen wie diesen:

Meint denn der Hammel in Jena, wir wären so dumm,
daß wir glaubten,
Er nur habe allein in den Kalender gestutzt?
Ein mitstutzender Bock aus Weimar hat ihm geholfen;
Ohne den stößigen Bock fehlt's dem Eunuchen an Kraft.

Anschaulich hat Körners Frau, als sie mit ihrem Mann und ihrer Schwester im Frühjahr 1796 bei Schillers zu Gast war, die Entstehung der »Xenien« geschildert: »Die beiden Schwestern waren zusammen unten in der Wohnstube und hörten über sich die Stimmen der dichtenden Freunde. In kürzeren oder längeren Pausen ertönte ein schallendes Gelächter, zuweilen von sehr vernehmlichem Fußstampfen begleitet. Wenn die Herren um zwölf Uhr zum Mittagessen herunterkamen, waren sie äußerst aufgeräumt und sagten mehr als einmal: ›Heute sind die Philister wieder tüchtig geärgert worden.‹«

Schillers Zusammenarbeit mit Goethe fand auch in zwei Zeitschriften, den »Horen« und dem »Musenalmanach«, ihren Niederschlag, die 1795 und 1796 gegründet wurden. An den »Horen«, die »sich über alles verbreiten, was mit Geschmack und philosophischem Geiste behandelt werden kann, und also sowohl philosophischen Untersuchungen als historischen und poetischen Darstellungen offenstehen«, arbeiteten außer Schiller und Goethe Herder, Fichte, Humboldt, Schlegel und Körner mit. Als die Redaktion mutig genug war, im sechsten Heft Goethes »Römische Elegien« zu veröffentlichen, brach über so viel »Unmoral« ein Sturm der Entrüstung los. Schiller wurde des »zweifelhaften Umgangs« mit einem »Dichter von menschlicher Bedenklichkeit« bezichtigt. Der Altphilologe Karl August Böttiger in Weimar regte sich auf: »Alle ehrbaren Frauen sind empört über die bordellmäßige Nacktheit. Herder sagte sehr schön: er habe der Frechheit ein kaiserliches Insiegel aufgedrückt. Die Horen müßten nun mit einem ›u‹ gedruckt werden.« Im Unterschied zu den »Horen« brachte der »Musenalmanach« keine theoretischen Abhandlungen, sondern nur dichterische Beiträge. In ihm erschienen Ende 1796 die »Xenien«. Beide Zeitschriften haben dazu beigetragen, daß Goethes und Schillers Gedanken zu philosophischen, ästhetischen und künstlerischen Fragen weithin bekannt wurden.

Am 14. April 1795 bezog Schiller seine vierte Jenaer Wohnung. Dieses Mal konnte er sich erheblich verbessern, denn das Griesbachsche Haus am Löbdergraben (heute Ernst-Thälmann-Ring) war eines der repräsentativen Bürgerhäuser der Stadt. 1664 von dem Weimarer Baumeister Johann Moritz Richter – der 1655 die Camsdorfer Brücke und 1659 bis 1662 das neue Jenaer Schloß errichtet hatte – erbaut, hieß es wegen seiner stattlichen Größe im Volksmund das »Kastell am Stadtgraben«. Seit den siebziger Jahren des 18. Jahrhunderts gehörte es dem Theologieprofessor und Geheimen Kirchenrat Johann Jakob Griesbach, mit dem Schiller befreundet war. Der Dichter bezog mehrere Räume im oberen Stockwerk, aus deren Fenstern er einen weiten Blick über die damals niedrigen Häuser an der Lache ins Saaletal und auf die Hausberge hatte. Hier wurden ihm sein Sohn Ernst und seine Tochter Caroline geboren. Auch dieses Haus ist dem Luftangriff vom 9. Februar 1945 zum Opfer gefallen. Stehengeblieben ist nur der südlich vorgelagerte Anbau, in dem Schiller am 26. Mai 1789 seine Antrittsvorlesung gehalten hatte.

Im Griesbachschen Haus, das der Dichter bis zu seinem Weggang von Jena im Jahre 1799, zuletzt allerdings nur noch in den Wintermonaten, bewohnt hat, entstanden verschiedene Gedichte und große Teile des »Liedes von der Glocke«. Seit dem »Rudolstädter Sommer« hatte ihn die Idee eines »Glockengießerliedes« nicht losgelassen. Im Juli 1797 brachte er die ersten Verse zu Papier, im September 1799 war das Gedicht fertig. Als Loblied auf die produktive Arbeit, als Hymnus auf das neue Lebensgefühl des Bürgertums wurde es rasch populär.

Visionäre Gedanken über die Entwicklung des Menschengeschlechts ließ Schiller in ein anderes Gedicht einfließen, das ebenfalls im Griesbachschen Haus entstand. Der Blick auf den gegenüberliegenden Jenzig, den er so manches Mal im Abendsonnenschein erglühen sah, begeisterte ihn zu dem Gedicht »Der Spaziergang«:

> Sei mir gegrüßt, mein Berg mit dem rötlich strahlenden Gipfel,
> Sei mir, Sonne, gegrüßt, die ihn so lieblich bescheint!
> Dich auch grüß ich, belebte Flur, euch, säuselnde Linden,
> Und den fröhlichen Chor, der auf den Ästen sich wiegt,
> Ruhige Bläue, dich auch, die unermeßlich sich ausgießt
> Um das braune Gebirg, über den grünenden Wald.

Der Dichter schildert den Spaziergang, den er so oft im Sommer gemacht hat, »dem Gefängnis des Zimmers und dem engen Gespräch« entfliehend, den »ländlichen Pfad« über sonnige Wiesen und Felder, durch schattigen Wald zur Höhe wandernd. Von hier sieht er den »fließenden Spiegel des grünlichen Stroms« – die Saale – unter sich dahingleiten, sieht auf die »Dörfer am Strom« hinab, in denen wir Kunitz,

Löbstedt und Zwätzen wiedererkennen. Am jenseitigen Ufer zieht sich der »schimmernde Streif der Länder verbindenden Straße« – der Straße von Jena nach Dornburg – dahin. Und dann besingt Schiller die Stadt, die ausgebreitet zu seinen Füßen liegt, preist ihre ruhmreiche Vergangenheit und sagt ihr eine große Zukunft voraus.

In keinem anderen Ort hat Schiller – wir lesen es in einem seiner Briefe – »so viel vorzüglicher Menschen« gefunden wie in Jena. Da er eine gesellige Natur war und den Gedankenaustausch brauchte wie die Luft zum Atmen, suchte und fand er schon bald nach seiner Übersiedlung in die Universitätsstadt einen Kreis von Menschen, meist Professoren, Gelehrte und Forscher wie er selbst, die sein Bedürfnis nach geistvoller Geselligkeit befriedigten. »Meine häusliche Existenz«, schreibt er Anfang 1792 an Körner, »hat jetzt sehr viel Abwechslung, und diese macht mich frisch zur Arbeit. Ich habe die Einrichtung getroffen, daß ich mittags und abends mit fünf guten Freunden, meist jungen Magistern, zusammen speise … So habe ich täglich meinen geselligen Tisch, und da es zum guten Teil Kantianer sind, so versiegt die Materie zur Unterhaltung nie. Nach Tische wird zuweilen gespielt, ein Behelf, der mir seit meiner Krankheit fast notwendig geworden ist.«

Der »Umgang mit hoffnungsvollen jungen Leuten« entsprach seinem Temperament. »Ich sehe oft Menschen bei mir«, heißt es in einem anderen Brief, »zwei Tage in der Woche habe ich schon zwei Privatklubs unter guten Freunden; nun will ich noch zwei dazu bestimmen. Viele Ausgaben machen diese Butterbrotgesellschaften nicht.« Welche von diesen »guten Freunden«, die ihm in Jena nahestanden und sein Leben heiter und angenehm machten, haben Einfluß auf sein Schaffen gewonnen?

Professor Griesbach, sein Hauswirt am Löbdergraben, war ein angesehener Mann und genoß als Wissenschaftler wie als Mensch hohe Wertschätzung. »Mild und gütig seinen Freunden« nennt ihn Knebel. Schiller verehrte ihn mit einer Zuneigung, die von hoher Achtung getragen war, und besuchte ihn gern in seinem Gartenhaus am Botanischen Garten, wo auch Goethe verkehrte. Griesbachs Frau, von Schiller »Lorbeerkranz« genannt, hatte schon dem unverheirateten Professor sorgend beigestanden; dem jungen Paar war sie Ratgeberin und Helferin in Krankheit und Not.

Gesellschaftliche Beziehungen bestanden zwischen Schiller und einer Reihe von Professoren, die gleich ihm an der Universität lehrten. »Paulus macht«, so heißt es in einem Brief, »mit Reinhold, Hufeland, Schütz und mir schon einen artigen Zirkel aus, zu dem sich vielleicht noch einige andere qualifizieren.«

Professor Heinrich Paulus, rationalistischer Theologe und Orientalist, trat ihm als schwäbischer Landsmann nahe, war auch etwa gleichaltrig mit ihm. Bei Paulus und seiner musikalisch begabten Frau Caroline, die eine schöne Stimme hatte, verbrachten Schillers viele unterhaltsame Stunden. Wenn Lotte verreist war, speiste ihr Mann bei Paulus und weilte auch manchen Abend dort.

Auch im Hause des Philosophieprofessors Reinhold, der die älteste Tochter Wielands zur Frau hatte, wurde der Dichter gastfreundlich aufgenommen, doch entwickelte sich zwischen beiden nie ein engeres Verhältnis. Vielleicht paßten ihre Naturen nicht zueinander. In seinen Briefen beklagt sich Reinhold, daß Schiller »einsilbig und kalt« zu ihm sei und daß es ihm nicht gelinge, «zum Genuß seiner Freundschaft zu kommen«. Doch hat Reinhold nie aufgehört, den Dichter zu verehren; er war es auch, der durch Briefe an einen dänischen Freund den Anstoß zu der Spende des Prinzen von Augustenburg und des Grafen von Schimmelmann gab.

Der Professor der Rechte Gottlieb Hufeland – nicht zu verwechseln mit dem Professor der Medizin Christoph Wilhelm Hufeland – war ein Anhänger Kants und stand revolutionär-demokratischen Gedankengängen nahe. Schiller lernte ihn frühzeitig kennen und schätzte ihn als »vortrefflichen Kopf, in welchem vielleicht ein vortrefflicher Mann schlummert.« Er nennt ihn einen »stillen denkenden Geist«. In der Leutrastraße führte Hufeland ein geselliges Haus, in dem »Wissenschaft, Poesie und Kunst gern einkehrten«. Die Hausfrau sang und spielte Klavier. Außer Schiller war auch Goethe hier oft zu Gast.

Eine der ersten Jenaer Freunde Schillers war der Altphilologe Professor Christian Gottfried Schütz, der auch in der Pädagogik über umfassende Kenntnisse verfügte. Schütz war Mitbegründer und Herausgeber der »Allgemeinen Literatur-Zeitung«. Sein Haus am Engelplatz hieß im Volksmund »die Literatur«. Schiller stellt mit Genugtuung fest: »Wir sind recht gute Freunde geworden.« Er fand den ihm geistesverwandten Denker »lebhaft und geistreich, seine Augen haben Feuer, er spricht mit vielem Sinn über alles.«

Auch mit Friedrich Immanuel Niethammer, einem Mann »von vielem Kopf und vielen Kenntnissen«, verkehrte der Dichter gern. Er hatte dem schwäbischen Landsmann zu einer außerordentlichen Professur an der Theologischen Fakultät verholfen und philosophierte stundenlang mit ihm. In Niethammers »Philosophischem Journal« erschien auch der Aufsatz Fichtes, der den »Atheismusstreit« auslöste.

Zwischen Schiller und Fichte, der als Nachfolger Reinholds nach Jena kam, wollte sich indessen kein freundschaftliches Verhältnis entwickeln. Ihre Naturen und Anschauungen stimmten zu wenig überein. Anfangs empfand der Dichter den Umgang mit dem Philosophen durchaus anregend und schrieb an Körner: »Fichte ist eine äußerst interessante Bekanntschaft, aber mehr durch seinen Gehalt als durch seine Form. Von ihm hat die Philosophie noch große Dinge zu erwarten.«

Aber dann kam es beinahe zum Bruch. Als Schiller einen Beitrag, den Fichte für die »Horen« geschrieben hatte, scharf ablehnte, war der Autor empört und machte keinen Hehl aus seiner Verstimmung. Man ging sich aus dem Wege, und Schiller hätte es auch dabei belassen, wenn nicht der andere, gutmütig, wie er im Grunde seines Wesens war, durch einen Besuch den ersten Schritt zur Aussöhnung getan hätte. Schiller beschloß, »nicht den Spröden zu spielen und das Verhältnis, das schwerlich weder fruchtbar noch anmutig werden kann, da unsere Naturen nicht zusammenpassen, wenigstens heiter und gefällig zu erhalten.«

Schließlich sei noch der Theologe Johann Christoph Döderlein erwähnt, dem sich Schiller auch familiär verbunden fühlte. Döderleins Sohn Ludwig wurde sein besonderer Schützling. Im Schützschen Hause hatte der Dichter den Gelehrten kennengelernt und fand »eine feine schelmische Physiognomie im Kopfe eines Geistlichen, mit dem sich aber recht gut sprechen läßt.« Döderlein wohnte im Hause Leutrastraße 5, das im zweiten Weltkrieg von Bomben zerstört wurde.

Ein dauerhafter und schöpferischer Bund knüpfte sich zwischen Schiller und Wilhelm von Humboldt, der Lottes Erfurter Freundin Caroline von Dacheröden geheiratet hatte. Schiller zuliebe zog Humboldt nach Jena. Zwischen beiden Familien entwickelte sich eine herzliche Freundschaft. Humboldts wohnten im Hellfeldschen Haus in der Postgasse, das nur wenige Schritte von Schillers Quartier am Markt entfernt war. »Humboldt wohnt mir gerade gegenüber«, schreibt Schiller, »und so bringen wir manche trauliche Stunde miteinander zu.« Die gemeinsame Liebe zum griechischen Altertum verband sie. Sie philosophierten und »elektrisierten eine Geistesrichtung«, die für beide Teile anregend war. Von allen Jenaer Freunden hat Schiller keiner – Goethe vielleicht ausgenommen – so nahegestanden: »Humboldt ist mir eine unendlich angenehme und zugleich nützliche Bekanntschaft«, lesen wir in einem Brief an Körner, »denn im Gespräch mit ihm entwickeln sich alle meine Ideen glücklicher und schneller. Es ist eine Totalität in seinem Wesen, die man äußerst selten sieht und die ich außer in mir nur in Dir gefunden habe.«

Aus den Gesprächen entwickelte sich eine Gemeinschaft der Herzen, an der als dritter im Bunde – aus der Ferne – Körner teilnahm. Ihm gegenüber legte Humboldt nach Schillers Tod das Bekenntnis ab: »Ich kann nie ohne große Erschütterung an die Zeit meines Lebens mit ihm denken ... Mein ganzes Leben kommt mir seitdem leerer, unbedeutender und weniger befriedigend vor ... Bewundernswürdig war an ihm seine Ruhe und Milde. Niemand kann weniger zerstreut, weniger unstet, mit mehr Liebe bei einem Gegenstand bis zur Erschöpfung verweilen, mehr frei von der abgebrochenen Heftigkeit sein, die andere Nationen Leidenschaft nennen. Darin lag seine unendliche, sich immer gleich bleibende Liebenswürdigkeit, die, wenn sie mit der Größe zusammenschmolz, ihn manchmal im Gespräch so werden ließ, wie ich nie einen anderen gesehen habe und mir keinen anderen, wenigstens nicht höher, denken kann ... Die anderen sind beschäftigt mit ihrem Ich, beschränkt auf eine einzelne Sphäre. Er hat eine Superiorität, die alle Empfänglichen aufregen mußte.«

Zu den Jenaer Romantikern fand Schiller weder innerlich noch äußerlich einen Weg; das beruhte auf gegenseitiger Abneigung. Sie versäumten keine Gelegenheit, seine Werke abfällig, ja herausfordernd zu kritisieren. Über »Wallensteins Lager« urteilten sie: »Schiller hat doch in Jahren zustande gebracht, was Goethe vielleicht, die Studien abgerechnet, in einem Nachmittag hätte geschrieben, und das will immer viel sagen.« Das »Lied von der Glocke« verspottete August Wilhelm Schlegel mit den Versen:

Wenn jemand schwatzt die Kreuz und Quer,
Was ihm in Sinn kommt ungefähr,
Sagt man in Frankreich wohl zum Spotte:
»Il bavarde à propos de bottes.«
Bei uns wird wohl das Sprichwort sein:
»Dem fällt bei Glocken vieles ein.«
Der Dichter weiß ins Glockengießen
Das Los der Menschheit einzuschließen:
Er bricht die schönen Reden, traun,
Vom Glockenturm und nicht vom Zaun.

Schiller, der darin keinen Spaß verstand, ging in den »Xenien« zum Gegenangriff über und nannte die Brüder Schlegel »Laffen«, worauf sie ihn als »einen kleinen Geist, einen bloßen Anempfinder, einen regressiven Sentimentalisten« beschimpften, dessen »bleiernmoralische« Werke ungenießbar seien. In den ästhetischen Schriften der Romantiker fand Schiller »eine solche Dürre, Trockenheit und sachlose Wortstrenge«, daß er daran zweifelte, »ob sie wirklich auch zuweilen einen Gegenstand darunter denken«. Er kritisierte sie als »egoistisch«, voll »widerwärtiger Ingredienzien« und warf ihren Verfassern »Unverschämtheit, Unwissenheit und Oberflächlichkeit« vor. Darüber ließ sich natürlich keine Brücke schlagen.

Der Streit ging hin und her und nahm unversöhnliche Formen an, als sich auch noch die Frauen der Romantiker einmischten. Schließlich beendete ihn August Wilhelm Schlegel auf seine Weise: Er übersah Schiller einfach bei seinen Rezensionen und ließ ihn auch unerwähnt, als er in einer literarischen Betrachtung die großen Dichter und Denker der Nation aufzählte. Ein rechter Kontakt wollte auch zu dem ganz anders gearteten Friedrich Wilhelm Schelling nicht aufkommen. Mit den Ideen dieses Romantikers und Philosophen setzte sich Schiller sehr ernst auseinander. Nannte er ihn anfangs noch einen »vortrefflichen Kopf« und verbrachte manchen »Abend in stiller philosophischer Gesellschaft« mit ihm, so sah er sich bald in seinen Erwartungen enttäuscht: »Schelling sehe ich wöchentlich nur einmal, um, zur Schande der Philosophie sei es gesagt, meistens l'Hombre mit ihm zu spielen. Mir zwar ist diese Zerstreuung, da ich jetzt absolut keine andere habe, beinahe unentbehrlich geworden, aber es ist freilich schlimm, daß man nichts Gescheiteres miteinander zu tun hat.« Seine Hoffnung auf eine »nähere Communication mit Schelling« mußte er begraben, weil dieser »so wenig mitteilsam und problematisch wie zuvor« war. Als Schelling sein Leben mit dem Hause Schlegel verknüpfte, mit dem Schiller in Fehde lag, riß der letzte Faden, der beide noch miteinander verbunden hatte.

Dafür schloß sich der Außenseiter unter den Frühromantikern, Friedrich von Hardenberg, der sich Novalis nannte, um so enger an seinen »lieben, großen Schiller« an. Der Tage und Stunden, die er mit ihm verbrachte, hat er später erinnerungsvoll gedacht: »Wenn ich nur Schillern nenne, welch ein Heer von Empfindungen lebt in mir auf; welche mannigfaltige und reiche Züge versammeln sich zu dem einzigen, entzückenden Bilde Schillers ... Stolzer schlägt mir das Herz, denn dieser Mann ist ein Deutscher, ich kannte ihn, und er war mein Freund.«

Den Zug der Gestalten, die Schillers Jenaer Jahre begleitet haben, soll eine Frau beschließen, die ihm nicht nur als Verwandte, sondern auch als Freundin nahestand. An seine Schwägerin Caroline, die wir von Rudolstadt her kennen, fesselten ihn der hohe Sinn für Kunst, Literatur und Philosophie, der rege Geist und die bewegte Phantasie, die Lottes Schwester eigen waren. Nach seiner Verheiratung hat eine Zeitlang der Plan bestanden, sie in die gemeinsame Wohnung aufzunehmen. Caroline zog auch nach Jena, mietete sich aber ein eigenes Quartier und heiratete nach der Scheidung von ihrem ersten Mann, dem Legationsrat von Beulwitz, im Herst 1794 ihren Vetter Wilhelm von Wolzogen, der 1797 Kammerherr und 1801 Wirklicher Geheimer Rat in Weimar wurde. Sie starb am 11. Januar 1847 und ist auf dem Jenaer Friedhof bestattet worden. Die Inschrift auf ihrem Grab hat sie selbst verfaßt: »Sie irrte, litt, liebte, verschied im Glauben an Christum, die erbarmende Liebe.« Auch dieses Denkmal gehört zu den Jenaer Schillerstätten.

Wenn auch das Griesbachsche Haus, das Schiller 1795 bezogen

hatte, freier lag als seine früheren Wohnungen, so konnte es doch auf die Dauer sein Verlangen nach Licht, Luft und Sonne nicht stillen. Da sich der Plan, Goethes Gartenhaus in Weimar zu beziehen, nicht verwirklichen ließ, wollte er sich in Jena einen Garten kaufen. Am 7. Februar 1797 schrieb er an Körner: »Ich stehe jetzt im Handel wegen eines Gartens und Gartenhauses, werde es auch wahrscheinlich bekommen; das Haus ist sehr leidlich zu einer Sommerwohnung für eine Familie wie die meinige, und wenn ich noch etwas zu den 1200 Talern, die es mir kosten wird, 600 zulege, so wird es ein recht geräumiges und angenehmes Quartier auch für den Winter abgeben. Der Garten ist nicht klein und die Lage ist trefflich. Ich hoffe von dieser Akquisition einen glücklichen Erfolg für meine Gesundheit.«

Am 16. März unterschrieb er den Kaufvertrag, am 2. Mai nahm er von seinem Grundstück Besitz und schrieb an Goethe: »Ich begrüße Sie aus meinem Garten, in den ich heute eingezogen bin. Eine schöne Landschaft umgibt mich, die Sonne geht freundlich unter, und die Nachtigallen schlagen. Alles um mich herum erheitert mich, und mein erster Abend auf dem eigenen Grund und Boden ist von der fröhlichsten Vorbedeutung.« Und drei Tage später: »Ich habe mich an die neue Lebensart schon ganz gewöhnt und bringe in Wind und Regen manche Stunde mit Spazierengehn im Garten zu und befinde mich sehr wohl dabei.«

Haus und Garten lagen an der Leutra, die damals noch offen dahinfloß, in unbebautem Gelände, umgeben von Obstbäumen. Hier verbrachte Schiller mit seiner Familie drei Jahre hintereinander die Sommermonate. Als Winterquartier war das Gartenhaus, wie sich leider herausstellte, nicht geeignet. Doch sobald die Witterung es erlaubte, kehrte man der Stadtwohnung den Rücken und zog hinaus ins Freie, was für die Familie jedesmal ein Fest war. Schiller wird nicht müde, von seinem Gartenglück zu berichten und sein Behagen über den Besitz zum Ausdruck zu bringen. »Sonst genieße ich seit etlichen Tagen bei diesem schönen Wetter eine so freundliche Stimmung in meinem Gartensälchen, daß ich sie herzlich gern mit Ihnen teilen möchte«, schreibt er an Goethe und möchte den Freund herüberlokken: »Mein Garten, wo die Rosen und Lilien in der Blüte stehen, würde Sie reizen.« Goethe war denn auch, nächst Wilhelm von

Humboldt, der häufigste und am liebsten gesehene Gast hier. Ins Gespräch vertieft saßen die beiden Dichter in Schillers Arbeitszimmer oder gingen im Garten auf und ab. An Stoff zur Unterhaltung fehlte es nie; vom Meinungsaustausch über theoretische und ästhetische Fragen, Problemen der dramatischen und epischen Dichtung führte die Fülle der Themen zur gemeinsamen Arbeit an den »Horen« und am »Musenalmanach« und zum Gespräch über entstehende oder geplante Werke.

Das Familienleben im Gartenhaus verteilte sich, wie Schiller berichtet, auf drei Stockwerke: »Die Kinder und das Gesinde bewohnen den unteren Stock, meine Frau den mittleren und ich bewohne die Mansarde, wo ich ein großes Zimmer und zwei Piecen habe.« Da sein Arbeitszimmer Fenster nach drei Himmelsrichtungen hatte und die Umgebung damals noch nicht bebaut war, konnte er das Mühltal und die ganze Landschaft des Saaletales mit ihren Bergen, Burgen und Wäldern überschauen.

Doch waren noch bauliche Veränderungen erforderlich, bevor der Besitz allen Ansprüchen genügte. Im ersten Sommer ließ Schiller, um von Küchendüften verschont zu bleiben, in der Nordwestecke des Gartens ein Küchenhäuschen errichten, einen kleinen, anspruchslosen Bau, der eine laubenartige Vorhalle hatte. Im Sommer 1798 ließ er die an der Südwestecke des Gartens stehende »Hütte« zu einem turmartigen Bauwerk aufstocken, das er sein »Belvedere« nannte. Hier arbeitete er, vorwiegend nachts, den Aufgang und Untergang der Planeten beobachtend, am »Wallenstein«. Dieses Gebäude hatte Goethe im Auge, als er die Verse im »Epilog zu Schillers Glocke« schrieb:

Nun schmückt' er sich die schöne Gartenzinne,
Von wannen er der Sterne Wort vernahm,
Das dem gleich ew'gen, gleich lebend'gen Sinne
Geheimnisvoll und klar entgegenkam.
Dort, sich und uns zu köstlichem Gewinne,
Verwechselt' er die Zeiten wundersam,
Begegnet' so, im Würdigsten beschäftigt,
Der Dämmerung, der Nacht, die uns entkräftigt.

Dieser Pavillon wurde 1818 abgebrochen, weil er baufällig war. Er ist aber noch auf einer Zeichnung Goethes aus dem Jahre 1810 zu sehen, die im Vordergrund die Leutra, rechts das Gartenhaus, links den Pavillon und noch ein Stück weiter links das Küchenhäuschen zeigt.[28]

Getrieben von einem »inneren Tätigkeitsgefühl«, wie es ihn seit der Vollendung des »Don Carlos« nicht mehr gepackt hatte, schrieb Schiller im »Balladenjahr« 1797 seine großen Gedichte »Der Ring des Polykrates«, »Der Handschuh«, »Die Kraniche des Ibykus«, »Der Kampf mit dem Drachen«, »Die Bürgschaft«, »Der Taucher«, »Ritter Toggenburg« und »Der Gang nach dem Eisenhammer«. Daß diese Gedichte populär geworden sind, verdanken sie der volkstümlichen Gestaltung einer Reihe heroischer Begebenheiten, die der Dichter der Antike und dem Mittelalter entnommen hat. Menschliche Tugenden wie Liebe, Treue und Freundschaft, Opferbereitschaft und sittliche Bewährung, die hier verherrlicht werden, haben sie zum unvergänglichen Bestandteil unseres kulturellen Erbes werden lassen.

Die bedeutendste Frucht des »Jenaer Tuskulums«, der »idyllischen Gartenexistenz«, wie er sich einmal ausgedrückt hat, aber war der »Wallenstein«. Ergebnis der historischen Studien und Schriften, denen sich Schiller widmete, vor allem der »Geschichte des Dreißigjährigen Krieges«, reifte das Hauptwerk des Jenaer Jahrzehnts in stetem Gedankenaustausch mit Goethe heran, der von Anfang an lebhaften Anteil daran nahm. Darüber berichtet Schiller: »Die schönste und fruchtbarste Art, wie ich unsre wechselseitigen Mitteilungen benutze und mir zu eigen mache, ist immer diese, daß ich sie unmittelbar auf die gegenwärtige Beschäftigung anwende und gleich produktiv gebrauche ... und so hoffe ich, soll mein Wallenstein und was ich künftig von Bedeutung hervorbringen mag, das ganze System desjenigen, was bei unserem Commercio in meine Natur hat übergehen können, in concreto zeigen und enthalten.«

So wurde der »Wallenstein« zum poetischen Dokument des Freundschaftsbundes, der in Jena geschlossen worden war. Er wurde aber auch zum Höhepunkt der dramatischen Kunst Schillers. Hinter Wallensteins Tragik steht die Erkenntnis, daß alles Handeln von sittlichem Bewußtsein getragen sein muß. Goethe hat das – auf seine Art – so ausgedrückt, daß im »Wallenstein« »alles aufhört, politisch zu sein, und bloß menschlich wird; ja das Historische selbst ist nur ein leichter Schleier, wodurch das rein Menschliche durchblickt«. Im »Wallenstein« sind die gesellschaftlichen Kräfte und ihre Träger – der Bauer, der Bürger, der Soldat und der Edelmann – objektiv gestaltet, die Historie nach den Quellen geschildert. Schiller schrieb dazu in einem Brief an Humboldt: »Vordem habe ich wie im Posa und Carlos die fehlende Wahrheit durch schöne Idealität ... zu ersetzen gesucht, hier im Wallenstein will ich ... durch die bloße Wahrheit für die fehlende Idealität entschädigen.« Das war der »Riesenschritt«, den er mit diesem Drama nach vorn tat.

Die zunehmende dichterische Tätigkeit, der sich Schiller im abgelegenen Garten widmete – er nahm nach dem »Wallenstein« sofort die Arbeit an der »Maria Stuart« auf –, ließ aber auch ein Gefühl menschlicher Vereinsamung aufkommen, dessen er sich auf die Dauer nicht erwehren konnte. »Meine hiesige Existenz«, klagt er, »ist eine absolute Einsamkeit, und das ist doch zu viel.« Wozu das andere kommt: »Solange ich mich mit Philosophie beschäftigte, fand ich mich hier vollkommen an meinem Platz; nunmehr aber, da meine Neigung und meine verbesserte Gesundheit mich mit neuem Eifer zur Poesie zurückgeführt haben, finde ich mich hier wie in eine Wüste versetzt. Ein Platz, wo nur die Gelehrsamkeit und vorzüglich die metaphysische im Schwange geht, ist den Dichtern nicht günstig.«

Er, der Dramatiker, spürte, daß er die »sinnliche Gegenwart« des Theaters brauchte, um seine Bühnendichtung zu lebendiger Wirkung zu bringen. Als ihm Goethe im Herbst 1799 nahelegte, nach Weimar zu ziehen, fand dieser Vorschlag lebhaften Widerhall, brachte er ihn doch auch in die Nähe des Freundes, den er nicht mehr entbehren konnte. Aber es gab noch ein Hindernis: In der Residenz war das Leben teurer als in Jena. Einem Brief an Carl August vertraute Schiller seine Sorgen an: »Da ... meine dramatische Beschäftigungen mir die Anschauung des Theaters zum nächsten Bedürfnis machen und ich von dem glücklichen Einfluß desselben auf meine Arbeiten vollkommen überzeugt bin, so hat alles dies ein lebhaftes Verlangen in mir erweckt, künftighin die Wintermonate in Weimar zuzubringen. Indem ich aber dieses Vorhaben mit meinen ökonomischen Mitteln vergleiche, finde ich, daß es über meine Kräfte geht, die Kosten einer doppel-

Charlotte v. Stein. Stahlstich von G. Wolf nach einem Selbstbildnis

Henriette v. Wolzogen. Nach einem Pastellgemälde

Das Schillerhaus in Bauerbach nach der Wiederherstellung 1966.
Ansicht von der Hofseite

Schillerhaus in Bauerbach. Schillers Wohn- und Arbeitszimmer

Wilhelm Friedrich Hermann Reinwald. Aquarell, anonym

Schillerkirche in Wenigenjena. Zeichnung von Charlotte v. Lengefeld

Charlotte v. Kalb. Ölgemälde von J. H. Schmidt, 1785

Schillers Wohnung am Frauenplan in Weimar. Federzeichnung von Otto Rasch

Das Schillerhaus in Jena

ten Einrichtung und den erhöhten Preis der meisten Notwendigkeiten in Weimar zu erschwingen.« Auf seine »untertänigste Bitte«, ihm die »Kostenvermehrung der Translocation nach Weimar durch eine Vermehrung des Gehalts gnädigst zu erleichtern«, bewilligte ihm Carl August 200 Taler Zulage. Schiller zögerte nun nicht länger, die Universitätsstadt, in der er über zehn Jahre gelebt hatte, zu verlassen. Am 3. Dezember 1799 siedelte er nach Weimar über.

Von seinem Garten freilich schied er ungern. Noch einmal, vom 3. März bis zum 1. April 1801, verbrachte er vier ruhige Wochen hier, um die »Jungfrau von Orleans« zu vollenden. Dann aber mußte er ernstlich daran denken, den Besitz aufzugeben. Hatte er in Professor Hufeland zunächst einen Mieter gefunden, der im Sommer 1800 und 1801 hier wohnte, so verkaufte er den Garten 1802 an Professor Friedrich Justus Thibaut, der Rechswissenschaft an der Universität lehrte. 1812 ging das Grundstück in den Besitz des Staates über; das Haus wurde die Wohnung des Direktors der Sternwarte, der nach 1877 für einige Jahre Ernst Abbe hieß. Er und andere Bewohner bauten das Haus um, ließen den nach Schillers Weggang verwahrlosten Garten instand setzen und mit Fichten, Taxus- und Lebensbäumen bepflanzen. 1924 wurden Garten und Haus Gedenkstätte, 1955 von den Nationalen Forschungs- und Gedenkstätten der klassischen deutschen Literatur in Weimar übernommen, umfassend restauriert und neu eingerichtet.[29]

Ganz in der Nähe der Zeiss-Hochhäuser führt ein schmales Gäßchen, das den Namen Schillers trägt, aus dem Getriebe der Stadt zu dem kleinen Haus, das als einzige der fünf Jenaer Wohnungen des Dichters den zweiten Weltkrieg überstanden hat. Zwar hat sich die Umgebung in den anderthalb Jahrhunderten, die seit Schillers Tod vergangen sind, verändert, ist die Leutra, die an der Westseite des Grundstücks vorbeirauschte, kanalisiert und von einer verkehrsreichen Straße überdeckt worden, der freie Blick, den der Dichter genoß, verschwunden und von der einstigen Verträumtheit des Ortes nicht viel übriggeblieben – dennoch spürt der Besucher, der den Garten betritt, noch etwas von der Atmosphäre, die Schillers Denken und Schaffen auf diesem Fleckchen Erde angeregt und beflügelt hat.

Im Flur des Hauses steht seine Büste. Die Biedermeiermöbel im großen Zimmer des Erdgeschosses spiegeln den Wohncharakter des ausgehenden 18. Jahrhunderts wider. Sie stammen nicht aus dem Besitz des Dichters, der seine ganze Einrichtung mit nach Weimar nahm. Landschaften und Porträts an den Wänden zeigen Schillers Umwelt, Dokumente geben einen Ausschnitt aus dem wissenschaftlichen und künstlerischen Werk wieder, das in Jena entstanden ist.

An der Westseite des Gartens steht noch der steinerne Tisch, an dem der Dichter mit seinen Freunden, vor allem mit Goethe, in vertrauten Gesprächen gesessen hat. Diesen Tisch hatte Goethe im Auge, als er am 8. Oktober 1827 nach einem Besuch der Sternwarte zu Eckermann sagte: »Sie wissen wohl kaum, an welcher merkwürdigen Stelle wir uns eigentlich befinden. Hier hat Schiller gewohnt. In dieser Laube, auf diesen jetzt fast zusammengebrochenen Bänken, haben wir oft an diesem alten Steintisch gesessen und manches gute und große Wort miteinander gewechselt. Er war damals noch in den dreißigern, ich selbst in den vierzigern, beide noch im vollsten Aufstreben, und es war etwas. Das geht alles hin und vorüber; ich bin auch nicht mehr, der ich gewesen, aber die alte Erde hält Stich, und Luft und Wasser und Boden sind noch immer dieselbigen.« Unweit des Tisches erinnert ein großer Findling mit der Aufschrift »Hier schrieb Schiller den Wallenstein« daran, daß an diesem Platz einst der Pavillon stand.[30]

Was Schiller der Stadt Jena, der »freien und sicheren Republik«, an wissenschaftlichen Erkenntnissen verdankte, wurde ihm gerade in Weimar bewußt. Die Universität blieb ihm bis an sein Lebensende Herzenssache. Seine geistigen und menschlichen Beziehungen zu ihr spiegeln sich in seinen Briefen wider. Als die Salana 1803 durch den Weggang zahlreicher Professoren in eine schwere Krise geriet, schrieb er an Wilhelm von Wolzogen: »Es ist eine Ehre für Jena und Weimar, daß andere Universitäten uns plündern müssen, um etwas zu werden, und daß etwas Gutes bei uns zu holen ist.« Um den Niedergang aufzuhalten, so setzte er hinzu, »entschlösse ich mich kurz und gut und ging selbst wieder hinüber«. Vielleicht liegt darin sein schönstes Bekenntnis zu Jena und seiner Hohen Schule, die eingedenk seines unvergessenen Wirkens heute den Namen »Friedrich-Schiller-Universität« trägt.

Erfurt
Enttäuschung des Harrenden

In Erfurt hat sich Schiller öfters, teils kürzere, teils längere Zeit, aber immer nur vorübergehend aufgehalten. Er nahm am gesellschaftlichen Leben der Stadt teil und kam mit ihren bedeutendsten Persönlichkeiten zusammen. Zu einigen Familien knüpften sich dauernde Verbindungen. Seine wiederholte Anwesenheit wurde als so bemerkenswert empfunden, daß sie schon in der »Neuen Chronik von Erfurt oder Erzählung alles dessen, was sich vom Jahre 1736 bis zum Jahre 1815 in Erfurt Denkwürdiges ereignete« erwähnt wird.

Schillers Besuche in der Stadt fallen in die reifste Periode seines Lebens; sie liegen vor, während und nach seiner Jenaer Zeit. Obwohl sie in die zweite Weimarer Epoche hineinreichen, die erst im nächsten Kapitel behandelt wird, ist es zweckmäßig, sie wegen ihrer Bedeutung für das Leben und Schaffen des Dichters im Zusammenhang zu betrachten.*

Als Schiller zum ersten Mal nach Erfurt kam, war die zum Erzbistum Mainz gehörende Stadt, die die Folgen des Dreißigjährigen und des Siebenjährigen Krieges noch nicht völlig überwunden hatte, auf dem Weg zu einer neuen kulturellen Blüte. Sie knüpft sich an den Namen des Freiherrn Karl Theodor von Dalberg, der von 1772 bis 1802 als Stellvertreter des Kurmainzer Erzbischofs Koadjutor (Statthalter) in Erfurt war. Er förderte die Wirtschaft, die Wissenschaften und die Kul-

---

* *Zu dieser Betrachtung konnte – und mußte – die zum 200. Geburtstag Schillers am 10. November 1959 vom Rat der Stadt Erfurt herausgegebene Monographie »Friedrich Schiller und Erfurt« von August Griebel benutzt werden, in der ein Kenner der Materie aufgrund eingehender Untersuchungen zeigt, welche Verbindungen zwischen Schiller und dem gesellschaftlichen und kulturellen Leben Erfurts bestanden.*

tur; als Verfechter der Aufklärung stand er – wie sein Bruder, der Intendant des Mannheimer Nationaltheaters, der die »Räuber« aufgeführt hatte – dem Fortschritt und den Fragen der Zeit aufgeschlossen gegenüber. »Unerschöpflichen Reichtum an Anregung zu Ideen und Freiheit von allen kleinlichen Rücksichten« rühmt Wilhelm von Humboldt ihm nach. Weit über Erfurts Mauern hinaus erregten seine »Assembleen« Aufsehen, seine Dienstagnachmittaggesellschaften, zu denen jeder »anständig gekleidete Bürger und Fremde« Zutritt hatte. Hier durfte über alles, was die Menschen bewegte, offen und freimütig gesprochen werden. Mit dieser Einrichtung wollte Dalberg – seiner Zeit voraus – die gesellschaftlichen Schranken aufheben und die Stände einander näherbringen.

Auch das Theaterleben regte er an und war vor allem für Schillers Dramen aufgeschlossen. Seiner besonderen Förderung erfreute sich die 1754 gegründete »Akademie nützlicher Wissenschaften«, die im Sinne der Aufklärung Wissen und Forschen mit praktischem Leben verband. Männer von Rang und Namen zählten zu ihren Mitgliedern.

Der Philosophie und der Literatur innerlich verbunden, versammelte Dalberg einen Kreis von Dichtern und Denkern um sich, in dem Goethe, Schiller, Wieland und Wilhelm von Humboldt den Ton angaben. Vom Erfurter Wirken dieser Persönlichkeiten kündet eine Tafel an dem langgestreckten Barockgebäude in der Regierungsstraße, das als »Statthalterei« in die Geschichte der Stadt eingegangen ist und keine geringe Rolle in Schillers Leben gespielt hat. Das Bauwerk, in dem heute der Rat des Landkreises Erfurt seinen Sitz hat, wurde von 1712 bis 1720 nach Entwürfen des fränkischen Architekten Maximilian von Welsch in den Formen des rheinisch-fränkischen Barocks errichtet, wobei man die aus dem 16. Jahrhundert stammenden Renaissancehäuser »Zum stolzen Knecht« und »Zur güldenen Flechte« unter geschickter stilistischer Anpassung in die Gesamtkomposition einbezog. Die künstlerische Wirkung des Äußeren geht von der bewegten Mittelfassade aus, deren dekorativer Schmuck südostdeutsche und österreichische Einflüsse verrät. Im Innern führt eine breite Treppe zum Festsaal und zu den stilvoll eingerichteten Räumen des ersten Stockwerks, in denen die Akademie nützlicher Wissenschaften tagte und Dalberg seine Besucher empfing.

Zum ersten Mal gewann Erfurt für Schiller Bedeutung am 24. Juli 1781. An diesem Tag erschien in der »Erfurtischen Gelehrten Zeitung« eine Rezension der »Räuber« aus der Feder des jungen Erfurter Publizisten Christian Friedrich Timme. Es war die erste Würdigung des Werkes nach seinem Erscheinen im Juni 1781. Timme erkannte in dem Drama »eine Erscheinung, die sich unter der unübersehbaren Menge ähnlicher Sächelchen gar sehr auszeichnet und wahrscheinlich noch fortdauern wird, wenn jene in nichts wieder zurückgegangen sind, noch ehe sie anfingen, recht zu leben«. Er lobte »die volle, blühende Sprache, das Feuer im Ausdruck, den raschen Ideengang, die kühne, fortreißende Phantasie, die poetische Deklamation und die Neigung, nicht gern einen glänzenden Gedanken zu unterdrücken«. Der Rezensent hält Schiller für »eine seltene Erscheinung im dramatischen Fach« und rät ihm, »weniger den Götz als Lessings Werke zu studieren, da das Feuer seines Genies ohnehin mehr des Zügels als der Sporen« bedürfe. Wenn er diese Mahnung beherzige, werde er »nur Meisterwerke der Kunst liefern«. Der berühmt gewordene Aufsatz gipfelt in dem prophetischen Satz: »Haben wir je einen deutschen Shakespeare zu erwarten, so ist es dieser!«[31]

Schiller war von der ebenso tiefgründigen wie weitsichtigen Rezension hocherfreut. Als er das Drama für die Mannheimer Bühne bearbeitete, legte er Timmes kritische Anregungen zugrunde, kürzte den Text und schrieb dem Intendanten, er habe das Stück »nach dem vollkommenen Sinn des Erfurter Rezensenten« geändert. In dieser Fassung gingen »Die Räuber« am 13. Januar 1782 in Mannheim in Szene, gefolgt von der Erfurter Premiere am 2. November 1782 im »Universitätsballhaus«, den heutigen Kongreßsälen. Diese Aufführung war sehr erfolgreich, da die Erfurter durch Timmes Besprechung vortrefflich auf das Stück vorbereitet waren.

Persönlich lernte Schiller die Stadt am 2. August 1787 kennen. Sein erster Besuch war nicht viel mehr als eine Episode. Er kam von Weimar herüber, um einen Auftrag der Frau von Arnim zu erfüllen, deren jüngste Tochter im Ursulinenkloster erzogen wurde. Sie war die Schwester jener Henriette von Arnim, die der Dichter während seiner Dresdener Zeit mit so schmerzlicher Enttäuschung geliebt hatte. Seinen Besuch im Kloster beschreibt er in einem launigen Brief an Körner: »Den Tag darauf machte ich mir eine Zerstreuung und fuhr nach Erfurt, weil ich dort im Stift etwas von Arnims zu übergeben hatte und versprochen hatte, es selbst zu tun. Ich habe noch nie ein Frauenkloster gesehen und wollte es bei dieser Gelegenheit. Die Schwester der alten Arnim ist dort Superiorin, und das jüngste Fräulein ist eine Pensionärin darin. Ich hatte anfangs eine Unterredung vor dem Gitter, dann wurde mir aufgeschlossen und ich wurde im Kloster – nur nicht in den Schlafzellen – herumgeführt. Ich ließ mir die Einrichtung und Lebensart erzählen und fand es wahr, was man von den Nonnen sagt, daß sie die höchste Zufriedenheit mit ihrem Zustand heucheln. Es waren lauter fröhliche Gesichter, aber freilich der verdrehten Augen genug. Weil ich nach langer Zeit vielleicht die erste junge Mannsperson war, die sich im Innern des Klosters sehen ließ, so wurde ich ziemlich angegafft und Nonnen wechselten mit Nonnen. Das Fräulein Arnim ist eine sehr hübsche Blondine, die in einigen Jahren schön werden kann. Ein kleines, interessantes Gesicht und vortrefflich schöne Haare.«

Das Ursulinenkloster am Anger war – und ist in veränderter Form noch heute – eine geistliche Erziehungs- und Bildungsstätte für die weibliche katholische Jugend. Die Klosterkirche, die zu den ältesten Bauwerken Erfurts gehört, stammt aus dem späten 13. Jahrhundert, die übrigen Gebäude entstanden 1689. Das Kloster, das auch ein berühmtes Kunstwerk hütet – eine überlebensgroße Pietà aus dem frühen 14. Jahrhundert –, führt heute im Getriebe der Großstadt ein verborgenes, wenn auch nicht mehr weltflüchtiges Dasein.

Bei seinem ersten Aufenthalt wohnte Schiller im Gasthof »Zum Schlehendorn« auf der Langen Brücke (Ecke Regierungsstraße). Er berichtet davon: »Im Gasthof, wo ich abgestiegen war, wurde mein Name durch meinen Bedienten verraten, und (es) sammelte sich ein Haufe vor dem dortigen Privattheater, mich zu sehen. Keiner aber getraute sich, mich anzureden, und ich erfuhr's erst, was es war, als ich in den Wagen stieg. In keinem Gasthof bin ich so fröhlich bedient und so christlich behandelt worden.«

Im »Schlehendorn«, einem der ältesten und vornehmsten Gasthöfe der Stadt, waren vor ihm Luther, Melanchthon und Justus Jonas abgestiegen; nach ihm verkehrten Wieland, Goethe, Kanzler von Müller, Wilhelm und Alexander von Humboldt hier. Während des Erfurter Unionsparlaments spielte das Haus als Versammlungslokal der äußersten Rechten, der sogenannten »Schlehendorn-Fraktion«, eine Rolle. 1862 wurde der Name in »Rheinischer Hof«, schließlich in »Stadtkrug« geändert.

Zum zweiten Mal weilte Schiller am 10. April 1788 in Erfurt. Er begleitete seinen Dresdener Freund Ludwig Ferdinand Huber, der zum Legationssekretär bei der kursächsischen Gesandtschaft in Mainz ernannt worden war und sich auf der Reise dorthin befand, bis Gotha, wo er Charlotte von Kalb besuchen wollte, die sich bei Frau von Uechtritz aufhielt. Aber er konnte sie nicht sprechen, weil sie sich in einer Gesellschaft befand. »Daß ich diesen Besuch nicht annahm«, schreibt sie in ihren Erinnerungen, »hat mir Schiller verdacht, doch es war nicht zu ändern.« Enttäuscht kehrte der Dichter noch am gleichen Abend über Erfurt nach Weimar zurück.

Nach einer längeren Pause sah Schiller Erfurt am 18. Februar 1790 wieder. Er kam nach der Vorlesung von Jena herüber und nahm wieder im Gasthof »Zum Schlehendorn« Quartier. Im Hause der Familie von Dacheröden am Anger traf er mit Lotte von Lengefeld zusammen, die mit ihrer Schwester Caroline von Rudolstadt gekommen war. Man verbrachte »drei angenehme Tage«, wie er an seinen Freund Körner in Dresden schreibt: »Da man uns überall, wo wir hinkamen, als ein Paar ansah und der Koadjutor besonders einen innigen Anteil an unserem Verhältnis nahm, so verschönerte mir dieses meinen Aufenthalt in Erfurt gar sehr.« Am 21. Februar fuhr er mit den Schwestern Lengefeld nach Jena zurück; tags darauf fand die Trauung in der Kirche von Wenigenjena statt.

Das Dacherödensche Haus am Anger, in dem Schiller 1790 und in den folgenden Jahren ein- und ausging, trägt heute die Hausnummer 37/38. Es entstand 1537 durch Verbindung der beiden Häuser »Zum güldenen Hecht« und »Zum großen und neuen Schiff« zu einem einheitlichen Bau im Stil der Frührenaissance. Von den beiden Rundbogentoren fällt das linke durch seinen reichen ornamentalen Schmuck auf. Sitznischen, Medaillons, Ranken, Masken, Blüten und Tierköpfe, zum Teil nach antiken Vorbildern gestaltet, weisen auf das Ansehen und die Wohlhabenheit der Erbauer hin.

Zu Schillers Zeit bewohnte ein hochgeachteter Erfurter Bürger, der Kammerpräsident im Ruhestand Karl Friedrich von Dacheröden, den Ostflügel des Hauses. Er hatte sich 1771 hierher zurückgezogen, um seinen wissenschaftlichen und literarischen Neigungen zu leben, leitete die Erfurter Akademie nützlicher Wissenschaften und war ein vertrauter Freund Dalbergs, mit dem ihn das Interesse für Literatur und Kunst verband. In seinem gastfreien Haus herrschte rege Geselligkeit, verkehrten Einheimische und Fremde, Gelehrte, Dichter und Künstler von Rang und Namen.

Die Seele und der gute Geist des Hauses war Caroline von Dacheröden, die Tochter des Kammerpräsidenten, eine Verehrerin Schillers, der sie »ein unvergleichliches Geschöpf, eine idealistische Erscheinung« nennt, »deren Seele den zarten Körper durchleuchtet«.

Caroline war eng mit den Schwestern Lengefeld befreundet, die gern nach Erfurt kamen, um sich im kulturellen und gesellschaftlichen Leben der Stadt weiterzubilden. Ab und zu schickte sie auch die chère mère zu Dacherödens, um Lotte aus Schillers Nähe zu entfernen. Caroline, die sich in einer ähnlichen Herzenslage befand wie ihre Freundin, tat jedoch alles, um Lottes Verbindung mit dem Dichter zu fördern. Mit Dalbergs Hilfe versuchte sie, die Hindernisse, die einer Heirat entgegenstanden, aus dem Weg zu räumen und Frau von Lengefelds Bedenken gegen eine Ehe mit dem bürgerlichen Schriftsteller zu zerstreuen. »Die Standesverhältnisse wurden in jener Zeit noch strenger genommen und die mütterliche Fürsorge um die Haltbarkeit der äußeren Existenz mußte ihm selbst höchst einleuchtend erscheinen«, schreibt Lottes Schwester in ihrer Schillerbiographie. Im Dacherödenschen Haus wurden aber nicht nur die Voraussetzungen für die Verlobung geschaffen, hier trafen sich die Verlobten auch zu ungestörten Aussprachen, und von hier traten sie am 21. Februar 1790 den Weg zur Trauung in Wenigenjena an.

Wie Caroline von Dacheröden sich für Schillers Heirat einsetzte, so ließ es sich Lottes Schwester angelegen sein, den Bund ihrer Erfurter Freundin mit dem liebsten Gast des Dacherödenschen Hauses, Wilhelm von Humboldt, zu fördern. Und sie hatte Erfolg: Am 29. Juni 1791 reichten sich die beiden vor dem Traualtar in Erfurt die Hand und wurden ein glückliches Paar. Der Plan der erfolgreichen Ehestifterin, auch den alten Kammerpräsidenten noch einmal unter die Haube zu bringen – er sollte die chère mère in Rudolstadt heiraten –, scheiterte an dessen Bedenken gegen eine zweite Ehe.

Von den Persönlichkeiten, die Schiller im Dacherödenschen Hause nahetraten, verdient außer Wilhelm von Humboldt, von dem im Jenaer Kapitel die Rede war, Zacharias Becker genannt zu werden. Er wirkte als Erzieher der Kinder des Kammerpräsidenten, erfreute sich der Freundschaft Dalbergs und lernte Schiller schätzen, wenn sie zu persönlichem Gespräch zusammenkamen. »Dieser merkwürdige Mensch«, schreibt Caroline von Wolzogen, »dessen Name von allen Deutschen mit Achtung und Liebe genannt zu werden verdient, faßte eine herzliche Zuneigung für Schiller, die er noch nach dessen Tode der trauernden Familie durch die tätigste Teilnahme bewies. Verwandt hinsichtlich der starken Seiten ihrer Seelen, durch ein höheres gemeinsames Interesse an der Menschheit, durch eine echte Freiheitsliebe, wurden sie sich gegenseitig wert, und ihre Gemüter begegneten sich im Enthusiasmus für die Ausbildung des Nationalsinns, den jeder auf seine Weise zu fördern suchte.« Was Caroline hier – in der Sprache ihrer Zeit – zum Ausdruck bringen will, sind die Verdienste, die sich Zacharias Becker – ähnlich wie Schiller – durch seine Appelle an den Freiheitssinn des deutschen Volkes erworben hat. Er wurde dafür von Napoleon verhaftet und siebzehn Monate auf der Festung Magdeburg gefangengehalten.

Im Februar 1790 lernte Schiller durch Caroline von Dacheröden Karl Theodor von Dalberg kennen. Schon vor der ersten Begegnung hatten beide reges Interesse füreinander genommen; Dalberg schätzte Schillers Werke und versuchte sie in Erfurt auf die Bühne zu bringen. Schiller war von der Persönlichkeit des Statthalters eingenommen und bewunderte seine vielseitigen Geistesgaben. Er sah aber auch die charakterlichen Schwächen und die politische Unfähigkeit dieses Mannes, dessen Wirken so gutgemeint wie erfolglos war. Schiller schreibt: »Aber auch ohne jede Privatrücksicht ist der Koadjutor ein überaus interessanter Mensch für den Umgang, mit dem man einen herrlichen Ideenwechsel hat. Ich habe wenige Menschen gefunden, mit denen ich überhaupt so gern leben möchte als mit ihm. Er hat meinen Geist entzündet und ich, wie mir vorkam, den seinigen. Zwar scheint er mir etwas Unstetes und Schwankendes zu haben, und darum dürfte er nicht dazu gemacht sein, eine Materie mit Gründlichkeit zu erschöpfen, aber seine Blicke sind hell, rasch und weit verbreitet, und dies macht ihn desto genießbarer im Gespräch.«

Von Dalberg erhoffte Schiller eine entscheidende Verbesserung seiner sozialen Lage. Trotz der Jenaer Professur war seine Existenz nicht gesichert, er mußte sich durch schriftstellerische »Sklavenarbeit« ernähren und lebte »wie der Vogel auf dem Dache«. Von seinen Verlegern war er abgefunden und erhielt bei Nachauflagen seiner Werke keinen Pfennig Honorar, wogegen rechtlich nichts zu machen war; ein Urheberrecht im heutigen Sinne gab es noch nicht.

Schillers Hoffnung, aus diesen Verhältnissen herauszukommen, gründete sich darauf, daß Dalberg 1788 zum Nachfolger des Kurfürsten in Mainz ernannt worden war und Aussicht hatte, über kurz oder lang Erzbischof in der kurmainzischen Hauptstadt zu werden. Das würde ihn mühelos in die Lage versetzen, dem Dichter eine gesicherte Existenz zu verschaffen.

So wagte Schiller, im November 1789 an Dalberg zu schreiben und ihn um eine Stellung zu bitten, wo sein Geist »von elenden Rücksichten des Gewinnes unabhängig, in einer besseren Sphäre wirken könne«. An Lotte schrieb er: »Meine einzige Hoffnung ist auf den Koadjutor gesetzt. Versichert er mich bestimmt und nachdrücklich, daß er für mich handeln will, so lege ich bei dem nächsten Anlaß meine Jenaische Professur nieder ... wie traurig, daß man von Dingen außer sich abhängt.«

Dalberg antwortete ihm: »Hinge es von mir ab, so wäre Ihr Wunsch auch mein Wunsch, Ihr Anerbieten wäre mit lebhafter Freude angenommen: Sie würden hier oder in Mainz so angestellt, daß Ihr Geist nach eigenem Trieb sich seinem Flug überlassen könnte. Nun hängt aber die Sache vom Kurfürsten ab ...« Er legte ihm nahe, seine Bitte in Mainz vorzutragen; das aber wollte Schiller nicht, weil vorauszusehen war, daß Johannes von Müller, sein Nebenbuhler in den historischen Wissenschaften, den der Erzbischof bei allen Anstellungen zu hören pflegte, sein Gesuch nicht befürworten würde.

Es blieb also nichts anderes übrig, als den Tod des Kurfürsten und den Amtsantritt Dalbergs abzuwarten, für welchen Fall der Statthalter dem Dichter bestimmte Aussichten gemacht zu haben scheint. Das geht aus Schillers Briefen hervor: »Von dem Koadjutor kann ich alles hoffen. Er hat sich von freien Stücken gegen mich über den bewußten Punkt herausgelassen und mir in bestimmten Worten gesagt, daß er darauf zähle, mich in Mainz um sich zu haben und mir eine Existenz, wie sie für mich gehöre, dort zu verschaffen. Er wüßte auch nicht, setzte er hinzu, wozu den Fürsten ihre Hilfsmittel nützten, wenn sie sie nicht dazu gebrauchten, vortreffliche Menschen um sich zu sammeln.« Und an anderer Stelle heißt es: »Jetzt darf nur noch *eine* Veränderung geschehen, so habe ich nichts von außen mehr zu wünschen.«

Dalberg, der auch dazu beitragen wollte, Schillers Heirat mit Lotte von Lengefeld zu fördern, bat deren Schwester Caroline, ihrer Mutter zu sagen, »daß ihre Tochter auch in der äußeren Existenz sich durch diese Heirat nicht aus ihrem gewohnten Kreise gerissen sehen sollte«. »Wir wußten«, schreibt Caroline, »durch unsere Freundin« – sie meint Caroline von Dacheröden –, »daß er Schillern ein Gehalt von viertausend Gulden zudachte und ihm den ganzen freien Gebrauch seiner Zeit dabei überlassen wollte.« Nicht zuletzt diese Aussicht bewog die chère mère, der Ehe ihrer Tochter mit dem Dichter zuzustimmen.

Voll Optimismus und Zuversicht wurden nun in Erfurt Pläne für die Zukunft geschmiedet. »Um unseren edlen Freund und Beschützer Dalberg dachten wir uns«, so erzählt Caroline von Wolzogen, »in der schönen Gegend von Mainz ein herrliches Leben. Sein großer, immer lebendiger Geist, mit wahrhaft kindlicher Güte des Herzens, wie sie dem Genie eigen ist, vereint, gaben dem Leben mit ihm einen Zauber, der das Herz unwiderstehlich anzog. Wilhelm von Humboldt wollte auch dort leben und ich in Besuchen mich mit meinen Freunden oft vereinen. Schwerlich hat je ein so schönes Leben existiert, als es unsere Phantasie dichtete. Dalberg hörte unseren Träumen oft lächelnd zu; dann verfinsterte aber oft tiefer Ernst seine Züge, und er sagte: Kinder, denkt euch das ja nicht als etwas Gewisses; mancher Sturm kann das alles umstürzen.«

Und so kam es denn auch. Der Kurfürst lebte noch zwölf Jahre. Als Dalberg endlich, im Jahre 1802, sein Nachfolger wurde, war an eine Verwirklichung der in Erfurt geschmiedeten Pläne nicht mehr zu denken.

Noch zweimal weilte Schiller im Jahre 1790 in Erfurt. Am 26. Juni besuchte er in Begleitung seiner Schwester Christophine und seines Schwagers Reinwald, die von Meiningen gekommen waren, den Statthalter. Am Abend des 31. Dezember traf er mit Lotte und Caroline in der Stadt ein, um mit Dalberg Silvester zu feiern. Er war »mit dieser Reise zufrieden«, wie er an Körner schreibt, denn »sie brachte mich ihm« – gemeint ist Dalberg – »überaus nahe«. Caroline von Dacheröden, die mit von der Partie war, berichtet: »Es bildet sich unter ihnen ein schönes Verhältnis.«

Am 2. Januar besuchte man gemeinsam eine Liebhaberaufführung im Theater, am 3. fand im Saal der Statthalterei eine feierliche Sitzung der Akademie nützlicher Wissenschaften statt, auf der Schiller als Mitglied aufgenommen wurde. Er war davon gar nicht so sehr erbaut, wie aus einem Brief an Körner hervorgeht: »Man hat mir auf Veranlassung des Koadjutors in Erfurt die Ehre angetan, mich zu einem Mitglied der kurmainzischen Akademie nützlicher Wissenschaften aufzunehmen. Nützliche! Du siehst, daß ich es schon weit gebracht habe.« Von diesen Akademien und ihrer Gepflogenheit, Preisfragen zu stellen, hielt er nicht viel. In einem Epigramm »Gelehrte Sozietäten«, das in die »Xenien« aufgenommen wurde, verspottete er sie:

»Preisfrage der Akademie nützlicher Wissenschaften:
Wie auf dem û fortan der teure Schnörkel zu sparen?
Auf die Antwort sind dreißig Dukaten gesetzt.«

Anschließend an die Festsitzung fand im Saal des »Alten Ratskellers« am Fischmarkt ein Konzert zu Ehren des Geburtstags des Kurfürsten statt, auf dem Schiller von einem heftigen »Katarrhfieber« befallen wurde. Er mußte in einer Sänfte nach Hause getragen werden, einen ganzen Tag im Bett zubringen und mehrere Tage das Zimmer hüten. Der Anfall war so heftig, daß der Arzt eine Lungenentzündung befürchtete. Erst am 9. Januar konnte der Dichter nach Weimar, und am 11. nach Jena zurückkehren, wo er mit Bedauern der Tage gedachte, die er in Erfurt »durch die Krankheit verloren« hatte.

Seinen längsten Aufenthalt in Erfurt nahm Schiller im August und September 1791. Er hatte sich in Karlsbad von den schweren Rückfällen, die er in Jena und Rudolstadt erlitten hatte, noch nicht völlig erholt und begab sich deshalb am 23. August zur Nachkur in die Stadt an der Gera. Caroline von Humboldt hatte ihm eine Wohnung in der Nähe der Statthalterei besorgt, im Hause »Zum Bürgerstreit« am »Plänchen«, der platzartigen Erweiterung der Straße, die den Namen »Lange Brücke« trägt. Eine Tafel an diesem Haus (Nr. 36) bezeichnet die Stätte, wo Schiller vom 23. August bis zum 1. Oktober 1791 mit seiner Frau Lotte gewohnt hat.

Hier erholte er sich von den Nachwirkungen seiner Krankheit und konnte schon am 6. September nach Dresden melden: »Ich kann jetzt zwei bis drei Stunden des Tages etwas lesen, ohne mich anzugreifen. Die Kräfte nehmen zu, und man findet mich auch frischer aussehend. Alle Abende bringen wir beim Koadjutor zu, der recht freundschaftlich um mich bekümmert ist.« Im belebenden und anregenden Verkehr mit den Erfurter Freunden kehrte seine Schaffenskraft zurück, so daß er die Arbeit an der »Geschichte des Dreißigjährigen Krieges« wieder aufnehmen konnte.

Diese und andere Vorhaben wurden beim täglichen Zusammensein mit Dalberg besprochen. Ein Vertrauter des Statthalters, Johann Jakob Dominikus, Professor an der Universität Erfurt und Sekretär der Akademie, nahm an Schillers historischen Arbeiten regen Anteil und berichtete darüber in der »Erfurtischen Gelehrten Zeitung«. Im September 1791 geschah es auch, daß Schiller sich mit einem Brief an Dalberg wandte und ihn fragte, ob er ihm rate, die Geschichtsschreibung oder das Drama zu seiner Hauptbeschäftigung zu machen. Die Antwort des Statthalters war zukunftweisend: »Der aufmerksame, sammelnde Forschungsgeist ist Element des Geschichtsschreibers; der Genius höchst lebendiger Darstellung Element des dramatischen Dichters ... Hohes Darstellungs-, Bildungsvermögen ist seltenes Geschenk der Natur. Forschungsgeist ist Werk des Fleißes, kann eher erworben werden. Schiller vereinigt beides, Bildungskraft und das schätzbare Ausdauern des Fleißes. Doch wünsche ich, daß er in ganzer Fülle dasjenige leiste, wirke, was *er* nur leisten kann, und das ist das Drama.«

Dalberg gebührt – neben Goethe – das Verdienst, Schiller zu seiner wahren Berufung zurückgeführt zu haben. Er war es auch, der ihn auf den Wallenstein-Stoff hinwies, als er ihm 1791 schrieb: »Der Tod Wallensteins ist ein großes Thema für ein Trauerspiel ... Unbändige Leidenschaften mit eiserner kolossaler Charaktergröße machen Wallenstein zu einer höchst dramatischen Figur; Professor Dominikus sucht alles auf, was auf Wallenstein Beziehung hat und wird ehestens schreiben.« Und Dominikus meldete in der »Erfurtischen Gelehrten Zeitung«: »Von Herrn Hofrat Schiller haben wir ein neues Schauspiel zu erwarten.«

Kurz vor dem Ende seines sechswöchigen Aufenthalts im Spätsommer 1791 konnte Schiller an zwei Aufführungen seiner Werke teilnehmen. Am 25. September gaben die Weimarer Schauspieler auf Dalbergs Wunsch den »Don Carlos« in der neuen Bearbeitung, die Schiller für die Bühne geschaffen hatte. Am 26. spielte die Erfurter »Nationalgesellschaft«, eine Dilettantenvereinigung, zu Ehren Schillers den »Fiesko«. Beide Aufführungen fanden im »Universitätsballhaus« statt, den späteren Kongreßsälen, die hundert Jahre später, vom 14. bis 20. Oktober 1891, den denkwürdigen Parteitag der Sozialdemokratischen Partei erlebten, der das »Erfurter Programm« beschloß. Der klassizistische Bau in der Futterstraße beherbergt heute die vielbesuchte Gedenkstätte »Erfurter Parteitag 1891«.

Am 4. Juli 1792 traf Schiller in Erfurt mit Wilhelm von Humboldt zusammen; beide hatten ein anregendes Gespräch mit Dalberg, den sie als Freund der Dichtung und Wissenschaft schätzten. Auch wenn Schiller in den nächsten Jahren seltener in die kurmainzische Stadt kam, erfreute er sich weiterhin der Freundschaft und tatkräftigen Förderung des Statthalters, mit dem er in regem Gedanken- und Schriftenaustausch blieb.

Im Mai 1793 schickte er ihm die erste Ausgabe seiner Schrift »Über Anmut und Würde« mit der Widmung: »Was Du hier siehst, edler Geist, bist Du selbst!« Im Oktober übernahm Dalberg die Patenschaft für Schillers ersten Sohn.

1794 lud der Dichter seinen Erfurter Freund zur Mitarbeit an den »Horen« ein; der aber mußte absagen, weil ihn der gegenwärtige Drang seiner Berufsgeschäfte hindere, an dieser Unternehmung in Zukunft Anteil zu nehmen.

Dalberg hat Schiller ständig mit Geld- und Sachspenden unterstützt. Am 1. März 1796 schickte er ihm zur Stärkung zwölf Flaschen Rheinwein aus dem kurfürstlichen Keller, wofür sich der Dichter, auf die Insignien des Kurfürsten anspielend, mit den Versen bedankte:

Ring und Stab, o seid mir auf Rheinweinflaschen willkommen!
Ja, wer die Schafe so tränket, der heißt mir ein Hirt.
Dreimal gesegneter Trank! Dich gewann mir die Muse.
Die Muse schickt dich, die Kirche selbst drückte das Siegel Dir auf!

Daraufhin sandte ihm der Statthalter gleich noch einmal die doppelte Menge.

Zum »Antritt des neuen Jahrhunderts« widmete Schiller seinem Erfurter Freund das folgende Gedicht:

Edler Freund! Wo öffnet sich dem Frieden,
Wo der Freiheit sich ein Zufluchtsort?
Das Jahrhundert ist im Sturm geschieden,
Und das neue öffnet sich mit Mord.

Und das Band der Länder ist gehoben,
Und die alten Formen stürzen ein,
Nicht das Weltmeer hemmt des Krieges Toben,
Nicht der Nilgott und der alte Rhein.
…
Ach, umsonst auf allen Länderkarten
Spähst du nach dem seligen Gebiet,
Wo der Freiheit ewig grüner Garten,
Wo der Menschheit schöne Jugend blüht.

Endlos liegt die Welt vor deinen Blicken,
Und die Schiffahrt selbst ermißt sie kaum,
Doch auf ihrem unermeßnen Rücken
Ist für zehen Glückliche nicht Raum.
…

Als aus der geplanten Anstellung Schillers in Mainz nichts wurde, unterstützte Dalberg den Dichter weiter. Im Januar 1803 schickte er ihm anonym 650 Taler, im Oktober 620 und im Juni 1804 542 Taler. Er war unglücklich darüber, daß es ihm versagt war, »Deutschlands Dank dem ersten deutschen Dichter zu entrichten« und »für Schiller das zu sein, was Deutschland längst für ihn hätte sein sollen: dankbar dem Edlen, der eine Zierde des deutschen Namens ist«. Nach dem Tod des Dichters setzte er den Hinterbliebenen eine jährliche Rente von 600 Gulden aus.

Schiller war dem Erfurter Freund bis zum letzten Atemzug dankbar zugetan. Den fertigen »Wilhelm Tell« schickte er ihm mit der Huldigung:

Und solch ein Bild darf ich Dir freudig zeigen.
Du kennst's: denn alles Große ist Dein eigen.

Er wollte noch eine ausführliche Widmung verfassen, doch Dalberg lehnte ab: »Sehr schätzbar wäre mir die zugedachte Ehre! Aber Schillers erhabene Muse huldige der Tugend und keinem Sterblichen.«

Zum letzten Mal hielt sich Schiller am 30. April 1803 in Erfurt auf. Man hatte ihn zu einem Stiftungsfest des Offizierskorps eingeladen, das im Regierungsgebäude gefeiert wurde. Wie hatten sich die Verhältnisse in der Zwischenzeit verändert! Dalberg war fort, in seinem Palais gab ein preußischer General seine Befehle aus. Über das Fest schreibt Schiller an Körner: »Ich habe in diesen Tagen auch lustig gelebt: die preußischen Offiziere in Erfurt haben mich zu einem Fest eingeladen, und ich bin hingegangen. Es hat mir großen Spaß gemacht, mich mitten in einem großen Militär zu finden, denn es waren gegen 100 Offiziere beisammen, wovon mir besonders die alten gedienten Majors und Obersten interessant waren.« Es ist nicht ausgeschlossen, daß er dort mit dem späteren Helden des Befreiungskrieges Neithardt von Gneisenau zusammengetroffen ist. Gneisenau war damals Kompaniechef in einem schlesischen Füsilierbataillon, das in Erfurt lag.

Weimar
Vollendung des Schaffenden

Nachdem sich Schiller und Goethe im Juli 1794 in Jena nähergekommen waren, trafen sie sich öfters. Goethe lud Schiller zu einem längeren Besuch in sein Haus in Weimar ein, und dieser sagte, wenn auch mit einigen Bedenken, zu: »Mit Freuden nehme ich Ihre gütige Einladung nach Weimar an, doch mit der ernstlichen Bitte, daß Sie in keinem einzigen Stück Ihrer häuslichen Ordnung auf mich rechnen mögen, denn leider nötigen mich meine Krämpfe gewöhnlich, den ganzen Morgen dem Schlaf zu widmen, weil sie mir des Nachts keine Ruhe lassen, und überhaupt wird es mir nie so gut, auch den Tag über auf eine bestimmte Stunde sicher zählen zu dürfen. Sie werden mir also erlauben, mich in Ihrem Hause als einen völlig Fremden zu betrachten, auf den nicht geachtet wird, und dadurch, daß ich mich ganz isoliere, der Verlegenheit zu entgehen, jemand andres von meinem Befinden abhängen zu lassen. Die Ordnung, die jedem andern Menschen wohl macht, ist mein gefährlichster Feind, denn ich darf nur in einer bestimmten Zeit etwas Bestimmtes vornehmen müssen, so bin ich sicher, daß es mir nicht möglich sein wird.« Auf diesen Brief, der eine sehr deutliche Vorstellung von der durch Krankheit bedingten Lebensweise des Dichters vermittelt, antwortete Goethe: »Eine völlige Freiheit, nach Ihrer Weise zu leben, werden Sie finden.«

Vom 14. bis 28. September 1794 war Schiller Gast des Hauses am Frauenplan. Die Räume, die er bewohnte, sind später »Schillerzimmer« genannt worden.[32] Es war eine für die Entwicklung des Freundschaftsbundes äußerst fruchtbare Zeit. Man unterhielt sich über neue Schriften der Kunst und Wissenschaft, tauschte ästhetische und kunsttheoretische Anschauungen aus und besprach literarische Pläne. Seiner Frau berichtete Schiller: »Ich bringe die meiste Zeit des Tages mit Goethen zu, so daß ich bei meinem langen Schlafen kaum für die nötigsten Briefe noch Zeit übrig habe. Vor einigen Tagen waren wir von halb 12 Uhr, wo ich angezogen war, bis nachts um 11 Uhr ununterbrochen beisammen.« Nach Abschluß der »vierzehntägigen Konferenz« kannte man sich wirklich und schloß im Bewußtsein der gegensätzlichen Auffassungen den Bund zu gemeinsamem Wirken. Nach Jena zurückgekehrt, schrieb Schiller an Goethe: »Ich sehe mich wieder hier, aber mit meinem Sinn bin ich noch immer in Weimar. Es wird mir Zeit kosten, alle die Ideen zu entwirren, die Sie in mir aufgeregt haben; aber keine einzige, hoffe ich, soll verloren sein.«

In der Folgezeit war Schiller wiederholt Goethes Gast. Große Pläne reiften heran. Einer von ihnen war die Aufführung von »Wallensteins Lager« auf der Weimarer Bühne unter Goethes persönlicher Leitung. Zu den Proben und Aufführungen im Januar und April 1799 kam Schiller mit seiner ganzen Familie nach Weimar herüber und fand im Schloß ein »niedliches und bequemes Quartier« von Goethe bereitgestellt. Da der Erfolg der Wallensteinaufführungen einer der Gründe war, daß Schiller endgültig nach Weimar übersiedelte, muß etwas näher darauf eingegangen werden.

Ursprünglich sollte das Drama in Berlin uraufgeführt werden. Iffland, der dort Theaterdirektor war, erbot sich, »zu jedem beliebigen Honorar« das Werk auf die Bühne zu bringen. Aber Goethe, dem Schiller die fertigen Szenen vorgelesen hatte, war so begeistert davon, daß er den Freund bestimmte, die Erstaufführung in Weimar stattfinden zu lassen. Während Schiller mit fieberhaftem Eifer an die Fertigstellung ging, begann Goethe bereits mit den Proben. Am 12. Oktober 1798, zur festlichen Wiedereröffnung des renovierten Theaters, ging »Wallensteins Lager« in Szene. Der Zuschauerraum war überfüllt. Feierliche Stille herrschte, als der Schauspieler Voß im Kostüm des Max Piccolomini vor den Vorhang trat und einen von Schiller gedichteten Prolog sprach, der mit dem heute schon sprichwörtlichen Satz »Ernst ist das Leben, heiter ist die Kunst« schließt.[33] Das Stück erntete reichen Beifall, ein gemeinsamer Erfolg für Schiller und Goethe.

Sofort nach der Aufführung ging Schiller an die Ausarbeitung der beiden Hauptteile. Er hatte sich verpflichtet, sie für Anfang 1799 fertigzustellen. Aber es gab Schwierigkeiten. Während schon die Proben liefen, nahm Schiller das Manuskript immer wieder mit nach Jena, um zu ändern und zu verbessern. Goethe mußte eines Tages, um den Text zu bekommen, einen Eilboten nach Jena schicken: »Überbringer dieses stellt ein Detachement Husaren vor, das Ordre hat, sich der Piccolomini, Vater und Sohn, zu bemächtigen.« Am 4. Januar siedelte Schiller nach Weimar über, um bei den Proben zur Hand zu sein. Die Kostüme wurden nach historischen Vorlagen angefertigt, alte Rüstkammern mußten ihren Fundus öffnen. So kam der 30. Januar, der Tag der Aufführung, heran. Aus Erfurt und Jena strömten die Fremden herbei. Die Vorstellung wurde trotz beschränkter Mittel und eiliger Einstudierung ein gewaltiger Erfolg. Schiller äußerte sich sehr befriedigt: »Durch eine solche Aufführung«, sagte er, »lernt man erst sein eigenes Stück kennen.«

Mit doppelter Spannung sah man dem dritten Teil entgegen, zu dessen Einstudierung Schiller wieder nach Weimar kam. Am 15. April 1799 wurde das »Lager«, am 17. wurden die »Piccolomini« und am 20. zum ersten Mal »Wallensteins Tod« (damals noch »Wallenstein« genannt) aufgeführt. Der Andrang war noch stärker als beim zweiten Teil. Die Preise der Plätze hatte man erhöht, um dem Ansturm auf die Kasse zu begegnen. Der Erfolg übertraf alles, was die Weimarer Bühne bisher erlebt hatte. »Es schluchzte alles im Theater«, schrieb Schillers Frau, »selbst die Schauspieler mußten weinen.« »Auch die Unempfindlichsten wurden mit fortgerissen«, meldete Schiller seinem Freund Körner, und in einem Bericht des Dichters Rochlitz wird geschildert, wie ganz Weimar nach der Vorstellung einem Wallensteinschen Lager glich, wie auf Straßen und Plätzen, in Stuben und Gasthäusern Schillersche Zitate umherschwirrten und das Ergebnis diskutiert wurde. »Wallenstein«, schrieb Goethe an Wilhelm von Humboldt, »hat alle Stimmen vereinigt, indem er aus den vorbereitenden Kelchblättern wie eine Wunderblume unversehens hervorstieg.«

Nach dem Erfolg der Wallenstein-Aufführungen, der nicht zuletzt seiner Mitwirkung bei den Vorbereitungen und seiner Anwesenheit bei den Proben zu verdanken war, empfand Schiller, der inzwischen mit der Arbeit an »Maria Stuart« begonnen hatte, »lebhaft mit jedem Tage das Bedürfnis theatralischer Anschauungen«. »Die sinnliche Gegenwart des Theaters«, schrieb er am 12. August 1799 an Goethe, »muß mir eine Menge faux frais [franz. Nebenkosten] ersparen, die mir jetzt unvermeidlich sind, weil ich die Vorstellung der lebendigen Masse nicht habe, und auch der Stoff soll mir alsdann reichlicher zufließen.«

Was ihn fast ebenso stark nach Weimar zog, war das Verlangen nach einem ständigen Umgang mit Goethe, der in Jena immer wieder unterbrochen worden war. »Es wird meiner Existenz«, schreibt er dem Freund, »einen ganz anderen Schwung geben, wenn wir wieder zusammen sind; wenn ich allein bin, versinke ich in mich selbst.« Und Goethe ermunterte ihn: »Kommen Sie nach Weimar! Sie haben hier mehr Anregung und Freunde, und daß ichs nur gestehe, ein wenig Selbstsucht läßt mich so sprechen. Sie wissen, was wir uns gegenseitig geworden sind, und ich meine, wir können nicht mehr ohne einander sein.«

Ein weiterer Grund für Schillers Übersiedlung nach Weimar: Hier lebte Caroline, die Schwester seiner Frau, mit ihrem Mann Wilhelm von Wolzogen, dem er sich seit der Karlsschule verbunden fühlte. Wolzogen war als Kammerherr – später Geheimrat und Oberhofmeister – am weimarischen Hof tätig, begleitete den Erbprinzen auf seinen Reisen und führte die Verhandlungen mit dem Zarenhof über die Vermählung Carl Friedrichs mit der Großfürstin Maria Pawlowna.

Nicht zuletzt erhoffte sich Schiller von Weimar auch generell eine stärkere Berührung mit Menschen, ja überhaupt mit dem Leben, das ihm als Quell seines dichterischen Schaffens notwendiger denn je war.

Der Umzug fand am 3. Dezember 1799 statt. Zunächst freilich wollte Schiller nur den Winter über in der Residenz leben, die Sommermonate aber in seinem Gartenhaus in Jena verbringen. Doch Weimar, die neue Umwelt, das Theater und Goethe, ließen ihn nicht los; zudem stellte sich sehr bald heraus, daß er – trotz der »fürstlichen« Gehaltszulage von zweihundert Talern – die Kosten eines doppelten Haushalts nicht bestreiten konnte.

Bei der Suche nach einer passenden Wohnung half Goethe. Er schlug dem Freund vor, in das Werthersche Haus am Palais zu ziehen, »das für jemanden, der das Schauspiel fleißig besuchen will, bequem genug liegt«. Aber Schiller bevorzugte die Nähe des Marktes, weil er es von hier nicht weit zu Goethes Haus am Frauenplan und zu Wolzogens Wohnung neben dem Gelben Schloß hatte.

Es traf sich gut, daß Charlotte von Kalb im Begriff stand, Weimar zu verlassen und ihre Wohnung in der Großen Windischengasse Nr. 8 (damals A 71) zu räumen. Mit dem Hausbesitzer, Perückenmacher Müller, wurde man rasch einig: Schiller übernahm die Wohnung im zweiten Stock einschließlich einiger Kammern im Dachgeschoß zum jährlichen Mietpreis von 122 Talern. Bei seinem Gehalt von 400 Talern konnte er sich das natürlich nur leisten, wenn er durch Honorare für neue Stücke und publizistische Tätigkeit genug dazuverdiente. Aber darauf vertraute er nach dem Erfolg des »Wallenstein« mit Zuversicht und Optimismus. An seine Mutter schrieb er: »Das Übrige kann ich durch meinen Fleiß, der mir wohl bezahlt wird, recht gut verdienen.«

Als Schiller am 3. Dezember in der Windischengasse einzog, mußte er sich für einige Wochen von seiner Frau trennen. Lotte war nach der Geburt ihrer Tochter Caroline an einem Nervenfieber erkrankt, von dem sie nur langsam genas. Sie fand mit Carl und dem Säugling Unterkunft und Pflege bei Frau von Stein, während Schiller sich mit seinem Sohn Ernst in der neuen Wohnung einrichtete. Goethe war ihm bei der Ausstattung der Räume behilflich. Am 7. Dezember berichtete Schiller seiner Frau: »Es fängt nun an, recht freundlich und bewohnlich im Hause zu werden. Der lieben Lolo wird es gewiß wohl darin gefallen.« Mit den »mechanischen Arbeiten und uninteressanten Geschäften« hofft er bald fertig zu sein. »Unterdessen erholt sich meine Lolo auch und zieht bei mir ein.« Am 16. Dezember war der Dichter mit seiner ganzen Familie im neuen Heim vereint.

»Alle Erinnerungen an die letzten acht Wochen mögen in dem Jenaer Tal zurückbleiben, wir wollen hier ein neues, heiteres Leben anfangen«, rief er seiner Frau zu. Und so war es denn auch: Man fühlte sich wohl in der neuen Umgebung und begann aufzuatmen. Mit sicherem Griff nahm Lotte das Hauswesen in die Hand, während sich Schiller in neue Arbeit stürzte. Rastlos tätig, schuf er die Voraussetzungen, daß sich die Familie einem bescheidenen Dasein ohne Sorgen hingeben konnte.

Man nahm auch wieder an Gesellschaften teil, denn Schillers Name galt – anders als vor zwölf Jahren, da er ein Unbekannter gewesen war – jetzt etwas. An anregendem Verkehr fehlte es nicht. »Ich sehe mehr Menschen«, schrieb er an Körner, »und die, welche mir lieb sind, habe ich näher. Goethen sehe ich alle Tage.« Die Freunde waren nun nicht mehr monatelang getrennt, sie besuchten sich gegenseitig und rückten auch geistig näher zusammen. Darüber wird noch zu sprechen sein.

Neben Goethe waren Hildebrand von Einsiedel, der geistvolle Kammerherr, und Heinrich Meyer, der Maler und Kunstschriftsteller, häufige Gäste in der Windischengasse. Wilhelm von Wolzogen kam mit seiner Frau Caroline, Charlotte von Stein mit ihrer Nichte Amalie von Imhoff, während Geheimrat von Schardt, der Bruder der Frau von Stein, nur ein Stockwerk höher zu steigen brauchte, wenn er mit seiner Frau die neuen Mitbewohner des Hauses besuchen wollte. Beziehungen knüpften sich auch zu Geheimrat von Voigt, einem begeisterten Verehrer des Dichters, der ihm den Weg zum Herzog zu ebnen suchte.

Wieland, dem Schiller in der ersten Weimarer Zeit herzlich verbunden war, hielt sich seit dessen Heirat mit Lotte von Lengefeld auffällig zurück, während Herder nach seinem Bruch mit Goethe auch von dem Freund seines einstigen Mitstreiters nichts mehr wissen wollte. Mit zwei späteren Weimarpilgern – beide Freunde der Charlotte von Kalb – wurde Schiller nie ganz warm: Jean Pauls »Hesperus« stimmte so gar nicht mit seinen – und Goethes – Ideen überein; mit ein paar »Xenien« zog man den geistigen und menschlichen Trennungsstrich. Hölderlin, der schwäbische Landsmann, stand Schiller durch seine Lyrik näher; man sah sich öfters, aber zu einer Freundschaft kam es nicht.

Höhepunkte der Geselligkeit in Schillers Heim in der Windischengasse waren die Abende, an denen der Dichter aus seinen Werken vorlas. Hier rezitierte er zum ersten Mal das »Lied von der Glocke«, hier trug Corona Schröter die Gedichte »Der Taucher« und »Die Würde der Frauen« in eigener Vertonung vor.

Als die ersten vier Akte der »Maria Stuart« fertig waren, lud Schiller eine Reihe von Gästen, darunter Schauspieler, in seine Wohnung ein, um sie mit dem neuen Werk bekannt zu machen. Amalie von Voigt, die Nichte des Hofrats Franz Kirms, gibt über diese Vorlesung einen interessanten Bericht. Da sich in ihm eine wenig bekannte Seite von Schillers Persönlichkeit spiegelt, sei er auszugsweise hier wiedergegeben. Die Vorlesung begann, so erzählt Amalie, »nach fröhlichem Gespräche, das Schiller trefflich zu beleben und zu leiten wußte«, erst gegen elf Uhr und zog sich so lange hin, daß »die Mainacht noch während des Lesens zum Maimorgen wurde und die Gesellschaft erst beim Beginn der Morgenröte auseinanderging. Schiller las stehend, zuweilen auf einem Stuhle kniend, nicht was man eigentlich schön oder kunstgerecht nennt, woran ihn auch sein etwas hohles Organ hinderte, aber mit Begeisterung, mit Feuer, ohne Manier und Übertreibung, so daß er auch als Vorleser genügte und seine Begeisterung die Zuhörer hinriß.«

Schiller war nach Weimar übergesiedelt, um in eine fruchtbare Verbindung mit dem Theater zu kommen. Das gelang ihm auch mit Hilfe Goethes, der ihn nicht nur zu den Proben und Neuinszenierungen, sondern auch zur Gestaltung des Spielplans heranzog. Um das Repertoire war es schlecht bestellt, weil man Konzessionen an den Geschmack des Publikums machen mußte, das leichte Bühnenkost bevorzugte. So beherrschten Kotzebues und Ifflands Stücke, anspruchslose Komödien und kleine Singspiele noch immer den Spielplan, auf dem erst ganz vereinzelt Namen wie Lessing, Schiller, Gluck und Mozart auftauchten. Das wollte Goethe mit Schillers Hilfe ändern. Er brauchte wertvolle Dramen, die der Freund selber schreiben oder aus der vorhandenen Literatur auswählen und bearbeiten sollte.

Beide Aufgaben entsprachen Schillers neuem Verhältnis zur dramatischen Kunst, und so machte er sich mit Begeisterung ans Werk. Neben eigenen Stücken, die er nun Jahr für Jahr vollendete, richtete er für die Weimarer Bühne Lessings »Nathan«, Racines »Phädra«, Shakespeares »Othello« und »Julius Cäsar« ein, schuf eine Neudichtung von Gozzis Märchen »Turandot« und übersetzte Shakespeares »Macbeth« sowie zwei Lustspiele des französischen Dichters Picard, »Der Parasit« und »Der Neffe als Onkel«, ins Deutsche. Zur Bühnenbearbeitung des »Götz von Berlichingen« holte Goethe den Rat des Freundes ein; die Inszenierung seiner Bearbeitung von Voltaires »Tancred« übertrug er ihm ganz.

Um Schiller auch äußerlich mit dem Theater zu verbinden, schlug

Goethe dem Herzog vor, ihn zu seinem Stellvertreter und späteren Nachfolger in die Bühnenleitung zu berufen. Aber Carl August ging nicht darauf ein. Trotzdem wurde Schiller zum engsten Mitarbeiter des Intendanten und Regisseurs Goethe. Sie besprachen die Grundfragen des Theaters und unterhielten sich über Stil, Einrichtung und Besetzung aller Inszenierungen; gemeinsam oder abwechselnd studierten sie neue Stücke ein und übten nach den Aufführungen Kritik. Dabei waren sie durchaus nicht immer einer Meinung. Darüber hinaus hielt Schiller mit den Schauspielern Leseproben in seiner Wohnung ab und war bei den Bühnenproben fast immer anwesend. Der Schauspieler und Regisseur Eduard Genast, der oft dabei war, berichtet davon in seinem Erinnerungsband »Aus dem Tagebuch eines alten Schauspielers«[34]: »Schiller rezitierte und spielte in den Proben den Schauspielern einzelne Stellen vor. Sein Vortrag wäre schön gewesen, wenn nicht der Dialekt die Wirkung hier und da etwas abgeschwächt hätte; aber trotzdem daß seine Haltung steif und gebückt, daß seine Bewegungen durchaus nicht plastisch waren, riß er uns alle durch sein Feuer und seine Phantasie zur Begeisterung hin. Besonders liebte er den Schluß seiner Rede mit gewaltigem Pathos ins Publikum zu schleudern, und das an und für sich schon Grelle wünschte er öfters noch greller hervorgehoben.«

An anderer Stelle erzählt Genast: »Schiller war übrigens bei den Proben voll Nachsicht und Freundlichkeit gegen die Schauspieler, man mußte ihn liebgewinnen; und doch gab es einige gelehrte Thebaner unter diesen, die sich klüger dünkten als er, weil ihnen die sogenannten Handgriffe des Bühnenlebens mehr zu Gebote standen; und sonach kamen Widersprüche bald von dieser, bald von jener Seite. Mich brachte die Anmaßung dieser Leute öfters in Harnisch, und ich hätte gern mit Fäusten dreingeschlagen, aber Schiller widerlegte stets mit der größten Freundlichkeit oft ganz widersinnige Ansichten.«

Läßt dieser Bericht erkennen, wie schwierig Schillers Arbeit mit den Schauspielern war, die noch dem hergebrachten Improvisierstil anhingen und für versgebundene Kunst erst erzogen werden mußten, so erzählt der Schauspieler Döring in seiner Biographie, wie dankbar der regieführende Dichter sein konnte, wenn die von ihm gestellten Aufgaben einigermaßen bewältigt wurden: »Schiller verlangte übrigens viel und machte strenge Anforderungen an die Künstler. Doch pflegte er nach der gelungenen Aufführung irgendeines seiner späteren dramatischen Werke die vorzüglichen Schauspieler zu einem Nachtmahl im Stadthaus zu laden, wo fröhlich gesungen, mitunter improvisiert und allerlei Scherz getrieben wurde.«

Wenn Schiller bei der gemeinsamen Theaterarbeit, wie Caroline von Wolzogen berichtet, mehr »auf das Fühlen und innige Verstehen« der Stücke und Charaktere hinwirkte, so bemühte sich Goethe um »die Erscheinung im Leben, Gebärde und Haltung, Stellung und Gruppierung«. Wie sic sich in ihre Aufgabe teilten, beschreibt Goethe selbst in den »Annalen«: »... er dichtend und bestimmend, ich belehrend, übend und ausführend«. Durch die Art und Weise, wie sie sich in harmonischem Zusammenwirken der Kunst und der Künstler annahmen, durch ernste Schulung und Anleitung der Sache dienten, jede Dichtung von innen heraus nachgestalteten und neue künstlerische Grundsätze, vor allem einen neuen Sprach- und Bühnenstil verwirklichten, schufen sie das Gemeinschaftswerk der Weimarischen Dramaturgie, das Lessings Hamburgische Dramaturgie ergänzte und fortentwickelte.

Der Erfolg war nicht nur ein Aufschwung der Weimarer Bühne, sondern des gesamten deutschen Schauspiels. Der »Weimarische Stil«[35], Goethes und Schillers Werk, befreite das deutsche Theater aus der Enge des pseudorealistischen Improvisierstils, in dem es am Ende des 18. Jahrhunderts befangen war, und hob es auf die Höhe einer der Wahrheit und Schönheit dienenden »moralischen Anstalt«. Was Schiller in seiner Mannheimer Rede vom 26. Juli 1784 gefordert hatte und in seiner Vorrede zur »Braut von Messina« tiefgründig zusammenfaßte, hier war es, als klassisches deutsches Theater, als nationale Aufgabe für die Zukunft, verwirklicht.

Die tägliche Berührung mit dem Theater blieb nicht ohne Einfluß auf das poetische Schaffen des Dichters; sie »wirkte auf seine Produktion«, soll er einmal gesagt haben. Obwohl ihn der Lärm auf der »sehr unruhigen Straße und in dem geräuschvollen Haus« mitunter störte, war er literarisch ohne Pause tätig. Er überwachte den Druck der Buchausgabe des »Wallenstein« und korrigierte die Theatermanuskripte, vollendete »Maria Stuart« und »Die Jungfrau von Orleans« und schrieb einige seiner schönsten Gedichte.

Der Beifall, den »Wallenstein« auf der Bühne gefunden hatte, beschwingte vor allem sein dramatisches Schaffen. Daß das Schauspiel seine ureigene Aufgabe war, stand nun für ihn fest. »Ich fange endlich an, mich des dramatischen Organs zu bemächtigen und mein Handwerk zu verstehen«, bekannte er gegenüber Freunden. Mit seinen letzten, in Weimar entstandenen Bühnenwerken kehrte er – freilich in sehr veränderter Weise – zu den revolutionären Ideen seiner frühen Dramen zurück. Auch in ihnen wird der Kampf des Volkes gegen seine Unterdrücker, der Sieg der fortschrittlichen Kräfte über die untergehende Feudalgesellschaft gefeiert, wird das deutsche Volk zum Handeln aufgerufen, auch wenn es Engländer, Franzosen oder Schweizer sind, die an das Gewissen ihrer Nation appellieren. Alle diese Werke sind politisches Theater; Schiller stellt sich nirgends – die »Braut von Messina« vielleicht ausgenommen – außerhalb des Zeitgeschehens, entzieht sich niemals der politischen und gesellschaftlichen Verantwortung.

Mit der Arbeit an »Maria Stuart« hatte Schiller bereits in Jena begonnen. Die Idee, die ihm schon in Bauerbach gekommen war, hatte durch die Ereignisse der Französischen Revolution dramatische Gestalt angenommen. In der Windischengasse schrieb er die ersten vier Akte nieder; der fünfte entstand vom 23. Mai bis 2. Juni 1800 in Ettersburg, wo ihm Carl August zu ungestörter Vollendung des Werkes und »poetischer Einsamkeit« ein Quartier im Schloß einräumte.

Die Uraufführung, die am 14. Juni 1800 in Weimar stattfand, wurde ein voller Erfolg. Selbst aus den Dörfern waren Menschen gekommen, die von Schillers Ruhm gehört hatten. Zu Fuß, zu Pferd und zu Wagen hatten sich die Jenaer Studenten auf den Weg gemacht, um »ihren« Schiller zu sehen und zu hören. Zu dem Erfolg trug vor allem Caroline Jagemann, die Darstellerin der Elisabeth, bei, die von den Zuschauern stürmisch gefeiert wurde. Goethe schrieb: »Man hatte alle Ursache, mit der Aufführung zufrieden zu sein, so wie das Stück mich außerordentlich erfreut hat.«

Noch stärkeren Beifall fanden die Weimarer Schauspieler bei der Aufführung im Sommertheater Lauchstädt. Darüber berichtet der Regisseur Becker: »Das Stück hat so gefallen, daß ich mich einer solchen Sensation nicht erinnern kann. Den Kassierer hat man gar nicht zur

Kasse kommen lassen. Nachmittags um halb drei Uhr hatte man schon alle Billetts aus seiner Wohnung abgeholt. Für ein Billett, welches acht Groschen kostete, bot man drei Taler. Das einstimmige Urteil von allen Zuhörern war: es ist das schönste Schauspiel, welches Deutschlands Bühne je dargestellt hat.«

Gleich nach der Uraufführung der »Maria Stuart« nahm Schiller das nächste Werk, »Die Jungfrau von Orleans«, in Angriff. Den Stoff des dramatischen Geschehens, zu dessen Heldin er Jeanne d'Arc, ein Mädchen aus dem Volke, machte, fand er im Hundertjährigen Krieg zwischen Frankreich und England. Es reizte ihn, den Volkskampf der Franzosen als Beispiel einer nationalen Befreiung darzustellen. Um den Sieg des von Johanna verkörperten Volkes nicht zu schmälern, wich er auch in diesem Stück von der historischen Überlieferung ab, indem er die Heldin nicht auf dem Scheiterhaufen, sondern auf dem Schlachtfeld sterben ließ. »Romantische Tragödie« nannte er das Drama, weil er den Geist der Zeit und die Denkart der Menschen des 15. Jahrhunderts lebendig machen wollte.

Im März 1801 war »Die Jungfrau« – die letzten Szenen wurden im Gartenhaus in Jena verfaßt – fertig. Auch dieses Stück sollte in Weimar aus der Taufe gehoben werden, aber Carl August verhinderte die Aufführung, weil er befürchten mußte, daß sich seine Geliebte, die Schauspielerin Caroline Jagemann, als Jungfrau beim Publikum lächerlich machen würde. Die Rolle einer Kollegin zu überlassen, war aber die Favoritin des Herzogs nicht bereit. Gegen dieses Intrigenspiel waren Goethe und Schiller machtlos.

Die Uraufführung fand deshalb erst am 17. September 1801 in Leipzig statt. Die Messestadt entschädigte den Dichter für die in Weimar erlittene Enttäuschung, indem sie ihm die größte öffentliche Huldigung seines Lebens bereitete. Das »Theater am Ranstädter Tor« war ausverkauft. Schon nach dem ersten Akt brauste der Jubel durchs Haus: »Es lebe Friedrich Schiller!« Mit einem Tusch fiel das Orchester ein. Von seiner Loge aus bedankte sich der Gefeierte. Von Akt zu Akt steigerte sich die Begeisterung, und nach Schluß der Vorstellung erwartete eine vielköpfige Menge den Dichter vor dem Theater. Als er heraustrat, bildete sich eine Gasse, alle Häupter entblößten sich, und Schiller schritt, stürmisch umjubelt, durch die Menge. Weimar holte erst am 23. April 1803 nach, was es zwei Jahre zuvor versäumt hatte. Die Erstaufführung im Hoftheater ging, dank Schillers Probenarbeit, mit »ganz ungewöhnlichem Erfolg« über die Bretter.

Über seinem dramatischen Schaffen vernachlässigte Schiller auch in Weimar nie die Lyrik. Im Haus in der Windischengasse entstanden die Gedichte »Hero und Leander«, »Die vier Weltalter«, »An die Freunde«, »Die Worte des Wahns«, »Sehnsucht« und »Der Antritt des neuen Jahrhunderts«. Hier schrieb er den Prolog »An Goethe, als er den Mahomet von Voltaire auf die Bühne brachte«, in dem er den Freund als Befreier preist, »der uns von falschem Regelzwange zur Wahrheit und Natur zurückgeführt«, und das gemeinsame Theaterprogramm entwickelt, das gegen Romantik, Naturalismus und Despotie gerichtet ist. Dort steht das Bekenntnis:

> Denn dort, wo Sklaven knien, Despoten walten,
> Wo sich die eitle Aftergröße bläht,
> Da kann die Kunst das Edle nicht gestalten,
> Von keinem Ludwig wird es ausgesät;
> Aus eigner Fülle muß es sich entfalten,
> Es borget nicht von ird'scher Majestät,
> Nur mit der Wahrheit wird es sich vermählen,
> Und seine Glut durchflammt nur freie Seelen.

In der Windischengasse entstand aber auch das Fragment »Deutsche Größe«, das Bruchstück eines umfangreichen epischen Gedichtes, in dem Schiller zu den brennenden politischen Fragen seiner Zeit Stellung nimmt und das patriotische Streben des deutschen Volkes angesichts der nationalen Tragödie des Vaterlandes zum Ausdruck bringt. Er bekennt sich in diesem Gedicht zu den friedlichen Kräften, die im Volke wirken, ruft seine Mitbürger zur Selbstbesinnung auf und erinnert sie an ihre Pflicht zur Pflege der nationalen und humanistischen Tradition:

> Das ist nicht des Deutschen Größe,
> Obzusiegen mit dem Schwert,
> In das Geisterreich zu dringen,

Vorurteile zu besiegen,
Männlich mit dem Wahn zu ringen,
Das ist seines Eifers wert.

In diesem Fragment weist Schiller auch auf die Bedeutung der Sprache für das Werden der Nation hin:

> Das köstliche Gut der deutschen Sprache,
> die alles ausdrückt, das tiefste und
> das flüchtigste, den Geist, die Seele,
> die voller Sinn ist.
> …
> Die Sprache ist der Spiegel einer
> Nation, wenn wir in diesen Spiegel
> schauen, so kommt uns ein großes
> treffliches Bild von uns selbst daraus
> entgegen …

Einen bedeutsamen Abschnitt seines geistigen Werdeganges hat Schiller in der Windischengasse erlebt. Noch wichtiger für sein Leben und Schaffen aber wurde das Haus, das er im Jahre 1802 bezog, das Haus an der Esplanade, das in der ganzen Welt als »Schillerhaus« bekannt geworden ist.

Es war wohl hauptsächlich die »geräuschvolle Wohnung« in der »sehr unruhigen Straße«, aber auch die Sehnsucht nach eigenem Heim und Besitz, die Schiller den Gedanken nahelegten, sich ein Haus am Rande der Stadt zu kaufen. Eine günstige Gelegenheit bot sich, als der sachsen-weimarische Kammerherr Joseph Charles Mellish of Blyth, der die »Maria Stuart« ins Englische übersetzt hatte, sein Haus an der Esplanade verkaufte. Dieses Haus hatte sich der Kaufmann Johann Christian Schmidt 1777 als Hintergebäude zu seinem »kanzleischriftsässigen Erbschafts- und Freihaus« in der Windischengasse gebaut; es reichte bis zur Esplanade, die nach der Niederlegung der südlichen Stadtmauer als breite Allee und Promenade der »besseren Gesellschaft« angelegt worden war.

1801 hatte Mellish of Blyth das Haus von Schmidt für 4370 Taler erworben, konnte es aber wegen »derangierter Vermögensverhältnisse« nicht halten und bot es deshalb zum Kauf an. Kurz entschlossen griff Schiller zu und brachte das Grundstück für 4200 Taler an sich. Am 19. März 1802 wurde der Kaufvertrag unterzeichnet, am 9. April von der Regierung genehmigt, und am 5. Mai erfolgte im Schloß die feierliche Belehnung mit Handschlag und Eidesleistung. Im Lehensbrief, der noch vorhanden ist, wird bestimmt, daß Schiller und seine Erben männlichen und weiblichen Geschlechts das Haus nebst Zubehör »zu rechtem freien Erbgut innehaben, besitzen und gebrauchen sollen«.

Da er im Kaufvertrag zugesichert hatte, den herabgesetzten Preis von 4200 Talern bar zu bezahlen, mußte er »alles, was er hatte und zusammenkratzen konnte«, flüssig machen, Vorschüsse und Anleihen aufnehmen und das Grundstück mit einer Hypothek belasten. 2200 Taler borgte ihm der Kammergutspächter Weidner in Niederroßla, darüber hinaus halfen die Verleger Cotta in Tübingen und Göschen in Leipzig, den Rest stellte die chère mère gegen vier Prozent Zinsen zur Verfügung. Schiller mußte sich also in erhebliche Schulden stürzen, um in den Besitz eines eigenen Hauses zu kommen – bezeichnend für die wirtschaftliche Stellung eines anerkannten Dichters zur Zeit des Feudalismus. Schillers Fleiß ist es zu danken, daß er alle Schulden, die er zum Kauf seines Hauses aufnehmen mußte, in der kurzen Zeit bis zu seinem Tod aus eigener Kraft tilgte.

Am 29. April 1802 zog die Familie ein. Es verging freilich noch einige Zeit, bis es im Hause wohnlich wurde; Veränderungen waren nötig, Neueinrichtungen und Anschaffungen, die einen zusätzlichen Kostenaufwand von 800 Talern verursachten. Aber dafür besaß man nun eine der schönsten Wohnungen in ganz Weimar, am Südrand der Stadt gelegen, auf allen Seiten von Gärten und Grünanlagen umgeben, geräumig, sonnig und still. Die Vorteile einer Stadtwohnung vereinten sich mit den Annehmlichkeiten eines Gartenhauses. »Unsere neue Wohnung ist sehr freundlich und die Kinder glücklich, in der Allee herumzuspringen«, schrieb Lotte Schiller, »ich freue mich sehr des Besitzes, weil ich immer wie in einer Laube sitze.«

Genügend Platz war vorhanden: Im Erdgeschoß wurden die Wirtschaftsräume eingerichtet, das erste Stockwerk bezog die Frau mit den Kindern, in der Mansarde wohnte und arbeitete, von einer bescheidenen Einrichtung umgeben, der Dichter. Von den Fenstern seines Arbeitszimmers konnten seine Blicke über niedrige Bauten bis zu Goethes Haus am Frauenplan und über Gärten und Wiesen hinweg weit hinaus ins Land schweifen. Es war wirklich ein Landhaus, das Schiller das ersehnte freie Leben in der Natur ermöglichte. Beglückt schrieb er an seine Schwester Christophine: »Wir freuen uns dieses Besitzes und fühlen das Angenehme einer eigenen und bequemen Wohnung, während wir uns während unserer ganzen Ehe in diesem Stück haben behelfen müssen.« Und an den Verleger Göschen: »Ich habe nun alle Gedanken an das Weggehen von Weimar aufgegeben und denke hier zu leben und zu sterben.«

Tatsächlich hat das Haus an der Esplanade nicht wenig dazu beigetragen, daß Schiller das lockende Angebot nach Berlin – von ihm wird noch zu sprechen sein – ausschlug. In diesem Hause hoffte er sein fünfzigstes Lebensjahr zu erreichen, durch fleißige Arbeit seine Familie sicherzustellen und sein dichterisches Lebenswerk zu vollenden.[36] Das war ihm freilich nicht vergönnt; nur drei Jahre durfte er sich des Heims erfreuen, Jahre, die zwar durch Krankheit getrübt waren, durch ein harmonisches Ehe- und Familienleben aber zu den glücklichsten gehörten, die er erlebte.

Dieses Glück schenkte ihm vor allem seine Lotte. Unermüdlich in ihrer häuslichen Fürsorge, alles Störende, alles Aufregende, alles, was seine schöpferische Kraft schwächen konnte, von ihm fernhaltend, war sie – unter Verzicht auf eigene Wünsche – nur darauf bedacht, ihm das Leben schön und behaglich zu machen. Mit den bescheidenen Mitteln, die ihr zu Gebote standen, umsorgte sie ihn und nahm dabei willig jedes Opfer auf sich. Lieber trank sie selbst keinen Kaffee, wenn sie ihm nur einen recht guten kochen konnte. Glücklichem Gelingen eines neuen Werkes steuerte sie die mühsam ersparte Flasche Sekt bei.

Lotte fühlte, wie nötig Schiller sie brauchte, war glücklich, wenn er seine Gedanken und Pläne mit ihr besprach, ihr Szenen aus den entstehenden Dramen vorlas, »und ihr Gefühl«, berichtet Körner, »ward nicht selten ein bestimmendes Urteil für ihn«. Sie besaß nicht den Ehrgeiz, durch geistreiche Unterhaltung oder eigene literarische Arbeiten zu glänzen wie andere Frauen Weimars; mit ihren geistigen Gaben wollte sie allein ihm dienen. Gern ließ er sich von ihr beraten, wenn es um den Fortgang eines Werkes ging. Goethe und Humboldt bezeugen wiederholt, wie tief er sich von ihr verstanden fühlte.

Dabei war ihre Ehe ein ständiges Ringen mit Sorge, Krankheit und Not. Schillers Arbeitsweise, die die Nacht zum Tage und den Tag zur Nacht machte, bestimmte ihr Leben und ihren Alltag. Sie mußte immer für ihn dasein; in der Pflege, im Essen, in der Kleidung hatte er seine Besonderheiten, die ein geregeltes Wirtschaften unmöglich machten. Aufopfernd war ihre Hingabe in den Tagen und Nächten, da sie an seinem Krankenbett saß und mit ihm um sein Leben rang. Ohne Klage und Bitterkeit ertrug sie ihr Leid, denn sie wußte, daß auf ihrer Kraft Leben und Schaffen des Geliebten ruhten. Ihm die Jahre, die das Schicksal ihm noch schenken würde, so sorglos und sonnig wie möglich zu machen war ihre schönste Aufgabe.

Über Schillers Familienleben besitzen wir interessante Zeugnisse eines Mannes, der dem Dichter in seinen letzten Lebensjahren persönlich nahegestanden hat. Heinrich Voß, der Sohn des Homer-Übersetzers, den Goethe als Gymnasiallehrer nach Weimar geholt hatte, berichtet von seinem Umgang mit der Familie Einzelheiten, die das Bild des Gatten und Vaters vervollständigen. Voß schätzte »den Dichter sehr hoch, aber den Menschen viel höher«, weil er ihn »in der Verfassung« erlebte, »in der er das Lied an die Freude muß gesungen haben«. »Trat er, von einer gelungenen Arbeit aufstehend, in den Kreis der Seinen, dann war er empfänglich für alles, was ihn umgab.« Er konnte lustig sein und mit den Fröhlichen scherzen. »Wer über alles lachen könnte, würde die Welt beherrschen«, soll Schiller nach Voß' Bericht gesagt haben.

Mit warmer Anteilnahme plaudert Voß von den »unbeschreiblich frohen Stunden«, die er im Haus an der Esplanade erlebt hat. Er rühmt Schillers Liebe zu seinen Kindern, mit denen er durch die Zimmer tollte und, auf allen Vieren kriechend, »Löwe und Hund« spielte. Unter seinem »Häuflein« fühlte er sich am wohlsten. »Dann saß er beständig zwischen zweien seiner Kinder und liebkoste und tändelte mit ihnen bei jeder Gelegenheit. Die Kinder hatten ihn auch unbeschreiblich lieb. Wenn eins zu ihm ins Zimmer kam, so kletterte es an ihn hinan, um ihn zu küssen.«

Carl Theodor v. Dalberg. Ölgemälde von Berg

Johann Gottfried Herder. Ölgemälde von Friedrich Rehberg, vor 1800

Anna Amalia. Ölgemälde von Georg Melchior Kraus, 1774

Maria Stuart. Stich von Jury nach Ramberg

Schillers Wohnung in der Windischengasse in Weimar

Charlotte v. Lengefeld. Silberstiftzeichnung von Charlotte v. Stein, 1791

Carl August. Kolorierter Kupferstich von Johann Christian E. Müller
nach Ferdinand Jagemann, 1805

Die Goethe- und Schiller-Gruft auf dem Friedhof in Weimar

Daß in dieser glücklichen Atmosphäre auch die Arbeit neuen Aufschwung erhielt, ist nicht verwunderlich. Ein neuer Schaffensfrühling beflügelte den Dichter, als er die »äschyleische Tragödie«, »Die Braut von Messina«, begann. »Meine beste Freude ist meine Tätigkeit«, schrieb er an Wilhelm von Wolzogen, »sie macht mich glücklich in mir selbst.« Und in einem Brief an Körner vom 15. November 1802 lesen wir: »Die Hauptsache ist der Fleiß, denn dieser gibt nicht nur die Mittel des Lebens, sondern gibt ihm auch seinen alleinigen Wert.« Wilhelm von Humboldt beneidete den Freund um diese Harmonie des Schaffens: »Sie sind ein unendlich glücklicher Mensch, lieber Schiller, diese Produktionskraft ewig in sich rege zu erhalten, und nie, glaube ich, ist es einem Dichter gelungen, so bestimmt einen selbstgezeichneten Weg zu verfolgen ... Sie haben das Höchste ergriffen und besitzen die Kraft, es festzuhalten. Es ist Ihre Region geworden, und nicht genug, daß das gewöhnliche Leben Sie darin nicht stört, so führen Sie aus jenem bessern eine Güte, eine Milde, eine Klarheit und Wärme in dieses hinüber, die unverkennbar ihre Abkunft verrät ... Für Sie braucht man das Schicksal nur um Jahre zu bitten. Die Kraft und die Jugend sind Ihnen von selbst gewiß.« (Rom, 22. Oktober 1803.)

Diese Jahre aber waren durch Krankheit gezeichnet, die den Dichter ans Haus fesselte und ihn zwang, jede gute Stunde zum Schaffen zu nutzen. Daraus erklärt sich der ungewöhnliche Rhythmus seiner Arbeit. Oft saß er bis über Mitternacht, ja bis in die Morgenstunden am Schreibtisch und schlief dann den ganzen Vormittag. Anregungsmittel wurden mit der Zeit unentbehrlich; er rauchte Pfeife, schnupfte, trank Kaffee und Likör.

Freilich erklärt sich Schillers Nachtarbeit auch daraus, daß er aus der Idee, aus dem Willen schaffte, im Gegensatz zu Goethe, dessen Dichtung auf Anschauung und Erfahrung beruhte. Wolfgang Vulpius sagt: »Der Ältere ließ die Werke in sich reifen, bis sie bei leiser Berührung wie reife Früchte vom Baume fielen, der andere schuf mit ungeheurer Anspannung des Willens. Goethe hatte eine ausgesprochene Abneigung dagegen, von einem stille in ihm reifenden Werke zu sprechen; er fürchtete, den Wachstumsvorgang damit zu stören – Schiller hatte das ebenso ausgesprochene Bedürfnis, über seine Pläne zu sprechen, sie in der Darlegung zu klären. Goethe bedurfte der Anschauung äußerer Dinge, um auch nur eine dichterische Aussage machen zu können; Schiller hatte kaum das Bedürfnis, seine Studierstube zu verlassen, wenn er einen Gegenstand oder Vorgang beschreiben wollte, er schöpfte seine Vorstellungen aus Büchern, Landkarten und gewöhnlichen Berichten.«*

Von Zeitgenossen wissen wir, daß Schiller viel Mühe und Sorgfalt auf seine Dichtungen verwendete. Er feilte und änderte so lange, bis er die endgültige Fassung gefunden hatte. »Es ist mir unmöglich, etwas unvollkommen zu lassen, solange ich es noch besser machen kann«, schrieb er an Wilhelm von Humboldt. Bekannt ist eine Episode aus dem Theaterleben, die Eduard Genast erzählt: Bei der Hauptprobe zu »Wilhelm Tell« stellte sich heraus, daß das Stück für eine normale Aufführungsdauer zu lang geraten war. Der Dichter war darüber »so außer sich, daß er gleich nach der Darstellung das Manuskript an sich nahm, um zu streichen«. Er kannte dabei keine Schonung, fügt Genast hinzu, »man mußte ihm förmlich in den Arm fallen, um ihn bei seiner chirurgischen Arbeit zu hemmen«.

Obgleich Schiller verhältnismäßig rasch arbeitete – der »Tell« entstand in knapp neun Monaten –, vertiefte er sich intensiv in seine Stoffe. »Ich befinde mich nie besser, als wenn mein Interesse an einer Arbeit recht lebendig ist«, schrieb er an Körner, und Goethe gegenüber gestand er: »Ohne eine gewisse Innigkeit vermag ich nichts, und diese hält mich gewöhnlich bei meinem Gegenstande fester, als billig ist.«

Mit Goethe hatte er gemein, daß Musik den Schaffensprozeß förderte. Caroline von Wolzogen berichtet: »Schiller hatte die Musik gern in einem Nebenzimmer, wenn er in seiner Arbeitsstube auf und ab ging und sich einer dichterischen Stimmung überließ. Dies bewog meine Schwester, noch weiteren Unterricht im Klavierspielen zu nehmen.«

Als erste große Arbeit vollendete Schiller im Haus an der Esplanade das Trauerspiel mit Chören »Die Braut von Messina«. Am 1. Februar 1803 war das Stück fertig, am 19. März fand die Weimarer Urauf-

---

* *Wolfgang Vulpius: »Friedrich Schiller als literarischer Bundesgenosse Goethes«, Rudolstadt 1959, S. 8.*

führung statt, und am 11. Juni wurde die Vorstellung in Lauchstädt wiederholt. Mit dieser »griechischen Tragödie«, die keinen historischen Stoff zur Vorlage hat, sondern die Fabel vom tragischen Untergang eines antiken Geschlechts erzählt – wobei das Motiv der feindlichen Brüder aufgenommen wird, das schon den »Räubern« zugrunde liegt –, wollte Schiller das Vorbild für ein neues Nationaldrama schaffen. Die Premiere in Weimar, der Aufführungen in Hamburg und Berlin folgten, wurde ein großer Erfolg. Die dramatische Wucht der Szenen und die edle Sprache rissen die Zuschauer zur Bewunderung hin. Von der Berliner Aufführung berichtete Iffland dem Dichter: »Am 14. und 16. ward die ›Braut von Messina‹ mit Würde, Pracht und Bestimmtheit gegeben. Totaleffekt? der höchste, tiefste, ehrwürdigste! Die Chöre wurden meisterhaft gesprochen und senkten wie ein Wetter sich über das Land.« Schiller war freudig überrascht und befriedigt, daß »dieses gewagte Unternehmen auf den drei besten Bühnen Deutschlands« gelungen war.

Von einem Zwischenfall, der sich bei der Weimarer Uraufführung ereignete, soll noch berichtet werden, weil er bezeichnend ist für die Verhältnisse, unter denen Schillers Werke an die Öffentlichkeit traten. Als der Vorhang nach dem letzten Akt fiel, brachte ein junger Jenaer Wissenschaftler, der Sohn des Professors Schütz, ein Vivat auf den Dichter aus, in das die Jenaer Studenten und andere Theaterbesucher begeistert einstimmten. Das aber war in Anwesenheit des Hofes nicht üblich und verstieß gegen die auch im Theater geltende Etikette. Der Herzog und sein Intendant, Geheimrat von Goethe, waren ungehalten und beauftragten den Jenaer Stadtkommandanten, dem Vater des Übeltäters zu verstehen zu geben, daß »bei uns keine Zeichen der Ungeduld stattfinden, daß Mißfallen nur durch Schweigen, Beifall nur durch Applaudieren bemerklich gemacht werden können«. Im übrigen hätte sich »Serenissimus von Hofrat Schütz versprochen, daß sein Sohn besser gezogen sein würde«. In Lauchstädt, wo man weit weg von höfischen Rücksichten und Vorurteilen war, brachten die Studenten dem Dichter nach der Aufführung sogar einen Fackelzug.

Noch bevor die »Braut von Messina« fertig war, begann Schiller sich mit dem »Wilhelm Tell« zu beschäftigen. Goethe hatte ihn auf den Stoff hingewiesen, für den sich der Freund sofort begeisterte. »Dieses

Werk«, schrieb er an Iffland, »soll ... als ein Volksstück Herz und Sinne interessieren«, und seinem Schwager Wolzogen gab er die Absicht kund, den Leuten »den Kopf warm zu machen«. Goethe sparte nicht mit ermunterndem Rat und spendete fertigen Szenen Lob und Beifall. An keinem Werk Schillers hat er während der Entstehung so tätig Anteil genommen wie am »Tell«. Er schilderte dem Freund die Eindrücke seiner Schweizer Reise vom Jahre 1797, pries die Schönheit der Natur und die Liebenswürdigkeit der Menschen, so daß Schiller, der die Schweiz nie gesehen hat, Land und Leute mit Goethes Augen zu sehen begann.

Über Schillers Arbeitsweise berichtet Goethe: »Er fing damit an, alle Wände seines Zimmers mit Spezialkarten der Schweiz zu bekleben, als er auftreiben konnte. Nun las er Schweizer Reisebeschreibungen, bis er mit Weg und Stegen des Schauplatzes des Schweizer Aufstandes auf das genaueste bekannt war. Dabei studierte er die Geschichte der Schweiz; und nachdem er alles Material zusammengebracht hatte, setzte er sich über die Arbeit, und ... buchstäblich genommen, stand er nicht eher vom Platze auf, bis der Tell fertig war. Überfiel ihn die Müdigkeit, so legte er den Kopf auf den Arm und schlief.« Am 18. Februar 1804 war das Werk fertig, am 17. März fand in Weimar die Uraufführung statt.

Man hat »Wilhelm Tell« das »Nationalschauspiel der Deutschen« genannt.[37] In keinem seiner Dramen hat Schiller einen legendären Stoff so detailgetreu dargestellt, in keinem die nationale Sehnsucht und den Freiheitsdrang des deutschen Volkes so klar herausgearbeitet. Der eigentliche Held des Stückes ist das Volk; Tell repräsentiert es, seine Gefühle und Handlungen sind die des Volkes, dessen Schicksal das Schicksal jedes einzelnen ist. Schiller wollte seinen Landsleuten vor Augen führen, »was Menschen wagen dürfen für eine gute Sache und ausrichten durch Vereinigung«. Dabei verwertete er Ideen der Französischen Revolution und gestaltete den Sturm auf die Bastille in der Erstürmung von Zwing-Uri literarisch nach. Zeit und Ort sind auch im »Tell« nur Beispiel, Gleichnis und Parallele zur Gegenwart; obwohl das Stück nicht gegen Napoleon geschrieben ist, wurde es von den Zuschauern so aufgefaßt.

Als Goethe das Manuskript gelesen hatte, ordnete er sofort die

Einstudierung auf der Weimarer Bühne an. Die Uraufführung wurde zu einem außergewöhnlichen Ereignis. Schon um drei Uhr stand der Theaterplatz voll Menschen. Die Vorstellung begann 1/2 6 und war um 11 zu Ende. Der Beifall war enthusiastisch. Über Schiller, der in seiner Loge dem Spiel beiwohnte, berichtet Heinrich Voß' Gattin: »Ich sah in seinem unbeschreiblich heitern Gesicht, wie jedes Gelungene in der Aufführung und jeder Beifall, der dem Dichter galt, auf ihn wirkte.« Schiller selbst schrieb an Körner: »Der Tell hat auf dem Theater einen größern Effekt als meine andern Stücke, und die Vorstellung hat mir große Freude gemacht.« Iffland, der allerlei politische Bedenken gehabt und sich deshalb von Schiller einige Änderungen erbeten hatte, brachte den »Tell« am 4. Juli 1804 in einer sehr sorgfältigen Einstudierung heraus, die von den Berlinern begeistert aufgenommen wurde.

»Was ihm im ›Tell‹ gelang, ist *klassische Popularität*«, sagt Thomas Mann, der das Drama »ein herrliches Werk, schlicht, edel und groß, effektvoll und bewegend«, nennt. Ihm verdanken wir die schönsten Worte über das Bild, das Schiller in diesem Werk von der Schweiz gezeichnet hat. »... sein Gedicht«, sagt Thomas Mann, »ist ein Gemälde der Schweiz, wie sie leibt und lebt. Aus der Intuition, der inneren Anschauung, die nur leichter Stützen von außen bedurfte, leibt und lebt sie darin, mit Land und Leuten: mit ihren stürzenden Alpenwassern und ihren bald sonnig lächelnden, bald jäh und unbefahrbar vom Föhnsturm aufgewühlten Seen, ihren grünen Matten, Dörfern und Höfen, hoch umringt von den ewigen Festungen ihrer Berge, ... ihren Lawinen und Gletschern, ihrem Firnelicht ... Die Menschen des Stücks, eingeschlossen in ihre kleine, großartige Welt, diese Walter Fürst, Stauffacher, Melchtal und die Männer des Rütlischwurs, stehen wohl in einem idealischen Licht; aber unzweifelhaft, unverkennbar – und nur zu verwundern, wie so ein Dichter das ohne Anschauung trifft –, es sind Schweizer ...«

Gleich nach der Vollendung des »Tell« nahm Schiller einen neuen Stoff in Arbeit, diesmal aus der russischen Geschichte. »Demetrius« wäre gewiß die Krönung seines Schaffens geworden, wenn ihn nicht der Tod darüber abberufen hätte. Auch das Drama vom falschen Zaren war nur als Gleichnis gedacht, das dem deutschen Volk seine Zurückgebliebenheit bewußt machen sollte. Niemand hat die Bedeutung des

»Demetrius« für Schillers Schaffen klarer erkannt und deutlicher formuliert als Thomas Mann. Er sieht in dem Werk den »gewaltigsten Entwurf seines Lebens, der mit allen seinen Implikationen und ungeheueren Anforderungen seinen Geist produktiv aufflammen ließ, während sein Körperliches am knappsten Rande der Lebensmöglichkeit schwebte«.

Die letzte abgeschlossene Arbeit Schillers war kein Drama, sondern eine Gelegenheitsdichtung: »Die Huldigung der Künste«, vom 4. bis 8. November 1804 zum Empfang der Schwiegertochter Carl Augusts, der russischen Prinzessin Maria Pawlowna, niedergeschrieben und am 12. November feierlich aufgeführt. In diesem Gedicht spricht Schiller – wie in einem künstlerischen Vermächtnis – seine Gedanken über die Kunst und das Leben aus. Hier stehen die bekannten Verse (126-128):

»Wisset, ein erhabner Sinn
Legt das Große in das Leben,
Und er sucht es nicht darin.«

Da das kleine Weimar der verwöhnten Zarentochter nicht den Glanz ihrer Heimat bieten konnte, empfahl ihr der Dichter, Kunst und Wissenschaft zu fördern und damit ihre neue Umwelt zu verschönen. »Gebe der Himmel«, sagte er zu seinen Freunden, »daß sie etwas für die Künste tun möge, die sich hier, besonders die Musik, gar schlecht befinden.« Er sollte sich in dieser Erwartung nicht getäuscht haben.

Bei der Schilderung der Werke, die Schiller in seinem Heim in der Windischengasse und in seinem Haus an der Esplanade geschrieben hat, fiel wiederholt der Name Goethe. Der Einfluß des Freundes auf das späte Schaffen des Dichters gründet sich auf den Bund, der in Jena geschlossen worden war und in Weimar gepflegt und vertieft wurde. Kein Literaturhistoriker, kein Goethe-, kein Schillerbiograph ist an dieser fruchtbaren Freundschaft zweier großer Dichter vorübergegangen. Deshalb und weil alles, was dazu gesagt werden kann, schon gesagt worden ist, sollen hier nur ein paar Gedanken stehen, Gedanken, die nicht die Entwicklung, sondern das Ergebnis dieser Freundschaft zu erfassen suchen, vor allem die Bedeutung, die sie für Schiller hatte.

Seit Jena war das Bedürfnis nach Mitteilung, nach Gedankenaustausch und nach Gemeinsamkeit zwischen den Freunden ständig gewachsen. Man suchte sich, weil man sich brauchte, traf sich im Haus am Frauenplan, in Goethes Garten an der Ilm, in der Windischengasse, im Haus an der Esplanade und im Theater. In der Schiller-Chronik lesen wir beinahe täglich: »Abends bei Goethe«, »Gespräch mit Goethe«, »Besuch bei Goethe«, »Bei Goethe zu Tisch«, »Goethes Besuch«, »Spaziergang mit Goethe«, »Krankenbesuch bei Goethe« und so fort. Die Fülle und Vielseitigkeit der Gedanken, um die es bei diesen Unterhaltungen ging, offenbart der umfangreiche Briefwechsel; neben Fragen der Philosophie und der Kunst standen Fragen der Ästhetik, der Epik und der Dramatik, standen aber auch praktische Dinge wie die Inszenierungen auf dem Theater, nicht zuletzt Probleme der Politik und des gesellschaftlichen Lebens. Voß, der bei einigen Gesprächen im Goethehaus zugegen war, berichtet davon: »... und da bleiben wir dann bis acht, neun oder auch wohl bis zehn bei ihm«, und Goethe ist »in seinem Umgang ganz Goethe, so launig mitteilend von seinen ungeheuren Schätzen und so herzlich«.

Der »Bund des Ernstes und der Liebe«, wie Goethe seine Freundschaft mit Schiller einmal genannt hat, wurde nicht von Wesensverwandtschaft und Gleichklang der Seelen, sondern von Gegensätzlichkeit der Anschauungen und der Lebensweise getragen. Goethe hat sich und seinen Freund »Geistesantipoden« genannt, die »mehr als ein Erddiameter scheidet«. War er selbst Realist, der, vom Objekt und von der Natur ausgehend, auf Erfahrung fußte und nach allgemeingültiger Erkenntnis strebte, so kam Schiller von der Idee, von der Kantischen Philosophie her und sah im Subjekt das gestaltende Element des Daseins. Gegensätzlich war auch ihre Lebens- und Arbeitsweise; Goethe, zur inneren Reife gelangt, seiner Stellung und seiner Leistungen bewußt, huldigte einem geregelten Leben in Ruhe und Harmonie, während sich Schiller, auf unermüdliche Arbeit und Sicherung seiner Existenz angewiesen, von unruhigem Drang und innerer Glut getrieben, in einem Dasein voll Hast und Unrast verzehrte.

Geistiger Austausch und tägliches Zusammenwirken im Schaffen und Gestalten überbrückte diese Gegensätze und brachte die Spannungen, die sie bargen, zum Ausgleich. Unter Goethes Einfluß entwikkelte sich Schiller zum Realisten. In einem Brief an Humboldt bekennt er, daß er »an der spekulativen Philosophie keine lebendige Quelle und keine Nahrung gefunden« habe. Er fühlte sich – dank Goethe – aus seiner Weltflucht zum Leben zurückgerufen. Für Goethe aber erwuchs aus Schillers Teilnahme neue Schöpferkraft; er wußte sich in seinem Streben nicht mehr allein. In einem Brief an den Freund zieht er die Summe dieses Gewinns: »Das günstige Zusammentreffen unserer Naturen hat uns schon manchen Vorteil verschafft, und ich hoffe, dieses Verhältnis wird immer gleich fortwirken. Wenn ich Ihnen zum Repräsentanten mancher Objekte diente, so haben Sie mich von der allzu strengen Beobachtung der äußeren Dinge und ihrer Verhältnisse auf mich zurückgeführt. Sie haben mich die Vielseitigkeit des inneren Menschen mit mehr Billigkeit anzuschauen gelehrt, Sie haben mir eine zweite Jugend verschafft und mich wieder zum Dichter gemacht, welches ich zu sein so gut wie aufgehört hatte.«

In den Werken der Freunde, insbesondere denen, die nach Schillers Rückkehr nach Weimar entstanden sind, spiegelt sich neben dem Eigenen und Besonderen ihrer Persönlichkeiten auch das Gemeinsame ihrer Denk- und Schaffensweise. Dabei tastete keiner die künstlerische Eigenart des anderen an, ahmte keiner den anderen nach oder verleugnete seine Eigenständigkeit um des anderen willen. Sie respektierten sich gegenseitig, bildeten sich aneinander fort und förderten ihre unterschiedlichen Veranlagungen. Goethe spricht von »Ergänzung«. Er überprüfte sein Schaffen an Schillers Ideen, während dieser aus Goethes Erfahrung lernte.

So steigerten sie sich in ihrem Schaffen gegenseitig und vereinten ihre Wege zum gemeinsamen Ziel, der Bildung einer klassischen Nationalliteratur.

Wie fruchtbar Goethes Anregungen und seine Teilnahme an Schillers Arbeiten waren, wurde am Beispiel des »Wallenstein« und des »Wilhelm Tell« gezeigt. Umgekehrt förderte Schiller durch kritische Hinweise Goethes »Wilhelm Meister« und erreichte durch geduldiges Mahnen, daß dieser seinen »Faust« wieder aufnahm. Es war nicht leicht, Goethes Unlust zu überwinden; Schiller bat, drängte, gab seiner Enttäuschung Ausdruck, schrieb sogar an den Verleger Cotta und veranlaßte diesen zu einem lockenden Angebot auf die Fertigstellung des

Dramas. Daß Goethe den »Faust« vollendet hat, ist nicht zuletzt Schillers Verdienst.

Der ganze Reichtum, der Schiller durch seine Freundschaft mit Goethe zugeflossen ist, kommt in seinem Brief vom 23. November 1800 an Charlotte von Schimmelmann, die Gattin des dänischen Ministers, zum Ausdruck. In ihm nennt er Goethes Bekanntschaft »das wohltätigste Ereignis meines ganzen Lebens« und fährt – nach einer Schilderung der Verdienste des Freundes um Literatur, Kunst und Wissenschaft – fort: »Aber diese hohen Vorzüge seines Geistes sind es nicht, was mich an ihn bindet. Wenn er nicht als Mensch für mich den größten Wert von allen hätte, die ich persönlich je habe kennen lernen, so würde ich sein Genie nur in der Ferne bewundern.«

Einzigartiges Dokument des Freundschaftsbundes ist der Briefwechsel, den Goethe in den Jahren 1828/29 herausgegeben hat. Er bezeichnet ihn selbst als »das unmittelbarste, reinste und vollständigste Zeugnis« eines »neuen Frühlings, in welchem alles froh nebeneinander keimte und aus aufgeschlossenen Samen und Zweigen hervorging«, und sieht in ihm eine »große Gabe, die den Deutschen, ja ich darf wohl sagen, den Menschen geboten wird«. Eckermann hat seinen Ausspruch überliefert: »Schillers Briefe sind das schönste Andenken, das ich von ihm besitze, und sie gehören mit zu dem Vortrefflichsten, was er geschrieben.« Für uns ist dieses literarische Denkmal auch ein Spiegel der Epoche, in welcher sich die bürgerliche deutsche Nationalliteratur zu klassischer Höhe entwickelte.

Der briefliche und der persönliche Gedankenaustausch der beiden Dichter, die wechselseitige Anregung zum Schaffen, das menschliche Verhältnis zueinander – all das kann hier nicht im einzelnen behandelt werden. Es ist mit souveräner Beherrschung des Stoffes in dem 1955 erschienenen, von Herbert Scurla herausgegebenen Buch »Bund des Ernstes und der Liebe – die Freundschaft zwischen Schiller und Goethe im Spiegel ihres Briefwechsels« dargestellt.[38] Das Tiefgründigste, was über diesen Bund geschrieben worden ist, steht in Thomas Manns »Versuch über Schiller«. Am Ende seiner reichen Gedankenkette spricht der dem Dichter des »Tell« und des »Demetrius« wesensverwandte Denker von der »wechselseitigen Bewunderung von Geist und Natur«, von der »Pietät«, mit welcher der Überlebende des allzu früh Dahingegangenen gedachte. Dort steht auch Goethes berühmt gewordener Ausspruch: »Da streiten sich die Deutschen, wer größer sei, Schiller oder ich. Froh sollten sie sein, daß sie zwei solche Kerle haben, über die sie streiten können.« Und gegen alle Vorwürfe – auch darauf weist Thomas Mann hin – hat Goethe seinen Freund in Schutz genommen, wenn er seinen kritisierenden Zeitgenossen entgegenhielt: »Ihr seid alle viel zu armselig und irdisch für ihn.«

Während Schillers Verhältnis zu Goethe sich aus Nichtverstehen und Gegensätzlichkeit zu schöpferischer Harmonie entwickelte, blieben seine Beziehungen zum Herzog gespannt. Unter der Bevormundung des Souveräns und den Schikanen der Hofgesellschaft hatte er bis ans Ende seines Lebens zu leiden. Äußerlich freilich gab sich der Herzog gönnerhaft. Unter dem Zwang der Verhältnisse verschaffte er Schiller sogar den Adelstitel. Und das kam so:

Als Bürgerlicher hatte Schiller – und nach seiner Heirat auch seine Frau – keinen Zutritt zum Hofe. Seinen Unmut über diese Zurücksetzung vertraute er einem Brief an Charlotte von Stein an: »Da ich nun zwei Jahre hier wohne, ohne nach Hofe eingeladen worden zu sein, so wünsche ich auch fürs künftige wegen meiner Kränklichkeit davon ausgeschlossen zu bleiben. Für mich selbst bin ich, wie Sie mich kennen, nach keiner Auszeichnung begierig, die nicht persönlich ist.«

Um den Dichter, dessen Dramen im Hoftheater gefeiert wurden und Weimars Ruhm in die Welt strahlten, »gesellschaftsfähig« zu machen, beauftragte Carl August im Frühjahr 1802 den Geheimrat von Voigt, einen Antrag an die Hofkanzlei in Wien aufzusetzen und dem Kaiser nahezulegen, Schiller in den Adelsstand zu erheben. Und auf einmal hatte er es eilig damit, denn soeben war Herder, der ewige Außenseiter der Weimarer Gesellschaft, ohne Zutun des Herzogs vom bayrischen Kurfürsten geadelt worden, worüber man am Weimarer Hof empört war. Ein Akt ausgleichender Gerechtigkeit erschien dringend nötig; mit Schillers Auszeichnung sollte nicht zuletzt »Herrn von Herder« die »allerhöchste Ungnade« demonstriert werden.

Am 2. Juni 1802 ging der Antrag nach Wien. Der Kaiser wurde gebeten, den »bekannten Gelehrten und Schriftsteller Friedrich Schiller« in den Reichsadelsstand zu erheben. »Er ist von ehrsamem Herkommen, sein Vater war Offizier, seine Ehegattin ist aus einem guten adeligen Hause, er lebt mit Anstand, und seine Sitten haben ihm eine allgemeine Achtung erworben.« Als Schiller diese Begründung las, schrieb er an Voigt: »Es ist freilich keine kleine Aufgabe, aus meinem Lebenslauf etwas herauszubringen, was sich zu einem Verdienst um Kaiser und Reich qualifizierte, und Sie haben es vortrefflich gemacht, sich zuletzt an dem Ast der deutschen Sprache festzuhalten.«

Am 16. November 1802 hatte der Dichter den Adelsbrief in der Hand, der ihm bescheinigte, daß er »samt seinen ehelichen Leibeserben und derselben Erbeserben beiderlei Geschlechts ... der Schar, Gesell- und Gemeinschaft anderer adeliger Personen dergestalt zugeeignet, zugefüget und verglichen, als ob sie von ihren vier Ahnen väterlicher- und mütterlicherseits in solchem Stande hergekommen und geboren wären.« Die Begründung Voigts war fast wörtlich in das Diplom aufgenommen worden, nur Schillers Verdienste um die deutsche Literatur hatte man weggelassen.

Lotte Schiller hat bezeugt, daß ihr Mann den Adelstitel am liebsten abgelehnt hätte. Er selbst schrieb an Cotta: »Sie können übrigens leicht denken, daß mir, für meine eigene Person, die Sache ziemlich gleichgültig ist.« Er dachte bei dieser ganzen Aktion mehr an seine Frau, die »als eine Adelige von Geburt dadurch in ihre Rechte, die sie vor unserer Heirat hatte, restituiert wird«, und setzte hinzu: »Für mich freilich ist nicht viel gewonnen.« Schließlich betrachtete Schiller die Sache von der humoristischen Seite: »Sie werden gelacht haben«, schrieb er an Wilhelm von Humboldt, »da Sie von unserer Standeserhöhung hörten. Es war ein Einfall von unserm Herzog, und da es geschehen ist, so kann ich's um der Lolo und der Kinder willen mir gefallen lassen. Lolo ist jetzt recht in ihrem Element, da sie mit ihrer Schleppe am Hofe herumschwänzelt.«

Sie, die einmal Hofdame werden wollte, hatte sicher ihre Freude daran, als Schiller am 1. Februar 1803 – sechzehn Jahre nach seinem Eintritt in Weimar, zwei Jahre vor seinem Tode – zum ersten Mal am Hof erscheinen durfte. Die Gesellschaft begrüßte seine Anwesenheit; man hatte ihn gern unter sich, weil er die steife und gekünstelte Unterhaltung zu beleben wußte.

Hinter den Kulissen freilich sah es anders aus. Der Herzog konnte es nicht lassen, in Schillers Leben und Schaffen hineinzureden und ihm Ermahnungen zu erteilen, die mitunter Befehlen glichen. So schrieb er im September 1801, als der Dichter in Dresden weilte, an Caroline von Wolzogen: »Sagen Sie ihm, daß er mehr die Galerien und Kunstwerke als die Elbufer genießen möge. Die breiten Räume der Natur erreicht kein menschliches Bestreben.« Von der Wirkung des Natureindrucks auf den schöpferischen Menschen hatte er offenbar keine Vorstellung.

Mit den Plänen, die Schiller zur Feier der Jahrhundertwende entwarf, war der Herzog ganz und gar nicht einverstanden. Er wollte ein höfisches Fest im Stile Ludwigs XIV., aber kein Bekenntnis zur Kunst und künstlerischen Leistung, wie es Schiller vorschwebte. Die Ablehnung seiner Vorschläge mußte der Dichter als Demütigung empfinden; er zog sich von dem Unternehmen zurück und nahm an der Maskerade – mehr kam nicht zustande – nur gezwungen und sichtbar verstimmt, wie Henrik Steffens berichtet, teil.

Schwerwiegender war Carl Augusts Versuch, Schillers Schaffen zu reglementieren. An fast jedem seiner Werke hatte er etwas auszusetzen. In Lauchstädt verhinderte er die Aufführung der »Räuber«. Auch der »Wallenstein« gefiel ihm nicht. »Über seine Fehler«, schrieb er an Goethe, »möchte ich ein ordentliches Programm schreiben ... Ich glaube wirklich, daß aus beiden Teilen ein schönes Ganzes könnte ausgeschieden werden, es müßte aber mit vieler Herzhaftigkeit davon abgelöst und anders eingeflickt werden. Der Charakter des Helden, der meiner Meinung nach auch einer Verbesserung bedürfte, könnte gewiß mit Wenigem ständiger gemacht werden.« Was wäre aus der gewaltigen Trilogie geworden, hätte Schiller die herzoglichen »Ratschläge« befolgt!

Mit der »Maria Stuart« war es nicht viel anders. Als protestantischer Landesherr wollte der Herzog keine katholischen Bräuche auf der Bühne dargestellt sehen und wandte sich besorgt an Goethe: »Ich erinnere Dich daran, weil ich der prudentia mimica externa Schilleri (der theatralischen Klugheit Schillers nach außen) nicht recht traue. So ein braver Mann er sonsten ist, so ist doch leider die göttliche Unverschämtheit oder die unverschämte Göttlichkeit, nach Schlegelscher Terminologie, dergestalt zum Tone geworden, daß man sich mancherlei poetische Auswüchse erwarten kann, wenn es bei neueren Dichtungen darauf ankommt, einen Effekt, wenigstens einen sogenannten, hervorzubringen und der Gedanke oder der poetische Schwung nicht zureichen wollte, um durch Worte und Gedanken das Herz des Zuhörers zu rühren.«

Aus welchen Gründen er die Aufführung der »Jungfrau von Orleans« verbot, wurde bereits erwähnt. In diesem Zusammenhang ist aufschlußreich, was er an Frau von Wolzogen schrieb: »Mit Schrecken habe ich erfahren, daß Schiller ein Theaterstück, die Pucelle d'Orleans, wirklich geschrieben hat ... Das Sujet ist äußerst scabrös und einem Lächerlichen ausgesetzt ...

So oft und dringend bat ich Schillern, ehe er Theaterstücke unternähme, mir oder sonst jemandem, der das Theater einigermaßen kennt, die Gegenstände bekannt zu machen, die er behandeln wollte. So gern hätte ich alsdann solche Materien mit ihm abgehandelt, und es würde ihm nützlich gewesen sein; aber all mein Bitten war vergebens. Jetzt muß ich recht dringend wünschen, die neue Pucelle zu perlustrieren, ehe das Publikum diese Jungfrauschaft unter dem Panzer bewundere.«

Außerdem wünschte er Änderungen und Kürzungen des Textes, um die Idee des revolutionären Volkskampfes abzuschwächen. Was blieb Schiller, wollte er sich nicht selbst verleugnen, anderes übrig, als auf die Aufführung in Weimar zu verzichten und das Drama anderen Bühnen anzubieten. Die Leipziger stießen sich weder an der Idee noch an dem Text und hoben das Werk mit Triumph aus der Taufe.

Daß Carl August für die Schönheit Schillerscher Verse kein Verständnis hatte, zeigt sein Urteil über »Die Braut von Messina«. Es steht in einem Brief an Goethe vom 11. Februar 1803: »Schiller hat mir sein Stück Arbeit gegeben. Ich habe es mit großer Aufmerksamkeit – aber nicht mit wohlbehaglichem Gefühle gelesen. Indessen verschließe ich meinen Mund wohlbedächtig darüber. Über die Sache selbst ist ihm nichts zu sagen; er reitet auf einem Steckenpferde, von dem ihn nur die Erfahrung wird absitzen helfen; aber eines sollte man ihm einzureden suchen, das ist die Revision der Verse, in denen er sein Werk geschrieben hat ...«

Allzu oft hat Schiller seinen Groll über solches Unverständnis, solche Eingriffe in sein Denken und Schaffen hinuntergeschluckt. Mitunter aber mußte er sich Luft machen und verlieh seinen Empfindungen recht deutlich Ausdruck, so in den Versen, die für Weimar und seinen Herzog ebenso galten wie für Preußen und seinen kulturfeindlichen König:

Kein Augustisch Alter blühte,
Keines Mediceers Güte
  Lächelte der deutschen Kunst;
Sie ward nicht gepflegt vom Ruhme,
Sie entfaltete die Blume
  Nicht am Strahl der Fürstengunst.

Von dem größten deutschen Sohne,
Von des großen Friedrichs Throne
  Ging sie schutzlos, ungeehrt.
Rühmend darf's der Deutsche sagen,
Höher darf das Herz ihm schlagen:
  Selbst erschuf er sich den Wert.

Klage und Anklage zugleich, nicht zuletzt an die Adresse Carl Augusts gerichtet, enthalten auch die Verse:

Freiheit ist nur in dem Reich der Träume,
Und das Schöne blüht nur im Gesang.

Der nie abreißende Ärger über den Herzog legte Schiller wiederholt den Gedanken nahe, Weimar zu verlassen. Die Enge und Einförmigkeit des Lebens in der kleinen Residenz weckten die Sehnsucht nach einem größeren Wirkungskreis, wo sein Schaffen und seine Werke vorurteilslos anerkannt wurden. Er verstand nicht, wie Goethe in der »unseligen Stockung« Weimars leben konnte, während draußen in der Welt Geschichte gemacht wurde. Er begriff das »bequeme Sichgehenlassen und ruhige Abwarten« des Freundes nicht und klagte in einem Brief an Wilhelm von Humboldt: »Er lebt in einer bloßen Beschaulichkeit, die zwar keine abgezogene ist, aber doch nicht nach außen produktiv wird ... Wenn Goethe noch einen Glauben an die Möglichkeit von etwas Gutem und eine Konsequenz in seinem Tun hätte, so könnte hier in Weimar noch manches realisiert werden ... Allein kann ich nichts machen, oft treibt es mich, mich in der Welt nach einem anderen Wohnort und Wirkungskreis umzusehen; wenn es nur irgendwo leidlich wäre, ich ginge fort.«

Vor allem in den Jahren 1803 und 1804 verstummte der Wunsch nicht, aus der Enge Weimars auszubrechen und irgendwo in der Welt einen Platz zu finden, der seinem Geist und seinen Plänen angemessen war: »Ich bedarf eines neuen, eines größeren Elements, ich freue mich darauf, zu sehen und zu hören und meinen Sehkreis zu erweitern.« In einem Brief vom 20. März 1804 schüttet er Wilhelm von Wolzogen sein Herz aus: »Auch ich verliere hier zuweilen die Geduld, es gefällt mir hier mit jedem Tage schlechter, und ich bin nicht willens, in Weimar zu sterben. Nur in der Wahl des Orts, wo ich mich hinbegeben will, kann ich mit mir noch nicht einig werden. Es sind mir Aussichten nach dem südlichen Deutschland geöffnet. An meiner hiesigen Pension von 400 Talern verliere ich nichts, weil es hier so teuer zu leben ist, und mit den 1500 Talern, die ich jährlich hier zusetze, kann ich in Schwaben und am Rhein ganz gut leben. Es ist überall besser als hier, und wenn es meine Gesundheit erlaubte, so würd ich mit Freuden nach dem Norden ziehen.«

Was ihn immer wieder hemmte, sein Vorhaben auszuführen, war die Überzeugung, daß er Goethes Nähe brauchte, um sein Lebenswerk zu vollenden. Im erwähnten Brief an die Gräfin von Schimmelmann in Kopenhagen drückt er es so aus: »Was ich Gutes haben mag, ist durch einige wenige vortreffliche Menschen in mich gepflanzt worden, ein günstiges Schicksal führte mir dieselben in den entscheidenden Perioden meines Lebens entgegen, meine Bekanntschaften sind auch die Geschichte meines Lebens.«

Um ein Haar hätte Schiller – ein Jahr vor seinem Tode – Weimar doch noch verlassen. Der Plan entstand auf einer Reise, die ihn mit seiner Frau und seinen beiden Söhnen im Mai 1804 nach Berlin führte. Er wohnte dort Aufführungen der »Braut von Messina«, der »Jungfrau von Orleans« und »Wallensteins Tod« bei und wurde von den Berlinern stürmisch gefeiert. Er erneuerte alte Bekanntschaften, traf mit Iffland, Fichte, Zelter und Hufeland zusammen, wurde von Schadow gezeichnet, von Prinz Louis Ferdinand eingeladen und von der Königin Luise empfangen.

In Gesprächen mit Iffland ließ er durchblicken, daß er gern in Berlin bleiben würde, und fragte den bei Hof einflußreichen Intendanten, »ob es nicht zu bewirken sein möchte, daß er, als Academien (besoldetes Mitglied der Akademie) angestellt, nach der Kenntnis, die er nun vom Berliner Publikum erhalten habe und noch erhalten werde, für das Nationaltheater arbeiten könne«. Darauf unterbreitete Iffland dem zuständigen Beamten am preußischen Hof, Kabinettsrat Karl Friedrich Beyme, ein Memorandum über Schillers Bereitschaft, nach Berlin zu kommen.

Beyme empfing den Dichter und forderte ihn auf, seine Bedingungen für die Übersiedlung in die preußische Hauptstadt zu formulieren. Außer der Mitgliedschaft an der Akademie der Künste stellte er ihm die Berufung als Geschichtslehrer des Kronprinzen und ein Jahresgehalt von dreitausend Talern in Aussicht.

Aber Schiller kamen, als er wieder in Weimar war, Bedenken, ob er sich in Berlin würde einleben können. An Körner schrieb er, fast schon entschlossen, das Angebot abzulehnen: »Ich zerreiße höchst ungern alte Verhältnisse, und in neue mich zu begeben, schreckt mich meine Bequemlichkeit. Hier in Weimar bin ich freilich absolut frei und im eigentlichsten Sinne zu Hause. Ich habe gegen den Herzog Verbindlichkeiten, und ob ich gleich mit ganz guter Art mich loszumachen hoffen kann, so würde mir's doch weh tun zu gehen. Wenn er mir also einen nur etwas bedeutenden Ersatz anbietet, so habe ich doch Lust hier zu bleiben.«

Schiller unterrichtete den Herzog schriftlich über das preußische Angebot und benutzte zugleich die Gelegenheit, ihm seine Situation auseinanderzusetzen: »... ich habe Familie, und ob ich gleich mit demjenigen, was mir die Großmut Eurer Durchlaucht jährlich ausgesetzt, und mit dem, was meine Arbeiten mir erwerben, vollkommen ausreiche, so habe ich doch für meine Kinder noch wenig zurücklegen können. Ich bin 45 Jahre alt, meine Gesundheit ist schwach, und ich muß auf die Zukunft denken. Diese einzige Rücksicht macht es mir zur Pflicht, eine wesentliche Verbesserung meiner Umstände, die sich mir anbietet, nicht gleichgültig von mir zu weisen, aber glücklich würde ich mich schätzen, wenn ich diese Verbesserung von der Gnade Eurer Durchlaucht erhalten und so Ihnen und Ihnen allein alles verdanken dürfte. In Berlin will man mir soviel bewilligen, als ich zu meiner Existenz nötig habe; der Ertrag meiner Schriften würde demnach mein reiner Gewinn sein. Aber meine hiesigen Verhältnisse sind mir so teuer, daß ich mit Freuden auch künftighin zwei Dritteile dieser Einnahme jährlich zusetzen will, wenn ich durch die Großmut Eurer Durchlaucht in den Stand gesetzt werde, ein Dritteil davon des Jahrs für meine Kinder zurückzulegen.«

Als ihm Carl August daraufhin nahelegte, seine Forderungen zu stellen, schrieb Schiller am 6. Juni 1804 an Goethe: »Ich sagte Ihnen gestern abend von dem Schritte, den ich bei unserm Herrn getan, und heute früh erhalte ich beifolgendes Billett von ihm, welches die günstigsten Gesinnungen für mich enthält. Der Ton, in welchem es abgefaßt ist, berechtigt mich zu der Hoffnung, daß es dem Herzog ernst ist, mir solid zu helfen und mich in eine solche Lage zu setzen, daß ich meine rem familiarem zunehmen sehe. Ich brauche jährlich 2000 Taler, um mit Anstand hier zu leben, davon habe ich bisher über zwei Dritteile, zwischen 1400 und 1500 Taler, mit meinen schriftstellerischen Einnahmen bestritten. 1000 Taler will ich also gern jährlich von dem Meinigen zusetzen, wenn ich nur auf 1000 Taler fixe Einnahme rechnen kann. Sollten es die Umstände nicht erlauben, meine bisherige Besoldung von 400 Taler sogleich auf 1000 zu erhöhen, so hoffe ich von der gnädigen Gesinnung des Herzogs, daß er mir 800 Taler für jetzt bewilligen und mir die Hoffnung geben werde, in einigen Jahren das 1000 voll zu machen. Sagen Sie mir, bester Freund, der Sie meine Lage und die hiesigen Verhältnisse kennen, was Sie von der Sache denken …«

Zeugt dieser Brief erneut von der ökonomischen Lage, in der sich ein gefeierter Dichter im klassischen Weimar befand, so ist er zugleich ein Dokument der Bescheidenheit Schillers, der aus dem Berliner Angebot wahrlich mehr hätte machen können. Wußte er doch aus mancherlei Anzeichen, nicht zuletzt aus der Verleihung des Adelstitels, daß ihn der Herzog nicht freigeben würde, weil er ihn als literarisches Aushängeschild für seine Residenz brauchte.

Bescheiden genug blieb die Gehaltserhöhung, die Carl August unter dem Druck der Verhältnisse bewilligte. Er legte vierhundert Taler zu, wozu, wie er an Goethe schrieb, »bei schicklicher Gelegenheit« weitere zweihundert kommen sollten. Doch »soll die Sache ein bißchen stille gehen, damit Schiller vielleicht die Berliner um eine tüchtige Pension prellen könne«. Daraus wurde nun allerdings nichts, denn als Schiller in Berlin absagte, verlor der preußische Hof jedes Interesse an ihm.

Noch ein Vierteljahrhundert später hat Goethe, der freilich an der Entwicklung der Dinge nicht ganz schuldlos war, bedauert, daß aus Berlin nichts geworden war, und in einem Brief an Zelter seinem »Schmerz« Ausdruck gegeben, »daß man diesen vorzüglichsten Mann bis an sein fünfundvierzigstes Lebensjahr sich selbst, dem Herzog von Weimar und seinem Verleger überließ, wodurch ihm eine zwar mäßige, aber doch immer beschränkte Existenz gesichert war«.

In Berlin war Schiller von einem Unwohlsein befallen worden, in dem er deutliche Anzeichen neuer Krankheit und neuer Leiden erblikken mußte. Er ahnte, daß ihm kein langes Leben mehr beschieden war. Wie Caroline von Wolzogen berichtet, pflegte er, wenn man im Familienkreis Pläne machte, den Wunsch zu äußern, man möge für ihn nicht über zwei Jahre hinaus Projekte machen. Gedanken an Tod und Jenseits beschäftigten ihn oft. »Der Tod kann kein Übel sein, da er etwas Allgemeines ist«, sagte er einmal zu seiner Schwägerin.

Schon im Sommer 1804 trat seine körperliche Schwäche beängstigend zutage. Einer Kolik, die ihn im Juli befiel, wäre er beinahe erlegen. Fieber und Erkältungen suchten ihn den ganzen Winter über heim und nahmen den geschwächten Körper schwer mit.

Im Februar 1805 schien es so, als würde er sich noch einmal erholen. Er fuhr wieder aus, Heinrich Voß begleitete ihn: »In den unbelaubten Bäumen sah er einem baldigen Frühling entgegen. An den Frühling knüpfte er Reisepläne, an die Reisen Gesundheit und an die Gesundheit Werke, die er noch zu liefern gedachte.« Besonders war es ihm um den »Demetrius« zu tun, an dem er unermüdlich arbeitete.

Er besuchte den erkrankten Goethe. Voß war dabei: »Sie fielen sich um den Hals und küßten sich in einem langen, herzlichen Kusse, ehe eines von ihnen ein Wort hervorbrachte. Keiner von ihnen erwähnte weder seiner noch des anderen Krankheit, sondern beide genossen der ungemischten Freude, wieder mit heiterem Geist vereint zu sein.«

Am 1. Mai wollte Goethe ihn besuchen: »Ich fand ihn im Begriff, ins Schauspiel zu gehen, wovon ich ihn nicht abhalten wollte; ein Mißbehagen hinderte mich, ihn zu begleiten, und so schieden wir vor seiner Haustüre, um uns niemals wiederzusehen.« Im Theater wurde Schiller von einem heftigen Fieber überfallen; Voß mußte ihn, der sich kaum auf den Beinen halten konnte, nach Hause bringen.

Anton Genast, der Schauspieler und Regisseur, gab von seiner letzten Begegnung mit Schiller folgenden Bericht: »Acht Tage vor seinem Tode besuchte er noch das Theater. Ich stand am Eingang, als er kam. Er grüßte mich mit den Worten: ›Guten Abend, Genast! Goethe hat mich bis an das Palais begleitet; er kommt heute nicht, aber ich will mir das Stück doch ansehen. Kotzebue ist zwar nicht mein Mann, aber er kennt das Theater.‹ Ich war erschrocken über sein blasses Gesicht und über seine fast gläsernen Augen. Den anderen Tag ging ich in geschäftlicher Beziehung zu ihm. Der Bediente sagte mir, daß sein Herr eine sehr schlimme Nacht gehabt habe und zu Bette läge. Trotzdem empfing er mich mit der gewohnten Milde. ›Ja, ja, mein lieber Genast, da liege ich wieder‹, sagte er. ›Mit Goethe geht es heute auch nicht gut; ich habe zu ihm geschickt. Seine kräftige Natur hilft ihm über alles hinaus; er wird genesen; wer aber weiß, was uns die nächste Stunde schwarzverschleiert bringt? Unsere Körper werden scheiden, aber unsere Seelen werden ewig zusammenleben.‹ Darauf gab er mir einige Befehle und reichte mir zum Abschied die Hand, die fieberisch brannte. Mit tiefer Wehmut verließ ich sein einfaches Stübchen, um ihn nur auf der Bahre wiederzusehen.«

Eine bemerkenswerte Schilderung! Bezeichnend für Schiller, daß er im Angesicht des Todes an Goethes Gesundheit, an die über den Tod hinausreichende Freundschaft dachte.

Es ging nun unaufhaltsam auf das Ende zu. »Sein Zustand«, schreibt Voß, »wurde von Tag zu Tag gefährlicher und schien schon vier Tage vor seinem Tode rettungslos.« An diesem Tag, dem 6. Mai, trat die erste Bewußtseinstrübung auf, er fing an, abgebrochen zu sprechen, verlangte nach Märchen und Rittergeschichten, worin doch der Stoff zu allem Schönen und Großen liege. Am Abend ließ er sich sein jüngstes Kind, die kleine Emilie, bringen. Es war eine erschütternde Abschiedsstunde, von der Voß berichtet: »Er wandte sich mit dem Kopf um, nach dem Kinde zu, faßte es an der Hand und sah ihm mit unaussprechlicher Wehmut ins Gesicht. Die Schillern sagte mir, es wäre gewesen, als ob er das Kind habe segnen wollen. Dann fing er an bitterlich zu weinen und steckte den Kopf ins Kissen und winkte, daß man das Kind wegbringen möchte.«

Am 7. Mai schlief er viel. Im Traum schien er in einer anderen Welt zu weilen. »Ist das euer Himmel? Ist das eure Hölle?« hörte man ihn sagen. Am nächsten Morgen berichtete der Diener, der nachts bei ihm gewacht hatte, Schiller habe heftig aus dem »Demetrius« rezitiert und habe mehrmals Gott angerufen, er möchte ihn vor einem langsamen Hinsterben bewahren. Der 8. Mai verlief zwischen Schlaf und Wachsein verhältnismäßig ruhig. Als man sich nach seinem Befinden erkundigte, erwiderte er tröstend: »Immer besser, immer klärer.« Seine Schwägerin Caroline fühlte, »daß er dies ganz in bezug auf seinen inneren Zustand sagte. Es waren die letzten an mich gerichteten Worte, die ich von den teueren Lippen vernahm. Er verlangte, man solle den Vorhang öffnen, er wolle die Sonne sehen. Mit heiterem Blick schaute er in den schönen Abendstrahl, und die Natur empfing seinen Abschiedsgruß.«

In der Nacht zum 9. Mai verfiel er wieder in Fieberphantasien, die sich gegen Morgen steigerten. Er brachte nur noch unzusammenhängende Worte hervor und erkannte niemanden mehr in seiner Umgebung. Schließlich wurde er besinnungslos.

Über die letzten Stunden berichtet Caroline von Wolzogen: »Gegen 3 Uhr trat vollkommene Schwäche ein, der Atem fing an zu stokken. Meine Schwester kniete an seinem Bett, sie sagte, daß er ihr noch die Hand gedrückt. Ich stand mit dem Arzte am Fuße des Lagers und legte gewärmte Kissen auf seine erkaltenden Füße. Es fuhr wie ein elektrischer Schlag über seine Züge, dann sank sein Haupt zurück, und die vollkommenste Ruhe verklärte sein Antlitz; seine Züge waren die eines sanft Schlafenden.«

So verschied Friedrich Schiller. Der Tod riß ihn mitten aus seinem Schaffen. Auf seinem Arbeitsplatz lag das unvollendete Manuskript des »Demetrius«; in seinem Schreibtisch türmten sich Pläne, Entwürfe und Merkzettel zu neuen Dramen, mehr oder weniger skizziert, mehr oder weniger weit ausgeführt.

Das Gesicht des Entschlafenen hat Ferdinand Jagemann in einer ergreifenden Zeichnung festgehalten. Der Sektionsbefund der Ärzte ergab, daß der linke Lungenflügel des erst Fünfundvierzigjährigen zerstört war; selbst wenn er noch einmal genesen wäre, hätte Schiller höchstens noch ein paar Monate und auch die nur unter schweren Qualen leben können.

Goethe ahnte seit jenem Besuch am 1. Mai, wie es um Schiller stand. Als Voß ihm von der Erkrankung berichtete, antwortete er mit Tränen in den Augen: »Das Schicksal ist unerbittlich und der Mensch wenig.«

Die Nachricht von Schillers Tod wollte ihm niemand überbringen, weil man für seine Gesundheit, ja für sein Leben fürchtete. »Meyer«, so erzählt Heinrich Voß, »war bei Goethe, als draußen die Nachricht eintraf, Schiller sei tot. Meyer wurde hinausgerufen, hatte aber nicht den Mut, zu Goethe zurückzukehren, sondern ging weg, ohne Abschied zu nehmen. Die Einsamkeit, in der sich Goethe befindet, die Verwirrung, die er überall wahrnimmt, das Bestreben, ihm auszuweichen – alles dies läßt ihn wenig Tröstliches erwarten. ›Ich merke es‹, sagte er endlich, ›Schiller muß sehr krank sein‹ und ist die übrige Zeit in sich gekehrt. Er ahnte, was geschehen war, man hörte ihn in der Nacht weinen.«

Am nächsten Morgen fragte er Christiane: »Nicht wahr, Schiller war gestern sehr krank?« Als die Angeredete zu schluchzen anfing, wußte er: »Er ist tot«, wendete sich ab und bedeckte sein Gesicht mit den Händen.

Tiefe Erschütterung erfaßte den Vereinsamten, drohte ihn selbst aufs Krankenlager zu werfen. »Ich dachte mich selbst zu verlieren«, schrieb er an Zelter, »und verliere nun einen Freund und in demselben die Hälfte meines Daseins.« Er wollte den »Demetrius« zu Ende führen, ließ aber bald davon ab, da es ihm unmöglich erschien, Schiller zu vollenden. Dafür schuf er das erhabene Gedicht, das würdiger als alle Gedenkreden und Nachrufe Schillers Wesen und Wirken, Schillers dichterische und menschliche Größe erfaßt und verewigt, den »Epilog zu Schillers Glocke«, der in den Versen gipfelt:

Denn er war unser! Mag das stolze Wort
Den lauten Schmerz gewaltig übertönen!
Er mochte sich bei uns, im sichern Port,
Nach wildem Sturm zum Dauernden gewöhnen.
Indessen schritt sein Geist gewaltig fort
Ins Ewige des Wahren, Guten, Schönen,
Und hinter ihm, in wesenlosem Scheine,
Lag, was uns alle bändigt, das Gemeine.

Die Zünfte sollten Schiller gegen die übliche Bezahlung zu Grabe tragen. Im letzten Augenblick schaltete sich ein Verehrer des Dichters, Carl Leberecht Schwabe, der spätere Bürgermeister, ein und gewann eine Reihe von Freunden, unter ihnen Heinrich Voß, Amtsadvokat Treuter, Kriegssekretär Helbig, Dr. Stephan Schütze, den Maler Ferdinand Jagemann und den Bildhauer Martin Klauer, dem Verstorbenen eine persönliche Totenehrung darzubringen. Am 12. Mai, eine Stunde nach Mitternacht – nächtliche Beisetzungen waren damals üblich –, versammelten sie sich, zwölf schwarzgekleidete Männer, vor dem Sterbehaus und trugen die Bahre durch die nächtliche Stadt zum Jakobskirchhof. Niemand war auf der Straße, niemand begleitete den Kondukt. »Die Menschen sind hier gar sonderbar. Es ist schon, als wenn gar kein Schiller unter ihnen gelebt hätte«, schrieb wenige Tage später Christian August Vulpius. Das Kassengewölbe, die Grabstätte für adlige und bürgerliche Verstorbene, die kein eigenes Erbbegräbnis besaßen, nahm die sterblichen Überreste des Dichters auf. Schiller war der dreiundfünfzigste Tote, der in die Gruft hinabgelassen wurde. Am folgenden Nachmittag fand eine schlichte Trauerfeier in der Jakobskirche statt.

Im Weimarischen Wochenblatt vom 15. Mai 1805 lesen wir unter »Beerdigte bey der Stadtgemeinde«: »Den 12. May, des nachts ein Uhr, wurde der in seinem 46. Lebensjahr verstorbene Hochwohlgeb. Herr, Herr D. Christoph Friedrich von Schiller, F.S. Meiningischer Hofrath, mit der ganzen Schule, erster Classe, in das Landschafts-Cassen-Leichengewölbe beigesetzt und nachmittags drei Uhr des Vollendeten Totenfeyer mit einer Trauerrede von Sr. Hochwürd. Magnifizenz, dem Herrn General-Superintendent Vogt, in der St.-Jakobskirche begangen und von Fürstl. Capelle vor und nach der Rede eine Trauermusik aus Mozarts Requiem aufgeführt.«

Einundzwanzig Jahre hat Schillers Leichnam im Kassengewölbe auf dem Jakobskirchhof geruht. Im März 1826 wurde die Gruft – nach vierundsechzig Beisetzungen – auf Veranlassung des Bürgermeisters Schwabe geschlossen. Unter den dreiundzwanzig Schädeln, die man beim Aufräumen barg, erkannte Schwabe den größten als den des Dichters. Seine Maße stimmten mit denen der Klauerschen Totenmaske überein. Ärzte bestätigten die Richtigkeit der Entdeckung, die durch die Untersuchungen des sowjetischen Professors Gerassimow im Jahre 1964 außer Frage gestellt worden ist.

Auch Goethe erkannte den Schädel des Freundes wieder und widmete ihm ein Gedicht.

Man kam überein, ihn »nicht weiter der Verwesung und Vernichtung zu überlassen, sondern an einer der Kunst und Wissenschaft geweihten Stätte zu bewahren«, und barg ihn vorläufig im Postament der Danneckerbüste in der Bibliothek. Am 17. September 1826 fand im Rokokosaal der Bibliothek ein schlichter Gedenkakt statt, bei dem Ernst von Schiller und – in Vertretung seines Vaters, der die Erschütterung der Stunde fürchtete – August von Goethe sprachen. Wenige Tage später wurden die übrigen Gebeine des Dichters, soweit sie identifiziert werden konnten, in einem sargähnlichen Behälter im Archiv der Bibliothek aufgestellt.

Goethes Vorschlag, eine gemeinsame Grabstätte für Schiller und ihn auf dem »Neuen Friedhof« zu schaffen – er fertigte dazu sogar Zeichnungen an –, kam nicht zur Ausführung, weil Carl August bestimmte, daß beide in der neuerbauten »Fürstengruft« ruhen sollten. So wurden in den frühen Morgenstunden des 16. Dezember 1827 Schillers Überreste in feierlichem Zug von der Bibliothek zum »Friedhof vor dem Frauentore« gebracht und in dem klassizistischen Gewölbe zur letzten Ruhe gebettet, das heute den Namen »Goethe- und Schiller-Gruft« trägt.

Jahraus, jahrein kommen Tausende und aber Tausende von Verehrern des Dichters nach Weimar, um die Stätten zu besuchen, wo er gelebt, gelitten und die großen Werke der letzten Reife geschaffen hat. Sie spüren Schillers Geist und Schillers Welt vor allem im Haus an der Esplanade, in dem sich sein Leben vollendet hat.

Nach dem Tode des Dichters ging dieses Haus in den Besitz seiner Witwe und seiner vier Kinder über. Hier wuchsen die Söhne Carl und Ernst, die Töchter Caroline und Emilie unter der Obhut ihrer Mutter heran. Da der weimarische Staat keine Stellungen für sie hatte, verließ eins nach dem anderen seine Heimatstadt und suchte sich außerhalb eine Wirkungsstätte. Carl wurde im württembergischen Forstdienst, Ernst als Gerichtsassessor in Köln angestellt, Caroline ging als Erzieherin nach Schlesien, Emilie heiratete den Freiherrn Adalbert von Gleichen-Rußwurm und zog nach Jena. Als Lotte Schiller am 9. Juli 1826 an den Folgen einer Augenoperation in Bonn starb, konnte die Familie das Weimarer Haus nicht länger halten und verkaufte es am 6. Januar 1827 an den großherzoglich-sächsischen Ingenieurgeographen und Garteninspektor Johann Christoph Weise. Nach dem Tode seiner Witwe ging es am 29. Juni 1847 auf dem Wege der Versteigerung an die Stadt Weimar über, die eine schlichte Gedenkstätte darin einrichtete.

Am 9. Februar 1945 wurde das Haus von anglo-amerikanischen Bomben getroffen und schwer beschädigt, konnte aber schon am 10. November 1946 nach gründlicher Instandsetzung der Öffentlichkeit wieder zugänglich gemacht werden. Heute gehört es zu den Gebäuden, die von den Nationalen Forschungs- und Gedenkstätten der klassischen deutschen Literatur in Weimar betreut werden.

Mit seiner schlichten Fassade, deren einziger Schmuck die gegliederten Bänder und der geschwungene Türrahmen sind, mit seinen freundlichen Fensterläden und seinem wohlausgewogenen Giebel erinnert das Haus inmitten der belebten Straße, die heute den Namen des Dichters trägt, an seinen großen Bewohner. Zwar sind die Räume des Erdgeschosses, wo sich einst Küche und Dienerstube befanden, und des ersten Stockwerks, wo Schillers Frau mit den Kindern wohnte, nicht im ursprünglichen Zustand erhalten. Im ersten Stock wurde im Schillergedenkjahr 1955 ein Literaturmuseum eingerichtet, das anhand von zeitgenössischen Dokumenten Einblick in Schillers dramatisches Schaffen gewährt, aber auch zeigt, welche Leistungen der Dichter im Kampf gegen den Feudalabsolutismus für die realistische Literatur und die ästhetische Erziehung des Menschen vollbracht hat. In vier Räumen vergegenwärtigen Manuskripte, Briefe, Erstausgaben, Rezensionen und Bilder Entstehung, Bedeutung und Ideengehalt der Dramen »Die Räuber«, »Kabale und Liebe«, »Wallenstein«, »Die Jungfrau von Orleans«, »Wilhelm Tell« und »Demetrius«.[39]

In der Mansarde, dem ganz persönlichen Bereich des Dichters, wo er lebte und arbeitete, ist alles wieder so eingerichtet, wie es zu seiner Zeit war. Die wohnliche Atmosphäre der Räume, deren Einrichtung zum größten Teil aus dem Nachlaß der Tochter Caroline stammt, nimmt den Besucher schon im Vorzimmer gefangen. Hier empfing Schiller seine Gäste. Das Ölgemälde von Anton Graff, das volkstümlichste Schillerbild, das die Welt besitzt, stellt den Dichter im Alter von 27 Jahren dar. Im anschließenden Gesellschaftszimmer saß Schiller mit seinen Freunden zusammen; hier wurde geplaudert, gescherzt und gespielt, wurde vorgelesen und mit den Schauspielern probiert, wurde aber auch manches ernste Gespräch über Kunst, Literatur und Philosophie geführt. In der Nische steht ein Abguß der bekannten Büste Schillers von Johann Heinrich Dannecker; über dem Sofa hängen Bilder von Schillers Eltern. Porträts von Lotte Schiller, Christian Gottfried Körner und Johann Heinrich Voß, Landschaften verschiedener Art und verschiedenen Stils ergänzen den Schmuck dieses Raumes.

Im Arbeitszimmer ist alles einfach und bescheiden, Zeugnis der Anspruchslosigkeit des Mannes, welcher der Welt so unermeßliche ideelle Reichtümer geschenkt hat. Auf dem schlichten Schreibtisch am Fenster stehen noch die Gegenstände, die Schiller zur Arbeit benutzte, hier liegt noch der Monolog der Marfa aus »Demetrius«, über dem ihn der Tod abberief. Hammerklavier und Gitarre, auf denen Lotte Schiller zu spielen und ihren Mann zu erheitern pflegte, erinnern an seine Liebe zur Musik. Auf dem einfachen Fichtenholzbett schlief er, ertrug er die Schmerzen seiner Krankheit und starb er im Alter von 46 Jahren.

Heute liegt das Haus, in dem sich zwischen rastlosem Schaffen und Kranksein Schillers Leben zum Ende neigte, in Weimars repräsentativer und meistbesuchter Geschäftsstraße, erdrückt fast von den massigen Bauten des 19. Jahrhunderts, unter denen es als Überbleibsel des 18. wie verloren anmutet. Für jeden Besucher Weimars ist und bleibt das kleine bescheidene Haus an der ehemaligen Esplanade Weimars »Schillerhaus«.

Bevor der Dichter hierher zog, wohnte er in der Windischengasse, die heute Windischenstraße heißt. Seine Wohnung (Haus Nr. 8) ist durch eine Gedenktafel gekennzeichnet, aber nicht mehr zu besichtigen. Das stattliche Altweimarer Bürgerhaus im Barockstil fällt durch seine wohlgegliederte, in den Einzelheiten reizvoll ausgeführte Fassade ins Auge, ist aber im Laufe der Zeit stark verändert worden. Aus dem Toreingang, der in der Mitte lag, ist ein Laden geworden; der untere Teil des Treppenhauses ist umgebaut, und auch die Schillerschen Zimmer mußten sich Veränderungen gefallen lassen. Am Rande sei bemerkt, daß fünfzig Jahre nach dem Dichter – auch davon zeugt eine Gedenktafel – ein Mann in diesem Hause wohnte, der sich in Schillers Geist politisch betätigt hat: Der Schriftsteller und Journalist Heinrich Jäde nahm an der revolutionären Bewegung des Sturmjahres 1848 aktiv teil und trat mit Wort und Schrift für Freiheit und Fortschritt ein.

Zu den Weimarer Schillerstätten gehört auch die Bibliothek am Platz der Demokratie, die als »Zentralbibliothek der deutschen Klassik« heute weltweite Bedeutung hat. Ihre schon zu Schillers Zeit stattliche Büchersammlung leistete dem Dichter wertvolle Dienste bei seinen literarischen und quellenkundlichen Studien. Zum ersten Mal besuchte er die Bibliothek, die Anna Amalia nach dem Umbau des »Grünen Schlosses« in den Jahren 1761 bis 1766 eingerichtet hatte, am 16. August 1787. Zwei Tage später berichtete er an Körner: »Die hiesige Bibliothek ist ansehnlich und in musterhafter Ordnung erhalten. Hier ist ein Realkatalog, daß jedes Buch in seinem Fach in wenigen Minuten zu finden ist. Die Geschichte und die klassischen Autoren sind vortrefflich besetzt.« Er lobte die Bereitschaft, »einem Bücher nach Hause verabfolgen zu lassen«. Seine Verbundenheit mit der Bibliothek bezeugt ein kostbares Geschenk: Er vermachte ihr das Diplom seiner Ehrenbürgerschaft der Französischen Revolution, das ihn freilich erst Jahre nach der Ausstellung erreichte, weil man seinen Namen falsch geschrieben hatte. Im Rokokosaal der Bibliothek steht unter anderen Kunstschätzen das Original der berühmten Schillerbüste von Johann Heinrich Dannecker.

Das Kassengewölbe, das an der Südostecke des historischen, aus dem 12. Jahrhundert stammenden Jakobskirchhofs liegt, führt seinen Namen von der Weimarer Landschaftskasse; sie verwaltete das Grabgewölbe, das für höhere Beamte, Offiziere, Angehörige des Adels und des gehobenen Bürgertums bestimmt war, die keine eigenen Grabstätten besaßen. In ihm sind außer Schiller die Eltern der Frau von Stein, die Hofdame der Herzogin Anna Amalia, Luise von Göchhausen, der dem Goethekreis nahestehende Engländer Charles Gore und andere Persönlichkeiten des klassischen Weimar bestattet. 1854 wurde der zu Beginn des 18. Jahrhunderts errichtete Bau abgerissen. Der Neubau von 1913 ist eine genaue Nachbildung des alten und steht auf demselben Platz. Ein aus der Barockzeit stammendes schmiedeeisernes Gitter gibt den Blick in das Innere des Gewölbes mit den steinernen Namenstafeln der hier Beigesetzten und einer Nachbildung der Schillerbüste Danneckers frei.

Seit 1827 ruhen Schillers Gebeine, zu denen fünf Jahre später die seines Freundes Goethe kamen, in der Grabstätte des weimarischen Fürstenhauses auf dem »Neuen Friedhof«, die als Goethe- und Schiller-Gruft das Ziel von Menschen aus der ganzen Welt geworden ist. Den kuppeltragenden Bau im klassizistischen Stil mit den dorischen Säulen der Vorhalle schuf der Weimarer Baumeister Clemens Wenzeslaus Coudray nach künstlerischer Abstimmung mit Goethe in den Jahren 1825 bis 1827. Von der Weihehalle, die einst als Kapelle diente, führt eine steinerne Treppe hinab in das schlichte, von vier Pfeilern getragene, von Kandelabern erhellte Grabgewölbe. An seiner Westwand stehen auf gemauertem Sockel die beiden Eichensärge mit den Namen Goethes und Schillers. Fast immer, vor allem zu Gedenktagen, liegen hier Kränze und Blumen von Verehrern der Dichter aus aller Welt.

Weiten Kreisen der Bevölkerung, vor allem der Jugend, nahegebracht und lebendig gehalten wird Schillers dramatisches Erbe durch die Aufführungen des Deutschen Nationaltheaters. Das heutige Theatergebäude ist das dritte auf diesem Platz. Schillers Werke wurden in dem bescheidenen, 1779 von Anton Georg Hauptmann errichteten Komödienhaus uraufgeführt, das in der Nacht vom 21. zum 22. März 1825 abbrannte und durch einen Neubau ersetzt wurde, der die zweite Glanzzeit der Weimarer Bühne unter Franz Liszt erlebte. Dieses Haus mußte 1907 dem wesentlich größeren Bau weichen, der im Bombenhagel des 9. Februar 1945 bis auf die Außenmauern zerstört, aber schon im August 1948, nach zweijähriger Aufbauarbeit, seiner Bestimmung zurückgegeben wurde.

Dieses Haus erlebte vom 8. bis 15. Mai 1955 die Schillerfeierlichkeiten anläßlich des 150. Todestages, bei denen Johannes R. Becher und Thomas Mann Ansprachen hielten. Vorausgegangen war am 2. und 3. April eine Schiller-Ehrung der Jugend. Auch die Festveranstaltung »Die Welt ehrt Schiller« zum 200. Geburtstag des Dichters am 10. November 1959, bei der Alexander Abusch die Gedenkrede hielt, fand im Deutschen Nationaltheater statt.[40]

Vor dem Gebäude steht das von Ernst Rietschel geschaffene und 1857 enthüllte Doppelstandbild Goethes und Schillers, das dem Freundschaftsbund der beiden Dichter Ausdruck gibt.

Die geistige Hinterlassenschaft Schillers lagert in dem monumentalen Archivgebäude, das 1896 über dem rechten Steilufer der Ilm errichtet wurde, um den handschriftlichen Nachlaß Goethes aufzunehmen. Zu ihm waren bereits 1889 die Handschriften Schillers gekommen, die der Sohn von Schillers Tochter Emilie, Ludwig von Gleichen-Rußwurm, gestiftet hatte. Dem Goethe- und Schiller-Archiv gesellten sich im Laufe der Zeit die literarischen Vermächtnisse fast aller deutschen Dichter des 18. und 19. Jahrhunderts hinzu. Heute werden in dieser »Schatzkammer des deutschen Geistes« mehr als sechzig geschlossene Nachlässe, Handschriften von über sechshundert Persönlichkeiten des deutschen Geisteslebens, insgesamt fast 900 000 Dokumente vom frühen 18. Jahrhundert bis zur Gegenwart gehütet, gepflegt und der internationalen Forschung dienstbar gemacht.

Das Goethe- und Schiller-Archiv ist Bestandteil der Nationalen Forschungs- und Gedenkstätten der klassischen deutschen Literatur, die 1953 gegründet wurden und ihren Sitz im Schloß haben. Sie erhalten und verwalten die Schiller-Gedenkstätten in Weimar, Jena und Bauerbach. Hier wird in Zusammenarbeit mit dem Schiller-Nationalmuseum in Marbach die Schiller-Nationalausgabe herausgegeben, die für die Erforschung und Darstellung des Schillerschen Werkes von außerordentlicher Bedeutung ist. Auch eine vollständige Sammlung der Briefe an Schiller wird hier erarbeitet.[41]

1970 wurde im Kulturbund der »Arbeitskreis Friedrich Schiller«

gegründet. Er will dazu beitragen, das Werk des Dichters in die sozialistische Nationalkultur zu integrieren, die Grundzüge von Schillers Weltbild zu erfassen und darzustellen und Schillers Geistesgut allen Bürgern, vor allem der Jugend, nahezubringen.[42]

ZEITTAFEL

1749

28. August: Johann Wolfgang Goethe in Frankfurt am Main geboren

1756 bis 1763

Siebenjähriger Krieg

1759

10. November: Friedrich Schiller in Marbach geboren

1762

19. Mai: Johann Gottlieb Fichte geboren

1763

3. Februar: Caroline von Lengefeld geboren

1766

22. November: Charlotte von Lengefeld geboren

1767

22. Juni: Wilhelm von Humboldt geboren

5. September: August Wilhelm Schlegel geboren

1770

20. März: Friedrich Hölderlin geboren

27. August: Friedrich Georg Wilhelm Hegel geboren

16. Dezember: Ludwig van Beethoven geboren

1772

10. März: Friedrich Schlegel geboren

1773

16. Januar: Schiller bezieht die Militärakademie auf der Solitude in der Nähe Stuttgarts

2. Mai: Henrik Steffens geboren

31. Mai: Ludwig Tieck geboren

1775

27. Januar: Friedrich Wilhelm Schelling geboren

1779

Bau des Weimarer Komödienhauses, in dem später Schillers Dramen uraufgeführt wurden

12. bis 14. Dezember: Besuch des Herzogs Carl August und Goethes in der Militärakademie auf der Solitude bei Stuttgart

1780

15. Dezember: Schiller wird aus der Militärakademie entlassen und als Regimentsarzt in Stuttgart angestellt

1781

24. Juli: Rezension der »Räuber« in der »Erfurtischen Gelehrten Zeitung«

1782

13. Januar: Erste Aufführung der »Räuber« in Mannheim

22. September: Schiller flieht aus Stuttgart nach Mannheim

2. November: Erste Aufführung der »Räuber« in Erfurt

7. Dezember: Schiller kommt auf Einladung der Frau von Wolzogen nach Bauerbach

1783

14. Februar: Erste Fassung der »Luise Millerin« beendet

27. März: Beginn der Arbeit am »Don Carlos«

24. Juli: Schiller verläßt Bauerbach

1. September: Schiller tritt seine Stellung als Theaterdichter in Mannheim an

1784

11. Januar: Erste Aufführung des »Fiesko« in Mannheim

Februar: Umbenennung der »Luise Millerin« in »Kabale und Liebe«

13. April: Uraufführung von »Kabale und Liebe« in Frankfurt am Main

15. April: Erste Aufführung von »Kabale und Liebe« in Mannheim

9. Mai: Schiller lernt Charlotte von Kalb kennen

6. Juni: Die Familie von Lengefeld besucht Mannheim. Flüchtige Bekanntschaft Schillers mit seiner späteren Frau

26. Juni: Schiller hält seine Rede »Vom Wirken der Schaubühne auf das Volk«

31. August: Schiller wird aus seiner Stellung als Theaterdichter entlassen

27. Dezember: Carl August erteilt Schiller nach einer Vorlesung des »Don Carlos« den Titel eines Weimarischen Rates

1785

Mitte März: Erscheinen des ersten Heftes der »Thalia« mit dem ersten Akt des »Don Carlos«

9. bis 17. April: Schiller reist nach Leipzig. Beginn der Freundschaft mit Christian Gottfried Körner

11. September: Schiller siedelt von Leipzig nach Dresden über

Anfang November: Lied »An die Freude«, »Verbrecher aus verlorener Ehre« und »Der Geisterseher« entstanden

1787

Ende Juni: »Don Carlos« erscheint als Buchausgabe

20. Juli: Schiller verläßt Dresden

21. Juli: Schiller kommt nach Weimar und nimmt Quartier im Gasthof »Zum Erbprinzen«

27. Juli: Schiller zum ersten Mal in Tiefurt

28. Juli: Schiller bezieht eine Wohnung bei Frau von Imhoff an der Esplanade

2. August: Zum ersten Mal in Erfurt

10. August: Besuch bei Knebel in Goethes Gartenhaus

21. bis 26. August: Sechstägiger Ausflug mit Charlotte von Kalb nach Jena

29. August: Uraufführung des »Don Carlos« in Hamburg

11. November: Besuch in Jena

21. November bis 7. Dezember: Reise nach Meiningen und Bauerbach. Rückkehr über Suhl, Ilmenau, Königsee und Rudolstadt nach Weimar

6. Dezember: Schiller zum ersten Mal in Rudolstadt. Nähere Bekanntschaft mit der Familie von Lengefeld

1788

Januar ff.: »Die Geschichte des Abfalls der vereinigten Niederlande von der Spanischen Regierung« erscheint im »Teutschen Merkur«

Ende Januar: Wiedersehen mit Charlotte von Lengefeld in Weimar

Ende März: »Die Götter Griechenlands« erscheinen im »Teutschen Merkur«

10. April: Schiller in Erfurt und in Gotha

22. April: Charlotte von Lengefeld mietet für Schiller eine Wohnung beim Kantor Unbehaun in Volkstedt

19. Mai: Schiller kommt nach Rudolstadt

20. Mai: Schiller bezieht die Wohnung beim Kantor Unbehaun in Volkstedt

18. Juni: Goethe kehrt aus Italien zurück

6. Juli: Schiller besucht die Ruine Greifenstein

18. August: Schiller zieht von Volkstedt nach Rudolstadt

7. September: Erste Begegnung zwischen Schiller und Goethe in Rudolstadt

27. September: Schiller besucht Schwarzburg und Königsee

12. November: Schiller kehrt nach Weimar zurück

9. Dezember: Goethes »Promemoria« für Schillers Ernennung zum Professor in Jena

1789

21. Januar: Schiller zum Professor in Jena ernannt

13. März: Schiller in Rudolstadt

Mitte März: Das Gedicht »Die Künstler« erscheint im »Teutschen Merkur«
11. Mai: Schiller siedelt nach Jena über. Wohnung in der »Schrammei« Jenergasse 26
26. Mai: Antrittsvorlesung an der Universität
18. bis 21. Juni: Schiller in Rudolstadt
14. Juli: Ausbruch der Französischen Revolution
2. bis 9. August: Schiller in Lauchstädt. Verlobung mit Lotte von Lengefeld
10. bis 19. August: Körners Besuch in Jena
18. September bis 22. Oktober: Ferienaufenthalt in Rudolstadt

1790

1. Januar: Carl August gewährt Schiller ein Jahresgehalt von 200 Talern
2. Januar: Der Meininger Hof verleiht Schiller auf Antrag Carl August den Titel »Hofrat«
18. bis 21. Februar: Schiller in Erfurt
22. Februar: Schiller heiratet Lotte von Lengefeld. Trauung in der Kirche von Wenigenjena
2. bis 27. April: Ferien in Rudolstadt
Mai: Beginn der Arbeit an der »Geschichte des Dreißigjährigen Krieges«
26. Juni: Beim Statthalter von Dalberg in Erfurt
Oktober: Der erste Teil der »Geschichte des Dreißigjährigen Krieges« erscheint im »Historischen Kalender für Damen«
11. bis 23. Oktober: Schiller in Rudolstadt
31. Dezember bis 9. Januar 1791: Schiller in Erfurt

1791

3. Januar: Schiller wird Mitglied der Erfurter Akademie nützlicher Wissenschaften
3. Januar: Lebensgefährliche Erkrankung Schillers in Erfurt
Anfang April: Schiller begibt sich zur Genesung nach Rudolstadt
10. April: Plan zum »Lied von der Glocke« nach einem Besuch der Glockengießerei in Rudolstadt
7. Mai: Erneute schwere Erkrankung Schillers. Gerücht von Schillers Tod
9. Juli bis 6. August: Kur in Karlsbad
23. August bis 1. Oktober: Nachkur in Erfurt. Täglicher Verkehr mit dem Statthalter von Dalberg
25. September: Aufführung des »Don Carlos« in Erfurt in Schillers neuer Bühnenbearbeitung
26. September: Aufführung des »Fiesko« in Erfurt zu Ehren des anwesenden Dichters
27. November: Prinz Friedrich Christian von Holstein-Augustenburg und sein

Minister Graf Ernst von Schimmelmann bieten Schiller ein jährliches Geschenk von 1000 Talern an

16. Dezember: Schiller nimmt das Angebot der dänischen Verehrer an

1792

Januar: Die Zeitschrift »Neue Thalia« erscheint

März: Plan des »Wallenstein«

10. April bis 14. Mai: Reise nach Leipzig und Dresden. Besuch bei Körners

4. Juni: Schiller in Erfurt

26. August: Schiller wird Ehrenbürger der Französischen Revolution

21. September: »Die Geschichte des Dreißigjährigen Krieges« beendet

24. September bis 4. Oktober: Schiller weilt mit seiner Mutter und seiner Schwester Nanette in Rudolstadt

1793

7. April: Umzug in das Haus Zwätzengasse 9 in Jena

Mai: Persönliche Bekanntschaft mit dem Verleger Cotta

20. Juni: »Über Anmut und Würde« erscheint

1. August bis 14. Mai 1794: Schillers große Reise nach Süddeutschland. Besuch seiner Eltern in Ludwigsburg

14. September: Geburt des ersten Sohnes Carl

Ende September: Begegnung mit Hölderlin in Ludwigsburg

1794

25. Februar: Wilhelm von Humboldt zieht auf Schillers Wunsch nach Jena

3. Mai: Besuch Fichtes bei Schiller in Stuttgart

Mitte Mai: Schiller weilt auf der Rückreise von Stuttgart drei Tage in Meiningen

14. Mai: Schiller bezieht eine neue Wohnung Unterm Markt 1. Von nun an fast täglicher Verkehr mit Wilhelm von Humboldt

18. Mai: Fichte kommt nach Jena

13. Juni: Versendung der Einladung zur Mitarbeit an den »Horen«. Erster Brief Schillers an Goethe

24. Juni: Goethes Zusage zur Mitarbeit an den »Horen«. Erster Brief Goethes an Schiller

20. Juli: Tagung der Naturforschenden Gesellschaft in Jena. Goethe und Schiller nehmen als Ehrenmitglieder teil. Beginn des Freundschaftsbundes der beiden Dichter

23. August: Schiller zieht in einem Brief an Goethe die »Summe von dessen Existenz«. Beginn des intensiven Briefwechsels

26. bis 28. August: Schiller reist mit Wilhelm von Humboldt nach Weißenfels und trifft sich dort mit Körner

14. bis 28. September: Schiller besucht Goethe in Weimar und wohnt in dessen Haus am Frauenplan. Gespräche mit Goethe, Herder und Humboldt

27. September: Caroline von Beulwitz geb. von Lengefeld heiratet Wilhelm von Wolzogen

5. Oktober: Schiller empfängt Danneckers Büste

1795

11. Januar: Fichte verläßt Jena

15. Januar: Die »Horen« erscheinen

3. April: Schiller lehnt eine Berufung nach Tübingen ab

13. April: Umzug ins Griesbachsche Haus am Löbdergraben

Dezember: »Über naive und sentimentalische Dichtung« erscheint

1796

23. März bis 20. April: Zu Gast bei Goethe im Haus am Frauenplan. Verkehr mit Iffland, der in Weimar den Franz Moor spielt. Verkehr mit Goethe, Herder, Wieland, Bertuch, Knebel und Frau von Stein

25. April: Schillers Bühnenbearbeitung von Goethes »Egmont« wird in Schillers Anwesenheit mit Iffland in der Titelrolle in Weimar aufgeführt

25. Juni: Besuch Jean Pauls bei Schiller

8. Juli: August Wilhelm Schlegel kommt nach Jena

11. Juli: Geburt des zweiten Sohnes Ernst

7. August: Friedrich Schlegel kommt nach Jena

29. September: Die »Xenien« erscheinen im »Musenalmanach für das Jahr 1797«

22. Oktober: Beginn der Arbeit am »Wallenstein«

15. Dezember: Der »Musenalmanach« beginnt zu erscheinen

26. Dezember: Wilhelm von Wolzogen wird Kammerrat in Weimar

1797

16. März: Schiller kauft den Garten mit Gartenhaus an der Leutra

25. April: Wilhelm von Humboldt verläßt Jena

2. Mai: Einzug der Familie Schiller in das Jenaer Gartenhaus

Anfang Juni: Beginn der Balladendichtung. Schiller schreibt »Der Taucher«, »Der Handschuh«, »Der Ring des Polykrates«, »Die Kraniche des Ibykus«, »Ritter Toggenburg«, »Der Gang nach dem Eisenhammer«

11. bis 18. Juli: Als Gast bei Goethe in Weimar

1798

27. Februar: Umbauten am Jenaer Gartenhaus

August: »Die Bürgschaft« und »Der Kampf mit dem Drachen« erscheinen

10. bis 15. September: Schiller in Weimar. Er wohnt bei Heinrich Meyer

12. Oktober: Uraufführung von »Wallensteins Lager« in Weimar zur Eröffnung des umgebauten Theaters

1799

4. Januar bis 7. Februar: Schiller in Weimar. Er wohnt im Schloß
30. Januar: Uraufführung der »Piccolomini« in Weimar
17. März: Arbeit am »Wallenstein« abgeschlossen
10. bis 25. April: Schiller in Weimar. Gast bei Goethe
20. April: Uraufführung von »Wallensteins Tod« in Weimar
26. April: Beginn der Arbeit an »Maria Stuart«
30. Juni bis 3. Juli: Schiller in Weimar. Gast bei Goethe
23. Juli: Ludwig Tieck besucht Schiller
4. September: Abschluß des Mietvertrags für die Wohnung in der Windischengasse in Weimar
4. bis 13. September: Besuch in Rudolstadt
8. September: Schiller besucht eine Aufführung der »Räuber« in Rudolstadt
11. September: Carl August erhöht Schillers Gehalt auf 400 Taler
11. Oktober: Schillers Tochter Caroline geboren
19. Oktober: Das »Lied von der Glocke« erscheint
23. Oktober: Lotte Schiller erkrankt
3. Dezember: Umzug von Jena nach Weimar. Erste Weimarer Wohnung in der Windischengasse

1800

14. Mai: Erste Aufführung von Schillers Bearbeitung des »Macbeth« in Weimar
15. Mai bis 2. Juni: Schiller zieht sich zur Vollendung der »Maria Stuart« nach Ettersburg zurück
9. Juni: »Maria Stuart« vollendet
14. Juni: Uraufführung der »Maria Stuart« in Weimar
1. Juli: Beginn der Arbeit an der »Jungfrau von Orleans«
3. Juli: Aufführung der »Maria Stuart« in Lauchstädt

1801

5. März bis 1. April: Schiller arbeitet im Jenaer Gartenhaus an der »Jungfrau von Orleans«
16. April: »Die Jungfrau von Orleans« fertiggestellt
6. August bis 20. September: Reise nach Leipzig und Dresden. Bei Körners in Loschwitz
17. September: Uraufführung der »Jungfrau von Orleans« in Leipzig
Ende Oktober: Beginn der Bearbeitung von Gozzis Märchen »Turandot«
27. Dezember: Beendigung der Bearbeitung von »Turandot«

1802

30. Januar: Uraufführung der »Turandot« in Weimar
Ende Januar: Beginn der Beschäftigung mit »Wilhelm Tell«

19. März: Kauf des Hauses an der Esplanade
29. April: Einzug in das Haus an der Esplanade
19. Juni: Verkauf des Gartenhauses in Jena
7. September: Schiller wird vom Kaiser in Wien auf Antrag des Herzogs Carl August geadelt
16. November: Schiller empfängt das Adelsdiplom

1803

1. Februar: »Die Braut von Messina« vollendet
19. März: Uraufführung der »Braut von Messina« in Weimar
23. April: Weimarer Erstaufführung der »Jungfrau von Orleans«
30. April: Schiller in Erfurt
2. bis 14. Juli: Schiller in Lauchstädt
15. Dezember: Begegnung Schillers mit Madame de Staël in Weimar
18. Dezember: Tod Herders

1804

18. Februar: »Wilhelm Tell« vollendet
10. März: Beginn der Arbeit am »Demetrius«
17. März: Uraufführung des »Wilhelm Tell« in Weimar
26. April bis 21. Mai: Reise nach Berlin
13. Mai: Audienz bei der Königin Luise
8. Juni: Carl August erhöht Schillers Gehalt auf 800 Taler
19. Juli bis 19. August: Schiller in Jena
25. Juli: Schillers Tochter Emilie geboren
8. November: »Die Huldigung der Künste« vollendet

1805

8. bis 25. Februar: Erkrankung Schillers
5. März: Wiederaufnahme der Arbeit am »Demetrius«
1. Mai: Erneute Erkrankung
5. Mai: Verschlechterung des Zustands
9. Mai: Schillers Tod
12. Mai: Schillers Bestattung im Kassengewölbe auf dem Jakobskirchhof

1825 bis 1827

Bau der »Fürstengruft« (heute Goethe- und Schiller-Gruft) auf dem »Neuen Friedhof« in Weimar

1826

März: Exhumierung des Schädels und der übrigen Gebeine Schillers aus dem Kassengewölbe
17. September: Feierstunde zur Niederlegung des Schädels im Postament der Danneckerbüste in der Bibliothek zu Weimar

1827

6. Januar: Schillers Erben verkaufen das Haus an der Esplanade an den Garteninspektor Weise in Weimar

16. Dezember: Überführung der Überreste Schillers in die »Fürstengruft« (Goethe- und Schiller-Gruft) auf dem »Neuen Friedhof« in Weimar

1830

9. Mai: Einweihung der Schiller-Gedenkstätte auf der Schillerhöhe bei Rudolstadt

1847

29. Juni: Die Stadt Weimar erwirbt das Haus an der Esplanade

1854

Abriß des Kassengewölbes auf dem Weimarer Jakobskirchhof

1857

4. September: Enthüllung des Goethe-Schiller-Denkmals vor dem Weimarer Theater

1889

Überführung des handschriftlichen Nachlasses Schillers in das Weimarer Goethe-Archiv, das seitdem Goethe- und Schiller-Archiv heißt

1896

Errichtung des Archivgebäudes für das Goethe- und Schiller-Archiv in Weimar

1907

Errichtung des neuen Weimarer Theatergebäudes, das seit 1919 Deutsches Nationaltheater heißt

1913

Neubau des Kassengewölbes auf dem Jakobskirchhof

1930

9. November: Gründung der Nationalstiftung »Schiller in Bauerbach«

1932

Erste Freilichtaufführung des »Wilhelm Tell« in Bauerbach

1945

9. Februar: Bombenangriff auf Weimar. Schillerhaus und Deutsches Nationaltheater schwer beschädigt

1948

28. August: Einweihung des wiederaufgebauten Deutschen Nationaltheaters

1955

8. bis 15. Mai: Schiller-Ehrung anläßlich des 150. Todestages des Dichters in Weimar. Ansprachen von Thomas Mann und Johannes R. Becher

Einrichtung des Literaturmuseums im Weimarer Schillerhaus

Übernahme und Restaurierung des Schillerhauses in Bauerbach durch die Nationalen Forschungs- und Gedenkstätten in Weimar

1959

10. November: Schiller-Ehrung anläßlich des 200. Geburtstags des Dichters in Weimar. Gedenkrede von Alexander Abusch

Gründung des Arbeiter-und-Bauern-Theaters »Friedrich Schiller« in Bauerbach

1969

Juli: Zehnjähriges Bestehen des Arbeiter-und-Bauern-Theaters »Friedrich Schiller« in Bauerbach. Festaufführungen des »Wilhelm Tell«

10. November: Eröffnung der Schiller-Gedenkstätte auf der Heidecksburg in Rudolstadt

1970

Dezember: Gründung des »Arbeitskreises Friedrich Schiller« im Kulturbund

LITERATURVERZEICHNIS

ALLGEMEINES

Deutsche Geschichte in drei Bänden. Herausgegeben von einem Autorenkollektiv. Band 2: Von 1789 bis 1917. Berlin 1967.

Erläuterungen zur deutschen Literatur: Klassik. Berlin 1956.

Geerdts, Hans Jürgen: Deutsche Literaturgeschichte in einem Band. Berlin 1969.

Goethes Leben dokumentarisch. Zusammengestellt und mit Nachwort von Walter Hoyer. Zweiter Band. Leipzig 1960.

Mehring, Franz: Aufsätze zur deutschen Literaturgeschichte. Herausgegeben von Hans Koch. Leipzig 1966.

Müller, Joachim: Wirklichkeit und Klassik. Beiträge zur deutschen Literaturgeschichte von Lessing bis Heine. Berlin 1955.

Reimann, Paul: Hauptströmungen der deutschen Literatur 1750–1848. Beiträge zu ihrer Geschichte und Kritik. Berlin 1963.

Schilfert, Gerhard: Lehrbuch der deutschen Geschichte. Deutschland von 1648 bis 1789. Berlin 1962.

Streisand, Joachim: Lehrbuch der deutschen Geschichte. Deutschland von 1789 bis 1815. Berlin 1961.

SCHILLER – LEBEN UND WERKE

Abusch, Alexander: Einleitung zu: Friedrich Schiller, Gesammelte Werke. Band 1. Berlin 1955.

Abusch, Alexander: Schiller. Größe und Tragik eines deutschen Genius. Berlin 1955.

Becher, Johannes R.: Denn er ist unser: Friedrich Schiller, der Dichter der Freiheit. Berlin 1955.

Buchwald, Reinhard: Schiller. Zwei Bände. Wiesbaden 1953/54.

Bund des Ernstes und der Liebe. Die Freundschaft zwischen Schiller und Goethe im Spiegel ihres Briefwechsels. Dargestellt von Herbert Scurla. Berlin 1955.

Femmel, Gerhard: Friedrich Schiller. Stätten seines Lebens und Wirkens. Weimar 1963.

Friedländer, Paul: Schiller. Ein Lesebuch für unsere Zeit. Weimar 1967.

Goethe- und Schiller-Archiv. Bestandsverzeichnis. Bearbeitet von Karl-Heinz Hahn. Weimar 1961.

Goethe – Schiller: Über das Theater. Eine Auswahl aus ihren Schriften. Herausgegeben von Axel Eggebrecht. Berlin 1949.

Grimm, Herman: Goethes Freundschaftsbund mit Schiller. Leipzig 1949.

Hoyer, Walter: Friedrich Schillers Lebensgang. Betrachtet in 150 Bildern. Leipzig 1964.

Kleinschmidt, Karl: Friedrich Schiller. Leben, Werk und Wirkung. Berlin 1955.

Mann, Thomas: Versuch über Schiller. In: Mann, Thomas: Über deutsche Literatur. Leipzig 1965.

Mosapp, Hermann: Charlotte von Schiller. Ein Lebens- und Charakterbild. Stuttgart 1905.

Piana, Theo: Friedrich Schiller. Bildurkunden zu seinem Leben und Schaffen. Weimar 1957.

Schiller in unserer Zeit. Beiträge zum Schillerjahr 1955. Herausgegeben vom Schiller-Komitee. Weimar 1955.

Schillers Werke. Nationalausgabe. Im Auftrag des Goethe- und Schiller-Archivs und des Schiller-Nationalmuseums herausgegeben von Julius Petersen und Hermann Schneider. Vierzig Bände. Weimar 1943 ff.

Schillers Werke in fünf Bänden. Ausgewählt und eingeleitet von Joachim Müller. Weimar 1962.

Schiller, Friedrich: Gesammelte Werke. Acht Bände. Berlin 1955.

Schillers Briefe in zwei Bänden. Ausgewählt und erläutert von Karl-Heinz Hahn. Berlin und Weimar 1968.

Veil, Wolfgang: Schillers Krankheit. Leipzig 1936.

Vulpius, Wolfgang: Friedrich Schiller als literarischer Bundesgenosse Goethes. Essay. Rudolstadt 1959.

Wertheim, Ursula: Friedrich Schiller, Dichter der Nation, 1759 bis 1805. Sein Leben, sein Werk, seine Zeit. In Bildern und Dokumenten. Berlin 1959.

Wertheim, Ursula: Schillers »Fiesko« und »Don Carlos«. Beiträge zur deutschen Klassik. Berlin 1967.

Wilpert, Gero von: Schiller-Chronik. Sein Leben und Schaffen. Berlin 1960.

Wolzogen, Caroline von: Schillers Leben. Stuttgart und Berlin 1830.

BAUERBACH

Brückner, Georg M.: Schiller in Bauerbach. Bielefeld 1947.

Das Schillerhaus in Bauerbach. Faltblatt. Weimar 1969.

Eingrüber, Heinz: Die Bauerbacher. Entstehung und Wirken des Arbeiter-und-Bauern-Theaters »Friedrich Schiller« Bauerbach Kreis Meiningen in den Jahren 1959 bis 1963. Südthüringer Forschungen 4/69. Meiningen 1969.

Programmheft des Arbeiter-und-Bauern-Theaters »Friedrich Schiller« in Bauerbach. Jubiläumsspielzeit 1969. »Wilhelm Tell«. Bauerbach 1969.

WEIMAR

Abend, Barbara: Deutsches Nationaltheater Weimar. Ein Abriß seiner Geschichte. Teil I: Von den Anfängen bis 1945. In: Weimar – Tradition und Gegenwart. Heft 12/1968.

Benndorf, Paul: Weimars denkwürdige Grabstätten. Leipzig 1924.

Das Schiller-Haus in Weimar. Faltblatt. Weimar 1956.

Genast, Eduard: Aus Weimars klassischer und nachklassischer Zeit. Erinnerungen eines alten Schauspielers. Neu herausgegeben von Robert Kohlrausch. Stuttgart 1904.

Hendel, Gerhard: Das Schillerhaus in Weimar. Weimar 1969.

Henning, Hans: Die Stätte, die ein guter Mensch betrat. Das klassische Weimar im Spiegel der Literatur. Bibliographie. Weimar 1964.

Hohenstein, Friedrich August: Weimar und Goethe. Menschen und Schicksale. Rudolstadt 1958.

Holtzhauer, Helmut: Goethe-Museum. Werk, Leben und Zeit Goethes in Dokumenten. Herausgegeben von den Nationalen Forschungs- und Gedenkstätten der klassischen deutschen Literatur. Berlin 1969.

Mollberg, Albert: Weimars klassische Kulturstätten. Weimar 1925.

Schnaubert, Guido: Die Hof- und Garnisonkirche zu St. Jakob in Weimar und die Begräbnisstätte auf dem St. Jakobs-Friedhof. Weimar 1913.

Schrickel, Leonhard: Geschichte des Weimarer Theaters von seinen Anfängen bis heute. Weimar 1928.

Stahr, Adolf: Weimar und Jena. Berlin 1871.

Weilguny, Hedwig, und Vulpius, Wolfgang: Das Schillerhaus in Weimar. Weimar 1955.

Anemüller, Ernst: Die große Allee in Rudolstadt. Häuser und Gärten zu Schillers Zeit. Stuttgart 1938.

Deubler, Heinz: Schwere Tage Schillers in Rudolstadt im Jahre 1791. In: Rudolstädter Heimathefte, 7. Jahrgang (1961), Heft 4/5, Seite 107 bis 111. Rudolstadt 1961.

Deubler, Heinz: Carl Christoph von Lengefeld und seine Rudolstädter Jagdgrenzbeschreibung vom Jahre 1757. In: Rudolstädter Heimathefte, 16. Jahrgang (1970), Heft 1/2. Rudolstadt 1970.

Fleischer, Horst: Ein denkwürdiger Sommer – Schiller, Goethe und Knebel 1788 als Gäste im Hause der Familie Lengefeld und Beulwitz in Rudolstadt. In: Rudolstädter Heimathefte. 16. Jahrgang (1970), Heft 1/2. Rudolstadt 1970.

Friedrich Schiller und Rudolstadt. Sonderheft der Rudolstädter Heimathefte im Schillerjahr 1959. Herausgegeben von Heinz Deubler und Ernst Karl Wenig. Rudolstadt 1959.

Koch, Alfred: Schillers »Rudolstädter Sommer« anschaulich dargestellt. In: Rudolstädter Heimathefte, 15. Jahrgang (1969), Heft 7/8. Rudolstadt 1969.

Kötzschke, Gustaf: Schiller in Rudolstadt und Volkstedt. In: Rudolstädter Heimathefte, 10. Jahrgang (1964), Heft 9/10, Seite 190 bis 192; Heft 11/12, Seite 217 bis 220. Rudolstadt 1964.

Rein, Berthold: Schiller in Rudolstadt. Rudolstadt 1925.

JENA

Buchwald, Reinhard: Schillers Jenaer Schaffen. In: Wissenschaftliche Zeitschrift der Friedrich-Schiller-Universität Jena, Gesellschafts- und Sprachwissenschaftliche Reihe, Jahrgang 5 (1955/56), Heft 1. Jena 1956.

Die Jenaer Antrittsvorlesung von Friedrich Schiller. In: Jenaer Reden und Schriften. Herausgegeben von Friedrich Schneider. Heft 1. Jena 1953.

Gresky, Walter: Schillers Garten in Jena. Sondershausen 1935.

Koch, Herbert: Die Schillerstätten in Jena. In: Wissenschaftliche Zeitschrift der Friedrich-Schiller-Universität Jena, Gesellschafts- und Sprachwissenschaftliche Reihe, Jahrgang 5 (1955/56), Heft 1. Jena 1956.

Leber, Wolfgang: Friedrich Schiller als Jenaer Professor der Geschichte (1789 bis 1793). In: Geschichte der Universität Jena 1548/58 bis 1958. Seite 267 bis 273. Jena 1958.

Müller, Joachim: Schillers Jenaer Jahrzehnt. In: Wissenschaftliche Zeitschrift der Friedrich-Schiller-Universität Jena, Gesellschafts- und Sprachwissenschaftliche Reihe, Jahrgang 8 (1958/59), Heft 4/5. Jena 1959.

Schmolitzky, Oskar: Schiller in Jena 1789 bis 1799. Jena 1955.

Schneider, Friedrich: Friedrich Schiller und die Universität Jena. In: Wissenschaftliche Zeitschrift der Friedrich-Schiller-Universität Jena, Gesellschafts- und Sprachwissenschaftliche Reihe, Jahrgang 5 (1955/56), Heft 1. Jena 1956.

Schneider, Friedrich: Schiller in Jena. Zum Gedächtnis an Schillers Todestag. In: Jenaer Reden und Schriften. Herausgegeben von Friedrich Schneider. Heft 4. Jena 1955.

Stier, Friedrich: Friedrich Schiller und die Universität Jena. In: Wissenschaftliche Zeitschrift der Friedrich-Schiller-Universität Jena, Gesellschafts- und Sprachwissenschaftliche Reihe, Jahrgang 5 (1955/56), Heft 1. Jena 1956.

Vollert, Max: Das Schiller-Gartenhaus in Jena. Jena 1924.

Weber, Paul: Das Jena der Schillerzeit. Jena 1921.

ERFURT UND GOTHA

Friedrich Schiller und Erfurt. Zum 200. Geburtstag Friedrich Schillers am 10. November 1959. Herausgegeben vom Rat der Stadt Erfurt. Erfurt 1959.

Griebel, August: Friedrich Schiller und Erfurt. Aus der Vergangenheit der Stadt Erfurt. Ban 1 (1955), Heft 2. Erfurt 1955.

Küttler, Otto: Schiller und Gotha. Gotha 1955.

ANMERKUNGEN

1 »Schiller. Ein Lesebuch für unsere Zeit«. Auswahl nach Paul Friedländer († 1964). Seit der 22., neubearbeiteten Auflage 1976 mit einer Einleitung von Hans-Dietrich Dahnke. Ergänzend sei hingewiesen auf: Eike Middell, »Friedrich Schiller. Leben und Werk«, Leipzig: Reclam 1980; Ursula Wertheim, »Friedrich Schiller«. Bildbiographie. Leipzig: Bibliographisches Institut 1978.

2 »Annalen«: Gemeint sind die »Tag- und Jahreshefte als Ergänzung meiner sonstigen Bekenntnisse« (vgl. Goethe. Berliner Ausgabe. Band 16. Berlin und Weimar: Aufbau-Verlag 1964).

3 »Schillers Gespräche« (vgl. Schiller-Nationalausgabe. Band 42. Weimar: Hermann Böhlaus Nachfolger 1967) unterscheiden sich größtenteils ihrem Charakter nach von den Gesprächen Goethes.

4 »Der Mönch vom Libanon«. Ein Nachtrag zu »Nathan dem Weisen«. Dessau 1782. Diese Dichtung, die sich gegen Lessings »dramatisches Gedicht« richtete, war Gegenstand eines Streitgesprächs zwischen Schiller und Johann Georg Pfranger (vgl. Schiller-Nationalausgabe. Band 42. Nr. 89. S. 57).

5 Der Vorbildcharakter ist anzuzweifeln, denn nicht allein die gesellschaftliche Stellung, sondern auch Geist und Charakter unterscheiden Charlotte von Wolzogen von Luise Miller.

6 Es ist die Frage, ob in der Gestalt der Lady Milford überhaupt ein »Abbild« der Franziska von Hohenheim gegeben wird. Der Porträtcharakter der Dramengestalten Schillers ist weitaus geringer zu veranschlagen.

7 Schiller benutzte in Bauerbach: David Hume, »History of England« (1754–1761) in deutscher Übersetzung (1762); William Robertson, »History of Scotland« (1759); William Camden, »Annales rerum anglicarum et hibernicarum regnante Elisabetha« (1615).

8 Schwan an Wieland, 6. Februar 1784: »Sein Fiesko scheint hier kein groß Glück zu machen.« Zur Wirkung des »Fiesko« vgl. Band 4 der Schiller-Nationalausgabe, Weimar: Böhlau 1983.

9 Der genaue Titel der Rede ist: »Was kann eine gute stehende Schaubühne eigentlich wirken?«

10 Schillers Schwester Christophine und Wilhelm Friedrich Hermann Reinwald hatten am 22. Juni 1786 in Gerlingen bei Stuttgart geheiratet.

11 Henriette von Wolzogen starb am 5. August 1788 an Brustkrebs. Ihre Tochter Charlotte von Wolzogen (1766–1794) heiratete am 30. September 1788 den herzoglich hildburghausenschen Regierungsrat August Franz Friedrich (Rühle) von Lilienstern (1760–1826).

12 »Die Bauerbacher« haben ihre beeindruckende Tradition bis zum Jahre 1984 fortgesetzt. 1978 spielten sie »Schiller in Bauerbach« von Klaus Pastowsky; 1981 bis 1983 standen Schillers »Die Räuber« auf dem Spielplan. Nachdem das Laientheater einige Jahre pausiert hatte, stellte es sich dem Publikum mit einem verjüngten Ensemble im Sommer 1989 auf der Naturbühne am Ortsrand Bauerbachs erneut vor. Zur Aufführung gelangte Friedrich Wolfs Schauspiel »Thomas Müntzer«.

13 Die Einladung ging von Christian Gottfried Körner (1756–1831), Ludwig Ferdinand Huber (1764–1804) sowie den Schwestern Anna Maria Jakobina (Minna) Stock (1762–1843) und Johanna Dorothea (Dora) Stock (1760–1832) aus. Körner und Minna Stock waren seit Mai 1784 verlobt und heirateten am 7. August 1785. Huber und Dora Stock waren von 1784 bis 1792 miteinander verlobt. Nachdem Huber im März 1788 Dresden verlassen hatte, lockerte sich das Verhältnis und löste sich schließlich ganz auf.

14 Das Lied »An die Freude« wurde wahrscheinlich in Leipzig begonnen und in Dresden vollendet.

15 Weimar war ursprünglich als Station einer Reise geplant, die von Dresden über Leipzig und Naumburg nach Weimar führte und Hamburg zum Ziel hatte. Die Weiterreise nach Hamburg wurde aufgegeben.

16 Charlotte von Kalb hat sicher anregend gewirkt, doch haben auf die künstlerische Gestalt der Elisabeth von Valois auch andere persönliche Eindrücke sowie historische und zeitgenössische Darstellungen Einfluß gehabt.

17 Der Brief Schillers vom 31. Oktober 1788 ist an Bertuch gerichtet (vgl. Schiller-Nationalausgabe, Band 25, Nr. 105).

18 Es ist wohl richtiger, von einem Prozeß der Entfremdung als von einem »Bruch« zu reden. Noch in seinem an Charlotte von Kalb gerichteten Brief vom 25. Juli 1800 ist Schillers Anrede: »teure Freundin«.

19 Der erste Teil von Caroline von Wolzogens Roman »Agnes von Lilien« wurde 1796 und 1797 in Fortsetzungen in der Zeitschrift »Die Horen« abgedruckt. Die vollständige Buchausgabe erschien 1797 (mit der Jahreszahl 1798) bei Unger in Berlin.

20 Das Gedicht »Einsam steh'n des öden Tempels Säulen ...« hat die Schiller-Nationalausgabe (Band 2 I, S. 467) unter »Zweifelhaftes und Unechtes« eingeordnet.

21 Erst die vollständige Veröffentlichung von Schillers Briefwechsel mit Charlotte und Caroline sowie der Korrespondenz der beiden Schwestern mit Caroline von Dacheröden, und zwar nach den Handschriften, läßt eine eindeutige Aussage zu. Vgl. auch Band 25 der Schiller-Nationalausgabe (Briefe Schillers 1. 1. 1788–28. 2. 1790).

22 Johann Christian Stark, Arzt und Professor der Medizin.

23 Am 7. September 1988, dem 200. Jahrestag der Begegnung Schillers mit Goethe, wurden auf der Heidecksburg neue Schiller-Gedenkräume eingerichtet.

24 Der Magistergrad (Doktor der Philosophischen Fakultät) wurde Friedrich Schiller mit Diplom vom 28. April 1789 verliehen.

25 Vgl. den Neudruck der Erstausgabe: Jenaer Reden und Schriften. Friedrich-Schiller-Universität 1982.

26 Jens Baggesen (1764–1826).

27 »Erste Bekanntschaft mit Schiller«; Titel des Erstdrucks: »Glückliches Ereignis«. Vgl. Goethe. Berliner Ausgabe. Band 16, S. 402–407 und 705–706.

28 Der Pavillon, die »Gartenzinne«, wurde 1979 unter Leitung der Kustodie der Friedrich-Schiller-Universität Jena wieder errichtet.

29 Schillers Gartenhaus wird von der Kustodie der Friedrich-Schiller-Universität Jena betreut. Am 26. Mai 1989, dem 200. Jahrestag der Antrittsvorlesung Schillers, wurde das Gartenhaus erneut der Öffentlichkeit übergeben. Auf erweiterter Ausstellungsfläche erhält der Besucher Einblicke in »Schillers Jenaer Jahrzehnt«, die Schiller-Rezeption in Jena im 19. und 20. Jahrhundert sowie die Erbepflege an der Universität seit 1945.

30 Der Findling befindet sich jetzt an anderer Stelle im Garten Schillers.

31 Vgl. den Abdruck der Rezension in: Friedrich Schiller. Die Räuber. Ein Schauspiel. Dokumente zum Stück. Leipzig: Reclam 1977. Nr. 17. S. 162 bis 169.

32 Die Bezeichnung ist nicht mehr üblich.

33 Gedanken zu Vers 138 des »Wallenstein«-Prologs trug Professor Dr. Wolfgang Heise, Berlin, auf dem Schiller-Kolloquium vom 15. bis 17. April 1980 in Weimar vor. Vgl. Weimarer Beiträge, Heft 2/1981, S. 130.

34 Eduard Genast (1797–1866) schrieb »Aus dem Tagebuch eines alten Schauspielers« (1861–1866), wobei er sich der Aufzeichnungen und Mitteilungen seines Vaters Anton Genast (1765–1831) bediente, der als Schauspieler, Sänger und »Wöchner« (Wochenregisseur) von 1791 bis 1817, seit 1796 als

einer der drei »Wöchner« am Weimarer Hoftheater tätig war. Eduard Genast debütierte 1814 in Weimar.

35 Der »Weimarische Stil« kultivierte eine gehobene Deklamation, eine würdevolle Haltung der Schauspieler nach dem Vorbild antiker Statuen, eine malerische Gruppierung auf der Bühne und anderes mehr. Er unterschied sich von den Stileigentümlichkeiten der Hamburger und der Berliner Schule. Im 19. Jahrhundert entwickelte sich an anderen Bühnen ein jeweils eigener Stil. Absolute, zeitunabhängige Vorbildwirkung für das Theater der Gegenwart dürfte keiner dieser Stilrichtungen zukommen, so zahlreich im einzelnen die Impulse auch sind. Vgl. Goethes »Regeln für Schauspieler« (Berliner Ausgabe. Band 17, S. 82–110).

36 Vgl. »Arbeits- und Finanzplan Friedrich Schillers für die Jahre 1802 bis 1809«. Faksimile der Handschrift im Goethe- und Schiller-Archiv der Nationalen Forschungs- und Gedenkstätten der klassischen deutschen Literatur in Weimar. Text: Professor Dr. Karl-Heinz Hahn.

37 »Wilhelm Tell« wurde auch das »Nationalschauspiel der Schweizer« genannt. Den künstlerischen Intentionen Schillers und der weltweiten Wirkung des Stücks werden Bewertungen, die es auf die »nationale Sehnsucht« des deutschen Volkes beschränken, nicht gerecht. Vgl. Band 10 der Schiller-Nationalausgabe, Weimar 1980.

38 Die verdienstvolle Ausgabe von Dr. Herbert Scurla (1905–1981) bietet eine kommentierte Auswahl. Am meisten verbreitet ist die Edition des »Briefwechsels zwischen Schiller und Goethe«, herausgegeben von Hans Gerhard Gräf und Albert Leitzmann, die den Text vollständig darbietet und ihn erläutert. Eine Neuausgabe des gesamten Briefwechsels mit ausführlichen Erläuterungen erschien 1984 beim Insel-Verlag Leipzig.

39 Das im ersten Stock des Hauses befindliche Schiller-Museum wurde 1979 neu gestaltet. Am 10. November 1984 erfolgte auf der Freifläche hinter dem Wohnhaus Schillers die Grundsteinlegung zu einem neuen Schiller-Museum. Am 10. November 1988 wurden das restaurierte Wohnhaus als Memorialstätte und das neugebaute Museum festlich eröffnet.

40 Eine Festveranstaltung »Die Welt ehrt Schiller« fand bereits am 10. Mai 1955 in Weimar statt, eine zweite – unter gleichem Motto – folgte im November 1959. »Schillers Menschenbild und der sozialistische Humanismus« war der Titel der Gedenkrede, die Alexander Abusch am 10. November 1959 im Deutschen Nationaltheater hielt.

41 Die vollständige Sammlung der Briefe an Schiller ist ein Bestandteil der Schiller-Nationalausgabe (Bände 33–40).

42 Der »Zentrale Arbeitskreis ›Friedrich Schiller‹ im Kulturbund der

DDR« entwickelte eine umfangreiche, vielseitige Tätigkeit (vgl. die Chroniken 1970–1981 und 1981–1986), die sich fortsetzt: wissenschaftliche Tagungen und Vorträge, Diskussionen über Theateraufführungen, Forschungsberichte, 9 mehrtägige Pädagogentreffen, Unterstützung der Traditionspflege an den 35 Schiller-Oberschulen, »Schiller-Tage im November« in Weimar, Publikationen, Exkursionen, Gespräche mit Jugendlichen.

Einige Zitate im Buch von Fritz Kühnlenz wurden gegenüber der 1. und 2. Auflage verbessert, da durch neuere Editionen gesicherte Texte vorliegen.

NACHWORT

Fritz Kühnlenz wurde am 11. Mai 1906 in Weimar als Sohn eines Kaufmanns geboren. Nach dem Abitur studierte er Jura, daneben Geschichte sowie Kunst- und Literaturgeschichte. Im Jahre 1930 promovierte er und war danach als Jurist, Buchhändler und Literaturkritiker tätig. Als Schriftsteller trat Dr. Fritz Kühnlenz erst seit 1960 hervor und legte in rascher Folge zahlreiche Publikationen vor, die auf große Publikumsresonanz, auf erwartungsgestimmte Leser stießen. So veröffentlichte Fritz Kühnlenz (in Klammern das Jahr der Erstauflage): »Weimarer Porträts. Erste Folge« (1961), »Ilmwanderung mit Goethe« (Prisma-Verlag 1962), »Städte und Burgen an der Unstrut« (1962), »Burgenfahrt im Saaletal« (1964), »Weimarer Porträts. Neue Folge« (1965), »Erlebtes Weimar« (1966), »Eisenacher Porträts« (1967), »Durchs Tal der Wilden Gera« (1968), »Jenaer Porträts« (zusammen mit Paul G. Esche; 1969), »Pillnitzer Skizzen« (1970), »Stadtführer Weimar« (VEB F. A. Brockhaus 1970), »Schiller in Thüringen« (1973), »Reiseführer der DDR«, Mitverfasser (VEB F. A. Brockhaus 1973) und »Erlebnisse an der Werra« (1974). Die weitaus meisten seiner Bücher veröffentlichte der Greifenverlag zu Rudolstadt, mit dem er nahezu fünfzehn Jahre eng verbunden war. Dr. Fritz Kühnlenz starb am 8. Januar 1975 in Weimar.

Die Bücher, ihre Stoffe und ihre Gestaltungsweise sprechen für sich und offenbaren die Interessen und das Anliegen von Fritz Kühnlenz. Er kannte und liebte die Natur, die er auf seinen Wanderungen und Fahrten durchstreifte, er vermochte sich in die Geschichte einzuleben und seine lebendige Vorstellung davon literarisch zu äußern, als populäre Schilderung geschichtlicher Abläufe, als Porträt oder Gruppenbildnis historischer Persönlichkeiten. Kühnlenz liebte die Künste und die Literatur in ihrer Vielfalt. Er wußte um die Interessen der Bewohner eines Landstrichs und der in- und ausländischen Gäste, die die Städte, die Täler, die Burgen, die Schlösser, die Wälder an der Ilm, der Saale, der Werra, der Unstrut, der Gera aufsuchen und mehr über diese schönen Landschaften, über die Menschen aus früherer und heutiger

Zeit wissen möchten. Seien es Stunden oder Tage, die dem Besucher zur Verfügung stehen: Niemals kann ein Erlebnis, ein Eindruck all das erfassen, was eine Stadt, eine Landschaft an Geschichte und heutiger Atmosphäre in sich birgt. Da gilt dann schon, was Goethe den Schüler im Studierzimmer (»Faust«, Vers 1966–1967) aussprechen läßt: »Denn was man schwarz auf weiß besitzt, / Kann man getrost nach Hause tragen.« Genauere Kenntnis und neues Wissen werden dadurch gewonnen: Bücher dieser Art kommen der Wißbegierde in unserer Gesellschaft entgegen, und sie bilden oft die Brücke zu vertiefendem Studium eines einzelnen künstlerischen Werkes oder gar der Werke eines Dichters, Gelehrten oder Künstlers, einer Zeitepoche oder eines regionalgeschichtlichen Vorgangs.

Wir können davon ausgehen, daß Fritz Kühnlenz jahrzehntelang Eindrücke, Erfahrungen, Kenntnisse gesammelt hat, bevor er an die Niederschrift seines ersten Buches ging. Was muß ein solcher Autor nicht alles tun, bis er seinen Stoff im Griff hat: Er muß alles gesehen haben, worüber er schreibt; er muß die Werke und Biographien all jener kennen, die er im literarischen »Porträt« festhält; er muß sich in eine kaum zu übersehende, weil fast uferlose Literatur hineinlesen, um das herauszufiltern, was seiner Darstellung zugute kommen kann. Besonders wichtig dabei ist es, jene Aufsätze und Broschüren zu kennen, die allgemein als »Heimatliteratur« bezeichnet werden, die aus genauer Orts- und Menschenkenntnis geschrieben sind, und wenn sie sich als gut erweisen, wahre Fundgruben für den Forscher und Literaten darstellen. Kühnlenz wußte um die Vorzüge eines solchen Zusammenklangs von historischer Dimension und heutigem Verständnis; er kannte den Wert der Chroniken und Aufzeichnungen aus früherer Zeit, und er wußte, wie man Wandel und Entwicklung, was im Fortgang erreicht ist und was zu tun bleibt, dem Leser von heute erschließen kann. Wer sich darin versucht hat, weiß, wie schwer es zu machen ist, einen komplizierten, weit verästelten Vorgang mit wenigen Sätzen wiederzugeben, dabei nicht abstrakt zu bleiben, sondern anschaulich zu sein. Dazu gehört eine besondere Begabung, die Fritz Kühnlenz besessen hat, und der Einblick in die Psychologie eines bestimmten Leserkreises, für den er seine Werke bestimmt hat.

Ein solches Buch – und wir beschränken uns nun auf »Schiller in Thüringen« – kann vieles leisten und doch nicht alles. Es ist mit Merkmalen seiner Entstehungszeit behaftet, und es kann einen Überblick geben, nicht aber eine komplette Darstellung des Stoffes liefern. Die Wirkung eines Dichters ist raschen Wandlungen unterworfen. Friedrich Schiller ist davon stärker betroffen als andere Dichter seiner oder späterer Zeit. Das hängt mit der Umbruchsituation zusammen, in der sein Werk entstand, ebenso mit der Vielschichtigkeit und teilweisen Widersprüchlichkeit seines Denkens und Dichtens, weit mehr aber noch mit den Klassenkämpfen des 19. und 20. Jahrhunderts, in deren Verlauf sein Lebenswerk auf den Schild gehoben oder verdammt, mißbraucht oder ehrlich gewürdigt wurde. Schiller gehörte die Liebe des Volkes, die Arbeiterklasse machte sich von ihren Anfängen an die Ideen und Ideale des Dichters zu eigen und verband sie mit neuen, weiterreichenden, andersartigen sozialistischen. Zu gleicher Zeit wurden Gedanken und Sentenzen aus Schillers Werken von Nationalisten benutzt – gepaart mit ihren eigenen hohltönenden Phrasen – zur Legitimation ihres Herrschaftsanspruchs im eigenen Lande und in der Welt. Im Bürgertum schieden sich die Geister auch dann, wenn seine Politiker und Gelehrten über Schiller sprachen und urteilten. Die Gedenkjahre 1859 und 1905 sowie alle Jahrzehnte danach legen Zeugnis davon ab, daß Schillers Dramatik, Philosophie und Geschichtswerk in den weltanschaulichen Kämpfen und ästhetischen Bewältigungsversuchen stets gegenwärtig war und eine oft signifikante Position innehatte.

Fritz Kühnlenz stützt sich bei seinem Versuch, Schillers Leben und Wirken in Thüringen gerecht zu werden, auf das Schillerbild der fünfziger und sechziger Jahre, das nach den Gedenkfeiern der Jahre 1955 und 1959 gereift und gefestigt schien. In der Tat hatten die Bemühungen, die mit der Schiller-Biographie »Ein Lebensbild für deutsche Arbeiter« von Franz Mehring (1905) einen ersten Höhepunkt erreicht und nach 1945 zu einer erfreulichen Kontinuität in der Pflege dieses bedeutenden humanistischen Erbes geführt hatten, reiche Früchte getragen. Die Theater, das Verlagswesen, die Nationalen Forschungs- und Gedenkstätten, der Kulturbund, die Städte und Gemeinden hatten auf einer gesicherten kulturpolitischen Basis das Ihre dazu beigetragen, daß Schiller als offenes Buch ohne die sieben Siegel vor Lesern und Betrachtern aufgeschlagen lag. Vieles davon hat Fritz Kühnlenz mitzuteilen gewußt. Die Dramen Schillers wurden häufig aufgeführt, in manchem Jahr in anderen Ländern mehr noch als im eigenen, Übersetzungen erschienen in vielen Sprachen der Welt, Hunderttausende im Jahr besuchten die Wohn- und Gedenkstätten des Dichters. Das hat sich nicht geändert; das Interesse hat weiter zugenommen. Geändert haben sich jedoch konzeptionelle Vorgaben, denen sich Fritz Kühnlenz verpflichtet wußte. In den sechziger Jahren waren wir bereit, Genius und Leistung eines Dichters vorbehaltlos anzuerkennen, ein Werk als harmonisch in sich und im ganzen gelten zu lassen. Wir vermieden, im Sinne einer kritischen Aneignung die Widersprüche im Leben und Schaffen auszuloten, Widersprüche, wie sie Schiller oder Goethe durchaus empfunden haben, wie wir sie immerhin aus unserem zeitlichen und geistigen Abstand noch tiefer hätten erfassen können, weil wir sie als Teil der Gegensätze zwischen Ideal und Wirklichkeit, Subjekt und Gesellschaft, Utopie und Realität genauer zu begreifen vermögen. Nicht, daß es an einzelner Einsicht oder an theoretisch-methodischen Vorgaben gefehlt hätte, und doch wurde das Bild, das wir uns von Schiller machten, zu harmonisch, zu glatt. Sicher, es war richtig, die Lebendigkeit dieses Erbes zu betonen, eine politisch relevante Seite des Schillerschen Utopismus: nämlich die Forderung nach der einheitlichen Nation als Ruf an uns im zweigeteilten Deutschland zu verstehen, aber auch hier versagte die weltgeschichtliche Totenbeschwörung, die Realität war mächtiger als die Utopie. Die nationale Frage konnte nicht von ihren klassenmäßigen und sozialen Bedingungen getrennt werden; der Dichter hatte sein Bild der Welt, seinen Wunschtraum eines Staates unter anderen historischen Voraussetzungen entworfen, konkret bezogen auf andere Völker und selbst beunruhigt von den schroffen Abgründen, die sich beiderseits der Wege der Menschheit auftaten.

In Forschung und Interpretation hat sich die Erkenntnis durchgesetzt, daß von der Größe und Bedeutung eines Genius kein Abstrich zu machen ist, wie andererseits durch nichts die historisch gezogenen Grenzen seines Wirkens, die Widersprüche, die seiner Zeit immanent sind und die an keinem Menschen vorbeigehen, außer Kraft gesetzt werden können. Nirgendwo soll eine überragende Leistung herabgewürdigt werden, aber auch die von Zeit und Individuum gesetzte Welt- und Zukunftssicht, ihre Grenzen und Abwege, sind nicht zu unterschlagen. Ein solches falsches Verfahren, die Harmonie einer Persönlichkeit zu konstruieren und Störendes wegzulassen, muß zu einseitigen Urteilen führen: Im Buch »Schiller in Thüringen« trifft das auf Charlotte von Schiller geborene von Lengefeld zu, die ganz gewiß ihre Ansprüche als adlige Dame in der Gesellschaft und im häuslichen Milieu zu stellen wußte. Die Charakterbilder, die Kühnlenz von Charlotte von Schiller und Charlotte von Kalb gibt, sind der idealisierten Darstellung und dem sentimentalen Geschmack älterer Biographen verpflichtet, deren »Gartenlauben«-Stil und emphatischer Ton schwer zu ertragen sind. Daß Schillers Lebenskampf – der nicht der Heroisierung bedarf – höchste Wertschätzung verdient, steht außer Frage, doch darf nicht unbeachtet bleiben, daß auch Goethe Schweres und Qualvolles durchzustehen hatte und er durchaus nicht ein Günstling der Hofgesellschaft war, dem alles ohne weiteres in den Schoß fiel. Das Verhältnis Schillers zu Herder, Wieland, Fichte sowie zu den Romantikern erscheint in Kühnlenz' Darstellung zu pauschal erfaßt. Hier vollzogen sich Wandlungen jeweils auf beiden Seiten; Meinungsverschiedenheiten und entgegengesetzte weltanschauliche Standpunkte mußten nicht zur persönlichen Feindschaft und zum absoluten Bruch führen. Zwischen Schiller und Fichte gab es wohl Differenzen im philosophischen Denken und über die Abdruckmöglichkeit eines Aufsatzes von Fichte, aber die Beziehungen endeten damit nicht, sondern Fichte suchte die Annäherung, und Schiller half ihm mit eigenen Mitteln (was ihm schwer genug fallen mußte), als Fichte nach Berlin zog und den Jenaer Haushalt auflöste. Einzelne Urteile über Christoph Martin Wieland sagen kaum etwas über sein Verhältnis zu Schiller aus. Ihre Korrespondenz war zwar nicht intensiv, erstreckte sich jedoch über viele Jahre, und häufig sah man sich – meist bei Goethe oder im Wittumspalais –, wenn Wieland aus Oßmannstedt nach Weimar gekommen war. Ähnliches trifft auf Johann Gottfried Herder zu, dem Kühnlenz mit wenig Verständnis zu begegnen scheint und dessen Situation er weitgehend verkennt. Auch der Umgang mit »den« Romantikern bedürfte sorgsamer Differenzierung. Abrupt brach Schiller mit Friedrich Schlegel; er wollte gleich mit der gesamten Familie nichts mehr zu tun haben und schickte August Wilhelm Schlegel die Absagebriefe vom 31. März und 1. Juni 1797. Der Vermittlung Goethes und der eigenen Einsicht ist es zuzuschreiben, daß Schiller einlenkte und den Arbeitskontakt mit August Wilhelm Schlegel wieder herstellte. Was gab es nicht alles für Gerüchte in Jena und im provinziell-höfischen Weimar, was haben nicht alles Frauen wie Caroline Schlegel oder Henriette von Knebel (und andere mehr) oder Männer wie Karl August Böttiger oder August von Kotzebue mitzuteilen gehabt: Es ist dann schon schwer, aus jener Mischung von ideologischen Divergenzen und Halbwahrem oder Erdichtetem das herauszulösen, was der Wahrheit nahe kommt und weder dem einen noch dem anderen der Beteiligten unrecht tut. Hier ist – bei lückenhafter Überlieferung der Quellen – noch manches genau zu erforschen. In all diesen Fällen hilft nur eine historisch-konkrete Betrachtungsweise, ein sorgsames Studium der Quellen, eine höchst differenzierte Darstellung des Gesicherten. Auf diese Weise werden generalisierende Bewertungen, wie »fruchtbarster Freundschaftsbund« (Goethe–Schiller), »vergötterter Weltmann« (Goethe), »beschämend für Deutschland« (das Geschenk des Herzogs von Schleswig-Holstein-Augustenburg und des Grafen Ernst von Schimmelmann), vermieden. Auch jener Versuch, die Porträtähnlichkeit von Menschen, denen Schiller begegnet ist, mit künstlerischen Gestalten seiner Dramen herzustellen – Charlotte von Wolzogen (Luise Miller), Franziska von Hohenheim (Lady Milford), Charlotte von Kalb (Elisabeth von Valois) –, ist anfechtbar und setzt die künstlerischen Intentionen Schillers herab. Mag er auch Einzelzüge einiger Dramengestalten den lebenden Personen seiner Umwelt entlehnt haben, auf jeweils ein Vorbild und Muster lassen sie sich nicht reduzieren.

»Schiller in Thüringen« ist trotz alledem ein anregendes und informatives Buch. In einem Brief bekannte Fritz Kühnlenz, daß er an seinem Werk bei späteren Auflagen noch arbeiten müsse, wissend um die Schwere der Aufgabe.

Dazu ist es nicht gekommen. Dennoch soll »Schiller in Thüringen« unverändert vorgelegt werden – nur einige Zitate wurden nach neueren Quellenwerken verbessert –; auf das, was sich seit den Auflagen von 1973 und 1976 verändert hat, verweisen die Anmerkungen und dieses Nachwort. Das vorliegende Buch gehört auch in die Hände neuer Leser, die des Dichters Lebensweg in den thüringischen Bezirken kennenzulernen wünschen. Das soll im Jahr des 225. Geburtstages von Friedrich Schiller geschehen, einem Menschen und Dichter, der uns noch heute viel bedeutet.

Weimar, 1984 Siegfried Seidel

INHALT

Die Bildauswahl wurde für diese Nachauflage unverändert übernommen.

Die Dokumentarfotos des Buches stellten uns freundlicherweise die Nationalen Forschungs- und Gedenkstätten der klassischen deutschen Literatur in Weimar (29), das Stadtmuseum Jena (3), die Staatlichen Museen Heidecksburg in Rudolstadt (1, Repro Foto-Lösche), das Stadtarchiv Erfurt (1), Foto-Lösche in Rudolstadt (2) und Foto-Mosch in Jena (1) zur Verfügung.